10
18

12, AVENUE D'ITALIE. PARIS XIIIe

Sur l'auteur

Nancy Mitford (1904-1973) est née à Londres mais a passé une grande partie de sa vie en France. Elle connut le succès littéraire grâce à *La Poursuite de l'amour* qui, publié en 1945, se vendit à plus de un million d'exemplaires. Il précède de quatre ans son autre grand succès, *L'Amour dans un climat froid*. Nancy Mitford a écrit de nombreux autres romans, dont *Le Cher Ange ou Pas un mot à l'ambassadeur*.

NANCY MITFORD

LA POURSUITE DE L'AMOUR

Traduit de l'anglais
par Daria OLIVIER

Préface de Marcel Schneider

10/18

« Domaine étranger »

dirigé par Jean-Claude Zylberstein

LA DÉCOUVERTE

Du même auteur
aux Éditions 10/18

Titre original :
The Pursuit of Love

ISBN 978-2-264-04374-0

PRÉFACE

Plus encore qu'une grande dame, Nancy Mitford était une femme bien. Elle alliait la naissance à l'esprit, l'humour à la grâce, la noblesse d'allure à la générosité. Elle y ajoutait des qualités qui n'ont pas souvent cours dans l'aristocratie, l'attachement à sa famille, la fidélité à ses amis, une bonté profonde et une sensibilité qu'elle masquait sous un rire perlé, charmeur et triomphant. Elle aimait à recevoir et recevait avec distinction. Ses manières simples et parfaites donnaient beaucoup de ton à ses réunions. Elle avait fait de son hôtel Louis XVI entre cour et jardin, rue Monsieur, une seconde ambassade anglaise à Paris : y venaient tous les écrivains en renom et toute la noblesse de passage dans notre capitale.

Fille aînée des six sœurs Mitford, Nancy s'était vouée à la littérature. *La Poursuite de l'amour*, paru en 1945, se vendit à plus d'un million d'exemplaires. Ce succès fit d'elle un des écrivains les plus en vue du Royaume-Uni. Deux de ses sœurs se lancèrent dans la politique la plus agitée et la plus hasardeuse. Diana épousa en secondes noces sir Oswald Mosley, chef de l'Union britannique fasciste et milita auprès de son mari. Par esprit de contradiction, Jessica ne pouvait s'ébattre qu'à l'extrême gauche ; après avoir fait le coup de feu en Espagne aux côtés des rouges, elle se fixa aux États-Unis où elle adhéra au parti communiste. Le sort le plus singulier, le plus troublant, échut à Unity Valkyrie : furieusement romanesque, fantasque et exaltée, elle s'éprit de l'homme qui semblait le moins justifier une telle passion, Adolf Hitler.

Deux autres ne défrayèrent pas la chronique : Pamela qui ne jure que par la campagne et les animaux, et Deborah qui ne jure que par la vie de société : elle est la duchesse du Devonshire.

L'idole du clan Mitford était l'héritier du titre. Il tomba en 1944 sur le front de Birmanie.

Nancy professait en politique des idées qui paraissaient subversives à son milieu social ; elle adhérait à la société fabienne créée par George Bernard Shaw. Son ami Evelyn Waugh lui reprochait avec aigreur son ouverture à gauche ; il assurait qu'elle eût fait un agit-prop de génie. En tout cas, elle détestait les idées reçues, les sentiments de convention, les attendrissements suspects. Elle avait son franc-parler et le montrait en toute occasion. Elle préférait la France à l'Angleterre ; c'est pourquoi elle s'établit à Paris en 1946, à Versailles ensuite.

Plus que la politique, Nancy aimait la littérature. C'était chez elle une tradition de famille. Le premier Lord Redesdale, son grand-père paternel, ambassadeur à Saint-Pétersbourg, à Pékin, au Caire, homme de vaste culture, a laissé deux épais volumes de *Mémoires* où il évoque aussi bien Garibaldi que Wagner et Abd el-Kader. Mais c'est à son grand-père maternel, Thomas Gibson Bowles, que Nancy ressemble par son ironie, sa désinvolture, son humour aigu qui font d'elle l'héritière de Swift, de Sterne et de Wilde. Bowles avait fondé un journal à succès, *Vanity Fair*. Il connaissait tous les écrivains célèbres, il s'était lié d'amitié avec Lewis Carroll. Voici ce que ce dernier écrivait à Sydney, la mère de Nancy : « Les gens qui n'existent pas sont bien plus gentils que ceux qui existent. Par exemple, les gens qui n'existent pas ne se fâchent jamais et ils ne vous contredisent jamais et ils ne vous marchent jamais sur les pieds. Oh ! Ils sont tellement plus gentils que les gens qui existent ! Mais cela ne fait rien ; ce n'est pas votre faute si vous existez, et je crois pouvoir dire que vous êtes aussi gentille que si vous n'existiez pas » (*Lettres à ses amies-enfants,* traduction de Jacques Papy).

J'ai connu Lady Redesdale alors qu'elle était déjà sur l'âge ; elle ressemblait à la reine Mary, femme de George V et portait des chapeaux fleuris de roses et de violettes. Elle passait une partie de l'année en Écosse à Inch Kenneth où la seule société des moutons qui n'ont guère de conversation l'ennuyait vite à périr.

« Ma mère a toujours une longue-vue sous la main, me dit Nancy, et dès qu'une personne à peu près convenable descend du bateau, elle envoie son maître d'hôtel pour l'inviter à prendre le thé. Quand vous irez là-bas, ne manquez pas de le lui faire savoir ! »

Il faut dire que j'ai fait la connaissance de Nancy Mitford en 1946 et que nous avons aussitôt sympathisé. Elle m'a dit : « Appelez-moi Nancy comme la ville. J'aime entendre mon nom prononcé à la française. »

Elle était alors l'auteur d'un roman à la mode, *The Pursuit of Love*. Elle cherchait un éditeur français. Je lui en trouvai un : André Bay pour la maison Stock. 10/18 racheta ensuite les droits.

Deux jeunes femmes à la poursuite de l'amour constituent le sujet de ce roman. Elles sont cousines germaines et s'aiment tendrement. Autant Fanny se montre prudente et raisonnable dans cette quête, autant Linda, romanesque et sans frein, risque son va-tout chaque fois qu'elle s'éprend d'un homme. Après deux mariages décevants, elle croit trouver l'oiseau rare dans la personne d'un Français. L'épilogue sera tragique ; cet amant sans pareil, héros de la Résistance, est capturé par les Allemands et fusillé. La morale de cette histoire, c'est Lord Merlin, esthète et sosie d'Horace Walpole, qui s'en charge. Il déclare qu'on se trompe toujours dans la jeunesse : « L'amour, c'est pour les grandes personnes. »

Nancy ne fut jamais une grande personne. Romanesque et naïve comme une couventine, elle épousa en 1933 l'honorable Peter Rodd. Leur entente ne dura guère. Elle se sépara de corps, mais ne divorça jamais. Elle aimait à citer La Rochefoucauld : « S'il y a de bons mariages, il n'y en a point de délicieux », faisant ainsi preuve d'humour et de ce talent pour la litote si chère aux Anglais.

Pendant la guerre, elle perdit la tête pour un fidèle du général de Gaulle, Gaston Palewski. Elle en fit dans son roman le duc de Sauveterre. L'abîme qui sépare le modèle de la réalité montre que Nancy idéalisait furieusement ce qu'elle aimait ou bien que cette circonstance ne lui servit que de tremplin. Palewski est autant transformé dans son aspect physique que dans son caractère et sa conduite. Personne ne le reconnaîtrait.

« Je voulais l'appeler duc de Potage, mais on me l'a déconseillé, me dit-elle un jour.

— Potage est un nom burlesque, bon pour un vaudeville.

— Et que faites-vous de Godefroy de Bouillon ?

— Tiens, c'est vrai ! Mais Bouillon appartient à la légende, aux croisades. Nous n'établissons aucun lien entre lui et une soupe.

— Les Français me surprendront toujours ! »

C'est justement ce qui lui plaisait. Bien qu'elle ne me l'ait jamais dit, je suis sûr qu'elle s'établit à Paris à cause de Palewski. Elle n'en fut pas récompensée. Nancy la rieuse, l'éblouissante, eut une vie sentimentale triste et ratée. Jamais elle n'en soufflait mot par bonne éducation, par crânerie, parce qu'elle se jugeait avec autant d'humour et d'ironie qu'elle jugeait le monde.

Donc elle s'est dépeinte dans le personnage de Linda et sa sœur Pamela dans celui de Fanny. Celle qu'elle appelle la Trotteuse, qui disparaît et revient chaque fois avec un nouvel amant, c'est Jessica.

On affirme que le philosophe Lord Merlin est le portrait de Lord Berners. Lorsque Violet Trefusis, personne tonitruante et qui aimait faire parler d'elle, devint veuve, le bruit courut qu'elle allait épouser Lord Berners. Le rencontrant par hasard, elle se prévalut de cette alliance.

« Beaucoup de gens m'ont téléphoné pour me féliciter. Et vous ?

— Moi ? Personne », lui répondit Lord Berners avec flegme. »

Il faut dire que Violet, fille de Lady Keppel, l'égérie d'Edouard VII, se prétendait issue du souverain. Simple fantasme, sa date de naissance ne le lui permettait pas. Mais Violet, extravagante, insupportable, d'un égoïsme farouche, vivant à la fois dans les nuées et dans les réalités les plus basses, dont la liaison avec Vita Sackville-West avait fait scandale en 1919-1920, laissait courir cette légende qui la flattait… et la rajeunissait de cinq ans. Elle était recherchée pour sa drôlerie, son abattage et le cercle de ses relations, les plus huppées bien sûr ; elle était redoutée pour ses caprices, ses colères, la cruauté de ses reparties. À un déjeuner chez elle, Stanislas de La Rochefoucauld, divorcé d'Alice Cocea et remarié à une aristocrate italienne, eut la faiblesse de dire :

« Quand j'ai épousé Alice, beaucoup de gens ont cru que j'allais devenir acteur…

— Et maintenant, cher Stanislas, rétorqua Violet d'un ton glacial, maintenant que vous avez convolé avec une grande dame, les gens s'attendent-ils à ce que vous deveniez un gentleman ? »

Nancy et Violet, habitant Paris toutes les deux, se fréquentaient tout en se détestant. Dans *L'Amour dans un climat froid*, tout le monde a reconnu Violet Trefusis dans la despotique Lady Montdore qui fait alterner la méchanceté avec l'enjouement, les coups d'éventail avec les coups de poignard. Tout en échangeant des sourires et des invitations à dîner, ces deux dames ne se passaient rien.

Le personnage le plus haut en couleur de *La Poursuite*, celui qui reste dans toutes les mémoires, c'est Oncle Matthew, autrement dit le père de Nancy, le second Lord Redesdale. Considéré par sa famille comme le parangon du gentleman britannique, d'une beauté très virile, très irascible (il usait deux dentiers par an en grinçant des dents), aimant la vie à la campagne et la chasse au renard, il détestait l'étranger, le catholicisme, l'école pour les filles, des manières raffinées pour les garçons. Tout despote qu'il était, ses enfants l'adoraient, surtout Nancy qui lui avait voué une sorte de culte. Tandis que nous passions des vacances ensemble à Hyères chez Marie-Laure de Noailles, Nancy et moi nous promenions dans la garrigue après la tombée de la chaleur. C'est par ses confidences que j'ai pu vérifier que tout ce qu'elle attribue aux enfants Radlett sont en réalité ses propres souvenirs : le placard où se faisaient les échanges de secrets, le langage inventé, les surnoms, les jeux à la fois innocents et pervers, les courses à travers champs. Les fillettes s'élançaient de bonne heure dans la campagne, Lord Redesdale lançait ensuite après elles quatre robustes limiers. Elles s'ingéniaient à brouiller les pistes, en passant à travers des troupeaux de moutons ou en sautant par-dessus des ruisseaux, mais les animaux les rattrapaient quand même et aboyaient de joie. On les récompensait avec de larges tranches de viande crue et force caresses.

« En fin de compte, me dit Nancy, ce fut une excellente éducation. Si nous n'avons jamais appris à marcher en suivant une ligne droite, nous avons appris à courir très vite ! »

Est-ce pour avoir couru devant les limiers qu'elle imaginait comme les quatre cavaliers de l'Apocalypse que Nancy montra tant de courage et de dignité devant la maladie et la mort ? Elle souffrit beaucoup et n'en laissa rien paraître. On décela enfin les symptômes de la maladie de Hodgkin. Mais il était trop tard. Elle fut soignée avec le plus entier dévouement par ses sœurs Diana, Pamela et Deborah. Unity Valkyrie et Jessica n'étaient plus de ce monde. Nancy mourut à Versailles le 30 juin 1973.

Marcel SCHNEIDER,
1994

I

Il existe une photographie de Tante Sadie avec ses six enfants installés autour de la table du goûter à Alconleigh. Cette table se trouve où elle était, est encore et sera jusqu'à la fin des temps : dans le hall, devant un énorme feu de bûches. Au-dessus de la cheminée, bien visible sur la photo, est accrochée la pelle-pioche dont Oncle Matthew se servit en 1915 pour assommer huit Allemands l'un après l'autre, tandis qu'ils rampaient hors d'un abri. Il est encore couvert de sang et de cheveux, cet objet qui nous fascinait quand nous étions enfants. Chose curieuse, sur la photo, le visage de Tante Sadie, toujours beau, paraît tout rond, ses cheveux ont un drôle d'air vaporeux et ses vêtements sont curieusement démodés. C'est bien elle pourtant qui est assise là avec Robin sur ses genoux, vautré dans un océan de dentelles. Elle a l'air de ne pas savoir où poser la tête de l'enfant et Nounou, prête à l'emporter, est présente, bien qu'invisible. Les autres enfants, de Louisa (onze ans) à Matt (deux ans), sont assis autour de la table, portant leurs robes de fête ou leurs bavettes à ruches. Ils tiennent une tasse ou une timbale, selon leur âge, fixent l'objectif de leurs grands yeux dilatés par le magnésium et ont tous un petit air sainte nitouche, avec leurs bouches rondes et pincées. Les voici conservés comme des mouches dans l'ambre. « Clic », fait l'appareil et la vie continue ; les minutes, les jours, les années, les décennies les emportent toujours plus loin du bonheur et des promesses du jeune âge, des espoirs que Tante Sadie a sûrement fondés sur eux et des rêves qu'ils ont rêvés pour eux-mêmes. Je me dis souvent que rien n'est tout à fait aussi poignant qu'une vieille photographie de famille.

Quand j'étais enfant, je passais mes vacances de Noël à Alconleigh ; c'était un véritable événement dans mon existence, et, si certaines passèrent sans laisser de souvenirs, d'autres se distinguèrent par des incidents violents et eurent un caractère bien marqué. Il y eut, par exemple, la fois où les communs prirent feu, la fois où mon poney se roula sur moi au milieu du ruisseau et fut près de m'y noyer. (Pas si près que ça : on le tira de là promptement ; néanmoins on assure qu'on apercevait déjà des bulles.) Il y eut ce drame, quand Linda, âgée de dix ans, tenta de se suicider pour rejoindre un vieux terrier écossais malodorant que mon oncle Matthew avait fait abattre. Elle cueillit et ingurgita un plein panier de baies d'if, fut découverte par Nounou et dut avaler de la moutarde et de l'eau pour se faire vomir. Après quoi, Tante Sadie « lui dit quelques mots », Oncle Matthew lui allongea une taloche sur l'oreille, elle fut mise au lit pour deux jours et reçut un petit chien « labrador », qui prit bientôt dans son cœur la place du vieil écossais. Ce fut bien plus dramatique lorsque Linda, à douze ans, raconta aux filles des voisins venues prendre le thé ce qu'elle considérait comme les « réalités de la vie ». Linda avait présenté ces « réalités » de si sinistre façon que les enfants quittèrent Alconleigh en poussant des hurlements lugubres, les nerfs définitivement ébranlés, et toutes chances d'une vie sexuelle future saine et heureuse fortement compromises. Il en résulta une série de châtiments horribles, depuis une sérieuse correction administrée par Oncle Matthew jusqu'aux repas pris dans la chambre pendant toute une semaine. Il y eut les inoubliables vacances où Oncle Matthew et Tante Sadie partirent pour le Canada. Les petits Radlett se ruaient chaque jour sur les journaux, dans l'espoir d'y découvrir que le navire de leurs parents avait coulé avec tous ses passagers. Ils aspiraient à devenir totalement orphelins – Linda surtout, qui se voyait comme Katie dans *Ce que fit Katie*, tenant les rênes du ménage dans ses mains menues mais capables. Le navire ne rencontra point d'iceberg et triompha des tempêtes de l'Atlantique, mais entre-temps nous passâmes des vacances merveilleuses, libérés de toute férule.

Toutefois, le Noël qui, entre tous, m'a laissé le souvenir le plus précis fut celui où j'eus quatorze ans et où Tante Emily se fiança.

Tante Emily était la sœur de Tante Sadie et elle m'avait élevée depuis ma tendre enfance. Ma vraie mère, leur plus jeune sœur, s'était trouvée trop belle et trop gaie pour s'encombrer d'une enfant à l'âge de dix-neuf ans. Elle quitta mon père quand j'avais un mois et par la suite se trotta si souvent, et avec tant de gens différents, que sa famille et ses amis ne l'appelaient plus que « la Trotteuse ». Entre-temps, la seconde épouse de mon père, et ensuite les troisième, quatrième et cinquième n'eurent évidemment pas très envie de s'occuper de moi. Parfois l'un ou l'autre de mes impétueux parents apparaissait telle une fusée, illuminant mon horizon d'une lueur inaccoutumée. Ils étaient éblouissants et j'aspirais à être happée et emportée dans leur sillage fulgurant, tout en sachant en mon cœur que j'étais heureuse de posséder une Tante Emily. Petit à petit, à mesure que je grandissais, je devenais moins sensible à leur charme. Les étuis des fusées, froids et gris, s'effritaient où le hasard les avait fait retomber : ma mère dans le Midi en compagnie d'un commandant, mon père, ses biens vendus pour payer ses dettes, aux Bahamas avec une vieille comtesse roumaine. Bien avant que je sois adulte, une grande partie de l'éclat qui les avait auréolés s'était terni, et finalement il ne resta plus rien. Mes souvenirs d'enfance n'avaient pas la base solide qui m'aurait permis de différencier mes parents des autres personnages de leur âge. Tante

Emily, elle, n'eut jamais d'éclat, mais elle fut toujours une mère pour moi, et je l'aimais.

Toutefois, à l'époque dont je parle, j'étais à l'âge où la fillette la moins imaginative se croit fille des fées, princesse hindoue, Jeanne d'Arc ou future impératrice de Russie. Je me languissais de mes parents, arborais, dès qu'on prononçait leur nom, une expression imbécile qui voulait traduire un mélange de souffrance et d'orgueil, et me les représentais dans un abîme de péché romantique et mortel.

Linda et moi étions fort préoccupées par le péché et notre grand héros était Oscar Wilde.

« Mais qu'est-ce qu'il a *fait* ?

— Je l'ai demandé à P'pa et il s'est mis à hurler. Dieu, c'était terrifiant ! Il a dit : "Si jamais tu prononces encore le nom de cette ordure dans ma maison, je te fouetterai, m'entends-tu, que diable ?" Alors j'ai interrogé Sadie qui a eu l'air indécise et a dit : "Oh ! ma cocotte, je ne l'ai jamais très bien su, en vérité ; mais, quoi qu'il en soit, c'était bien pire qu'un meurtre, quelque chose de très, très mal. Et, chérie, n'en parle pas aux repas, veux-tu ?"

— Nous devons le découvrir.

— Bob dit qu'il le saura quand il ira à Eton.

— Chic alors ! Tu crois qu'il était pire que Maman et Papa ?

— Ce n'est sûrement pas possible. Oh ! tu en as de la chance d'avoir des parents vicieux ! »

Donc ce Noël-là, j'avais quatorze ans et j'entrai en trébuchant dans le hall d'Alconleigh, aveuglée par sa lumière après un trajet de dix kilomètres depuis la gare de Merlinford. Tout était pareil chaque année : je prenais toujours le même train, arrivais à l'heure du thé, et trouvais immanquablement Tante Sadie et les enfants autour de la table, sous la pelle-pioche, tout comme sur la photographie. C'était toujours la même table et le même service à thé : la porcelaine aux grosses roses, la bouilloire et le plat d'argent des *scones*, qui se réchauffait doucement sur de petites flammes. Les êtres humains, naturellement, vieillissaient imperceptiblement : les bébés devenaient des enfants, les enfants grandissaient, et il y avait une nouveauté sous la forme de Victoria, alors âgée de deux ans. Elle se dandinait, serrant dans son poing un biscuit chocolaté. Sa figure – horrible spectacle – était barbouillée de chocolat, mais, à travers le masque gluant, brillait indiscutablement le bleu de deux yeux fixes *bien Radlett*.

À mon entrée, il y eut un formidable bruit de chaises et une meute de Radlett se rua sur moi avec la violence et presque la férocité d'une meute de chiens lancés sur un renard. Tous, sauf Linda. C'était elle la plus heureuse de me voir, mais décidée à ne point le montrer. Quand le brouhaha se fut apaisé et que je me fus assise devant un *scone* et une tasse de thé, elle dit :

« Où est Brenda ? (Brenda était ma souris blanche.)

— Elle a eu mal au dos et en est morte », dis-je.

Tante Sadie jeta à Linda un regard inquiet.

« Tu l'avais donc chevauchée ? » fit Louisa, facétieuse.

Matt, qui avait récemment été confié à une gouvernante française, dit en imitant sa voie aiguë :

« C'étaient, comme d'habitude, les voies urinaires.

— Mon Dieu ! » fit Tante Sadie dans un souffle.

De grosses larmes coulaient dans l'assiette de Linda. Personne ne pleurait autant ni aussi souvent qu'elle. Tout, mais spécialement toute histoire triste sur un animal, la déchaînait et, une fois partie, c'était toute une affaire de l'arrêter. Elle était une enfant fragile et extrêmement nerveuse, et même Tante Sadie, qui vivait dans un rêve quand il s'agissait de la santé de ses enfants, n'ignorait pas que trop de pleurs l'empêchaient de dormir, lui coupaient l'appétit et lui faisaient du mal. Les autres enfants, et surtout Louisa et Bob qui étaient très taquins, la provoquaient autant qu'ils l'osaient et étaient périodiquement punis pour l'avoir fait pleurer. Des livres comme *Beauté noire, Vieux Bob, Histoire d'un cerf* et tous les Seton Thompson étaient à l'index dans la chambre d'enfants, à cause de Linda qu'ils avaient bouleversée à un moment ou à un autre. Il fallait les cacher, car, si on les laissait traîner, on ne pouvait se fier à Linda, qui ne manquerait pas de s'abandonner à une orgie de tortures volontaires.

La perfide Louisa avait inventé une poésie qui ne manquait jamais de déclencher des torrents de larmes :

Petite allumette, sans toit, sans abri,
Tu gis seulette, sans paroles, sans cris,
Petite allumette, sans abri...

Quand Tante Sadie n'était pas dans les parages, les enfants psalmodiaient en chœur ce lugubre refrain. Certains jours il suffisait de jeter un regard sur une boîte d'allumettes pour que Linda se liquéfie ; pourtant quand elle se sentait plus d'aplomb, plus apte à faire face à la vie, ce genre de plaisanterie tirait de son tréfonds, malgré elle, un rire bruyant. Linda n'était pas seulement ma cousine préférée, mais à cette époque, et pendant de longues années, l'être humain que j'aimais le plus. J'adorais tous mes cousins et Linda distillait, au moral comme au physique, l'essence même de la famille Radlett. Ses traits réguliers, ses cheveux lisses et bruns, ses grands yeux bleus formaient un thème dont les visages des autres étaient des variations : tous jolis, mais aucun aussi fortement caractéristique que le sien. Il y avait en elle quelque chose de violent (même quand elle riait, ce qu'elle faisait souvent et toujours comme à contrecœur), quelque chose qui rappelait les portraits de Napoléon jeune, une sorte d'intensité renfrognée.

Je voyais bien qu'elle était beaucoup plus préoccupée par Brenda que moi. Le fait est que ma lune de miel avec la souris avait pris fin depuis fort longtemps. Nous en étions venues à des rapports prosaïques, à une sorte de rouille conjugale, si l'on peut dire. Aussi, quand elle contracta une plaie dégoûtante sur l'échine, c'est à peine si je pus me conduire correctement à son égard et même la traiter humainement. À part le choc que l'on éprouve toujours à trouver, au matin, un animal raide et froid dans sa cage, j'avais été très soulagée que les souffrances de Brenda fussent enfin terminées.

« Où est-elle enterrée ? marmonna Linda avec rage en fixant son assiette.

— À côté du rouge-gorge. Elle a une petite croix adorable et son cercueil était doublé de satin rose.

— Allons, Linda chérie, dit Tante Sadie, si Fanny a fini son goûter, tu devrais lui montrer ton crapaud.

— Il dort là-haut », dit Linda.

Mais elle cessa de pleurer.

« Alors, prends un de ces *toasts* bien chauds.

— Puis-je mettre un peu de *condiment* dessus ? » demanda-t-elle, prompte à tirer avantage de l'humeur de Tante Sadie, car le *condiment* était strictement réservé à l'Oncle Matthew et considéré comme nocif pour les enfants. Les autres échangèrent démonstrativement des regards lourds de sens qui furent, comme il se devait, interceptés par Linda. Elle émit un sanglot énorme et bruyant et monta précipitamment.

« Les enfants, si vous pouviez ne pas taquiner Linda… » dit Tante Sadie, que l'irritation tirait de sa douceur coutumière, et elle monta derrière Linda. L'escalier partait du hall. Quand Tante Sadie ne put plus nous entendre, Louisa dit :

« Avec des si et des mais… Fanny, demain *chasse aux enfants* !

— Oui, Josh me l'a dit. Il était dans l'auto. Il avait été chez le vétérinaire. »

Mon oncle Matthew avait quatre magnifiques limiers avec lesquels il chassait ses enfants. Deux d'entre nous partaient en avant pour semer la piste, puis Oncle Matthew et les autres suivaient à cheval derrière les chiens. On s'amusait follement. Un jour il était venu chez nous et nous avait chassées, Linda et moi, à travers la plaine de Shenley. Ce fut la cause d'une énorme agitation dans le voisinage. Les gens venus en week-end dans le Kent furent atterrés, en se rendant à l'église, par le spectacle de quatre énormes limiers donnant de la voix derrière deux petites filles. Mon oncle leur apparut comme un seigneur corrompu tiré d'un roman, et je fus, plus encore qu'avant, entourée d'une auréole de folie et de perversité et jugée dangereuse et *infréquentable* pour leurs enfants.

« La chasse aux enfants », en ce premier jour des vacances de Noël, fut très réussie. Louisa et moi fûmes choisies comme lièvres. Nous battîmes la campagne, ces magnifiques plateaux désolés du Costwold. Nous étions parties peu après le petit déjeuner, quand le soleil n'était encore qu'un disque rouge à peine posé sur l'horizon. Les arbres, d'un bleu sombre, tranchaient sur un ciel pâle, mauve et rosé. Le soleil se leva comme nous avancions péniblement, avides de reprendre haleine. Il se mit à briller et un jour admirable se leva, qui donnait une impression d'automne attardé, bien plus que de Noël.

Nous parvînmes une fois à dépister les limiers, en passant au pas de course au milieu d'un troupeau de moutons, mais Oncle Matthew les remit bien vite sur la piste, et, après quelque deux heures d'une course qui fut dure, les bêtes qui aboyaient et bavaient nous rattrapèrent à un kilomètre de la maison et en furent récompensées par des tranches de viande et force caresses. Oncle Matthew était d'une humeur radieuse. Il descendit de cheval et rentra à pied avec nous, en bavardant gentiment. Chose inattendue, il fut même très aimable avec moi.

« J'ai appris la mort de Brenda, dit-il. Pas une grande perte, à mon avis. Cette souris puait comme l'enfer. J'imagine que tu devais garder sa cage trop près du radiateur. Je t'avais bien dit que c'était malsain. Mais elle est peut-être morte de vieillesse ?

— Elle n'avait que deux ans », dis-je timidement.

Oncle Matthew avait un très grand charme quand il consentait à l'exercer, mais, à l'époque, il m'inspirait une peur mortelle et je commettais l'erreur de le lui montrer.

« Tu devrais avoir une marmotte, Fanny, ou un rat. C'est bien plus intéressant que les souris blanches. Je dois pourtant avouer que Brenda était la plus sinistre de toutes les souris que j'aie jamais connues.

— Elle était embêtante, dis-je servilement.

— Quand j'irai à Londres, après Noël, je te ramènerai une marmotte. J'en ai vu l'autre jour aux *Grands Magasins de l'Armée et de la Marine*.

— Oh ! P'pa, c'est *vraiment* pas juste ! dit Linda qui chevauchait à nos côtés au pas de son poney. Tu sais bien que j'ai toujours rêvé d'une marmotte ! »

« C'est pas juste » était le cri perpétuel des Radlett, dans leur jeune âge. Le grand avantage de vivre dans une famille nombreuse, c'est qu'on y apprend de bonne heure l'importante leçon de l'injustice de la vie. Dans leur cas, je dois le dire, l'injustice tournait presque toujours à l'avantage de Linda, qui était l'adorée d'Oncle Matthew. Ce jour-là, toutefois, mon oncle était fâché contre elle et je vis en un clin d'œil que son amabilité envers moi, son bavardage cordial à propos de souris ne visaient qu'à la taquiner.

« Vous avez assez d'animaux comme ça, Mademoiselle, dit-il d'un ton coupant. Vous n'avez aucune autorité sur ceux que vous possédez. Et n'oublie pas ce que je t'ai dit : ton chien va rentrer dans sa niche dès que nous serons de retour et il y restera. »

Le visage de Linda se chiffonna, des larmes jaillirent, elle talonna son poney et regagna le logis au galop. Il se révéla que le chien Labby avait vomi dans le cabinet de travail d'Oncle Matthew, après le petit déjeuner. Oncle Matthew ne pouvait supporter qu'un chien fût malpropre : il était entré en rage et dans son ire avait décrété une fois pour toutes que Labby ne remettrait jamais les pattes dans la maison. De semblables incidents survenaient à tout moment pour une raison ou une autre, à propos de tel ou tel animal, mais Oncle Matthew aboyait plus qu'il ne mordait, et le bannissement ne durait guère au-delà d'un jour ou deux, après quoi mon oncle commençait, comme il le disait, à « mettre le doigt dans l'engrenage ».

« Je peux le faire entrer, le temps de chercher mes gants ?

« Je suis si lasse, je ne peux aller jusqu'à l'écurie ! Tu permets qu'il reste là, jusqu'après le goûter ?

— Ah ! je vois ce que c'est : le doigt dans l'engrenage ! Bon, pour cette fois il peut rester, mais s'il fait encore des saletés, ou si je l'attrape sur ton lit, ou s'il dévore mes beaux meubles – selon le crime qui avait attiré le bannissement –, je le ferai abattre et tu ne diras pas que je ne t'ai pas prévenue ! »

Tout de même, chaque fois que la condamnation au bannissement était proclamée, la propriétaire du condamné voyait déjà son bien-aimé égrenant tristement ses jours dans la solitaire réclusion d'une niche froide et lugubre.

« Même si je le sors trois heures par jour et si je bavarde avec lui pendant une heure encore, cela lui laisse vingt heures de solitude et de désœuvrement. Oh ! pourquoi les chiens ne savent-ils pas lire ? »

Les petits Radlett, on l'aura remarqué, se faisaient une idée hautement anthropomorphique de leurs animaux préférés.

Ce jour-là pourtant, Oncle Matthew était extraordinairement bien disposé et, comme nous quittions les écuries, il dit à Linda qui pleurait, assise dans la niche de Labby :

« Tu ne vas pas laisser cette pauvre brute là-dedans toute la journée ? »

Ses larmes oubliées comme si elles n'avaient jamais existé, Linda se précipita dans la maison, le labrador sur ses talons. Quand les Radlett n'étaient pas au faîte du bonheur, ils se trouvaient au fond des eaux sombres du désespoir. Leurs émotions n'étaient jamais sur un plan ordinaire : ils adoraient ou ils haïssaient, ils riaient ou ils pleuraient, ils vivaient dans un univers de superlatifs. Leur vie avec Oncle Matthew était comme un perpétuel « jeu de barres ». Tantôt il les laissait s'avancer aussi loin qu'ils l'osaient – parfois même fort loin –, tantôt, sans raison apparente, il bondissait sur eux avant même qu'ils eussent dépassé les limites. S'ils avaient été des enfants pauvres, on les aurait sans doute enlevés à ce papa braillard, rageur et dispensateur de fessées, pour les envoyer dans un *home d'enfants* respectable. Ou bien c'est lui qui leur aurait été enlevé et mis en prison, puisqu'il refusait de les instruire. La nature, parfois, fournit ses propres remèdes et les Radlett avaient sans doute en eux une part suffisante d'Oncle Matthew pour triompher des tempêtes qui auraient fait sombrer une enfant ordinaire telle que moi.

II

Il était bien connu à Alconleigh qu'Oncle Matthew me détestait. Cet homme violent et indiscipliné, pas plus que ses enfants, ne connaissait le juste milieu. Il aimait les gens à la folie ou il les détestait cordialement. Il faut dire qu'en général il les détestait. Il avait reporté sur moi sa haine pour mon père. Leur vieille inimitié datait d'Eton. Dès l'instant où il fut évident – c'est-à-dire dès ma conception – que mes parents avaient l'intention de m'abandonner, ma tante Sadie songea à m'élever avec Linda. Nous avions le même âge et ce projet semblait judicieux. Oncle Matthew le rejeta catégoriquement. Il déclara qu'il détestait mon père, qu'il me détestait aussi, mais surtout qu'il avait les enfants en horreur. C'était déjà bien assez ennuyeux d'en avoir deux à lui. (Il n'avait apparemment pas prévu qu'il en aurait très rapidement sept. En fait, aussi bien lui que Tante Sadie paraissaient perpétuellement ébahis d'avoir peuplé tant de berceaux, et semblaient n'avoir aucune ligne de conduite précise au sujet de l'avenir de leurs occupants.) Ainsi donc ma chère Tante Emily, qui avait eu naguère le cœur brisé par un monstre volage et cruel, et de ce fait était décidée à ne jamais se marier, me prit en charge et fit de moi l'œuvre de sa vie. Je lui en suis profondément reconnaissante. En effet, elle croyait avec ferveur à l'instruction des femmes et prit une peine infinie pour me faire instruire, allant jusqu'à habiter Shenley pour être à proximité d'une bonne école.

Les petites Radlett ne faisaient pratiquement pas d'études. Lucille, leur gouvernante française, leur apprenait à lire et à écrire. Bien que dépourvues de tout don musical, elles étaient tenues de « faire du piano » une heure par jour dans la salle de bal glaciale où, les yeux rivés à la montre, elles tapaient lourdement *Le Gai Laboureur* et quelques gammes. Tous les jours, sauf ceux où l'on chassait, elles étaient obligées de faire une « promenade française » avec Lucille. Là se bornait leur instruction. Oncle Matthew avait les femmes savantes en horreur, mais il considérait qu'une demoiselle de bonne famille doit, en plus de l'équitation, connaître le français et jouer du piano. Quand j'étais enfant, je les enviais, bien entendu, de ne connaître ni esclavage, ni asservissement, ni problèmes, ni sciences… Je n'en éprouvais pas moins une satisfaction pédante à ne pas être, comme elles, une illettrée.

Tante Emily ne m'accompagnait pas souvent à Alconleigh. Elle pensait peut-être que cela m'amusait davantage d'y aller toute seule, et sans nul doute elle devait trouver agréable de s'échapper, pour passer Noël avec ses amies d'enfance, abandonnant pour un moment les responsabilités de son âge respectable. À cette époque, Tante Emily avait quarante ans et nous, les enfants, avions depuis longtemps renoncé pour elle au monde, à la chair et au diable. Cette année-là, cependant, elle était partie de Shenley avant le début des vacances de Noël, en me disant qu'elle me reverrait à Alconleigh en janvier.

Le jour de la « chasse aux enfants », dans l'après-midi, Linda convoqua une réunion des *Honorables*. Ainsi se nommait la société secrète des Radlett. Quiconque n'était pas l'ami des Honorables était un *Contre-Honorable*. Le cri de guerre était : « Sus aux horribles Contres ! » J'étais une *Honorable*, puisque mon père, comme le leur, était un Lord[1].

1. En Angleterre, les enfants d'un Lord portent le titre d'Honorable suivi de leurs prénom et nom de famille. (*N.d.T.*)

Il y avait aussi beaucoup d'*Honorables Honoraires*. Il n'était pas nécessaire d'être né Honorable pour le devenir. Comme l'avait noté un jour Linda : « Bon cœur vaut mieux que couronne et foi simple que sang normand. » Je ne suis pas certaine que ce fût là le fond de notre pensée, car nous étions d'affreux snobs en ce temps-là, mais dans l'ensemble nous acceptions cette formule. En tête des *Honorables Honoraires* se trouvait Josh l'écuyer, très aimé de nous tous et qui valait des baquets de sang normand. Le chef des *Horribles Contres* était Craven, le garde-chasse. Nous lui faisions, sans répit, une guerre à mort. Les *Honorables* avaient l'habitude de se glisser dans les bois, où ils subtilisaient les pièges de Craven, libéraient les pinsons qui servaient d'appât aux éperviers et qu'il gardait dans des cages en fil de fer sans nourriture ni boisson. Ils faisaient des obsèques décentes aux victimes réservées pour le garde-manger de Craven et, avant les rendez-vous de chasse, débloquaient les terriers que le garde avait bouchés avec un grand soin.

Les pauvres *Honorables* souffraient des mœurs cruelles de la campagne. Quant à moi, mes vacances à Alconleigh m'initiaient véritablement à la brutalité. La maisonnette de Tante Emily se trouvait au milieu d'un village. C'était un coffret de style Queen Ann, avec des murs de brique, des boiseries blanches, un magnolia et une odeur fraîche et délicieuse. La maison était séparée de la campagne par un petit jardin propret, une clôture en fer forgé, un pré communal et les maisons du village. La campagne que l'on découvrait alors était bien différente de celle du Gloucestershire. Elle était plus douce, plus abritée, trop cultivée. C'était presque un jardin de banlieue. À Alconleigh, les bois cruels rampaient jusqu'à la maison. C'était chose courante d'être réveillé par les cris d'un lièvre qui cerclait, horrifié, autour d'un furet, ou par le glapissement étrange et terrible d'un renard, ou encore de voir, par la fenêtre d'une chambre, une renarde emporter dans sa gueule une poule vivante. Et le faisan juché pour la nuit, comme le hibou qui s'éveille, faisait retentir les nuits de sons sauvages, surgis des premiers âges. L'hiver, quand la neige recouvrait la terre, nous pouvions suivre les empreintes de bêtes nombreuses. Celles-ci aboutissaient souvent à une mare de sang, à un amas de poils ou de plumes, témoins des bonnes chasses des carnassiers.

De l'autre côté de la maison, à un jet de pierre, se trouvait la ferme du domaine. Là on massacrait les volailles et les porcs, on châtrait les agneaux et on marquait le bétail au fer rouge, comme si c'était tout normal, et au vu et au su de tous les passants. Même notre cher vieux Josh ne se gênait pas pour cautériser un cheval préféré après la saison des chasses.

« On ne peut lui "faire" que deux jambes à la fois », disait-il, sifflant entre ses dents comme si nous étions nous-mêmes des chevaux qu'il étrillait, « autrement il ne pourrait le supporter. »

Linda et moi ne savions guère endurer la douleur et trouvions intolérable que les animaux aient des vies si tourmentées et des morts si cruelles. (Cela me peine toujours beaucoup, mais en ce temps-là, à Alconleigh, c'était pour nous tous une véritable obsession.)

Les activités humanitaires des *Honorables* étaient interdites par Oncle Matthew sous peine de châtiment. Il prenait toujours fait et cause pour Craven, son serviteur favori. On devait préserver faisans et perdreaux et exterminer rigoureusement toutes les bêtes nuisibles, le renard excepté, à qui l'on réservait une mort plus intéressante. Les pauvres *Honorables* eurent à supporter plus d'une raclée ; on leur supprima leur argent de poche semaine après semaine, on les envoya au lit de bonne heure, on leur octroya des exercices de piano supplémentaires, et pourtant ils persistèrent héroïquement dans leurs activités illicites et décourageantes. De temps à autre, d'énormes caisses pleines de nouveaux pièges à loup arrivaient des *Grands Magasins de l'Armée et de la Marine* et, en attendant de les utiliser, on les entassait dans le bois autour de la cabane de Craven. (Son quartier général était un vieux wagon de chemin de fer placé mal à propos parmi les primevères et les mûriers d'une charmante petite clairière.) Ces centaines de pièges nous faisaient bien sentir la vanité d'enterrer quelques misérables bêtes en risquant nos biens et notre personne. Il nous arrivait de découvrir quelque animal hurlant, pris au piège. Il nous fallait toute notre réserve de courage pour nous en approcher, le libérer et le regarder fuir sur trois pattes, la quatrième n'étant plus qu'une horrible chose écrabouillée et pendante. Nous n'ignorions pas que la bête allait sans doute mourir d'infection au fond de son terrier. Oncle Matthew nous l'avait assez rabâché et ne nous avait fait grâce d'aucun détail horrible de ce long martyre. Mais nous avions beau savoir qu'il serait plus charitable de donner à l'animal le coup de grâce, nous ne parvenions jamais à nous y résoudre. C'était trop nous demander. Il nous arrivait, assez souvent, d'être pris de nausées et de nous sauver, après de tels épisodes !

Le lieu de réunion des *Honorables* était un placard à linge désaffecté, qui se trouvait tout en haut de la maison. Il était petit, sombre et terriblement surchauffé. Comme dans beaucoup de maisons de campagne, le chauffage central, qui avait été installé dans les premiers temps de cette invention et avait coûté un prix fou, était maintenant complètement démodé. Malgré la chaudière qui aurait été trop grande pour un transatlantique, malgré les tonnes de charbon qu'elle consommait quotidiennement, la température des pièces d'habitation était à peine modifiée, et toute la chaleur semblait se condenser dans le placard des *Honorables*, où l'on étouffait toujours. C'est là que nous venions nous asseoir, et, serrés les uns contre les autres sur les rayons, nous parlions, des heures durant, de la vie et de la mort.

Aux dernières vacances, nous avions été très obsédés par la naissance des enfants, sujet d'un intérêt prenant, et sur lequel nous avions été renseignés extraordinairement tard. Nous avions cru pendant longtemps que l'estomac des mères enflait pendant neuf mois, puis éclatait comme une citrouille mûre, expulsant l'enfant. Quand la vérité nous illumina, nous tombâmes de haut jusqu'au jour où Linda dénicha dans un roman et lut à haute voix, d'un ton lugubre, la description d'une femme en couches :

« *Sa respiration vient par grandes saccades... la sueur coule de son front comme de l'eau... des cris d'animal torturé déchirent l'air... et ce visage, tordu par la douleur, est-ce bien celui de ma Rhoda bien-aimée ? Cette chambre de tortures, est-ce bien notre chambre à coucher... cet amas, notre lit nuptial ? Docteur, docteur, criai-je, faites quelque chose... Je m'élançai dans la nuit !* », etc.

Nous fûmes assez troublées, car nous nous rendions compte que, sans doute, à notre tour, nous aurions à endurer ces affreux tourments. Quand nous en appelâmes à Tante Sadie, qui finissait à peine de mettre au monde son septième enfant, elle ne fut guère rassurante.

« Oui, dit-elle d'un ton distrait. C'est la plus terrible douleur du monde. Mais chose curieuse : on l'oublie toujours d'une fois à l'autre. À chaque fois que cela a recommencé, j'avais envie de dire : "Oh ! à présent je m'en souviens. Arrêtez, arrêtez ça !" Et naturellement c'était trop tard. »

Sur ce, Linda se mit à pleurer, disant que ce devait être épouvantable pour les vaches, ce qui mit fin à la conversation.

Il était difficile d'aborder avec Tante Sadie les questions sexuelles. Quelque chose semblait toujours se mettre en travers. Nous ne pûmes jamais dépasser la question « bébés ». Elle et Tante Emily, sentant à un moment donné que nous devrions en savoir davantage, mais trop gênées, je pense, pour nous éclairer elles-mêmes, nous donnèrent un manuel moderne sur la question.

Nous y glanâmes quelques idées saugrenues.

« Jassy, dit un jour Linda, d'un ton plein de mépris, est obsédée par les questions sexuelles, la pauvre !

— Obsédée ? dit Jassy. Personne ne l'est autant que toi, Linda. Écoute. Il suffit que je regarde un tableau pour que tu m'accuses d'avoir le *complexe de Pygmalion* ! »

En fin de compte, nous trouvâmes bien plus de renseignements dans un livre intitulé *De l'élevage des canards*. Après l'avoir étudié un certain temps, Linda dit :

« Les canards ne peuvent copuler que dans l'eau courante. Je leur souhaite du plaisir. »

Cette veille de Noël, nous étions tous entassés dans le lieu de réunion des *Honorables*, pour écouter ce que Linda avait à nous dire. Il y avait là Louisa, Jassy, Bob, Matt et moi.

« Parle-nous, dit Jassy, du "retour au sein maternel".

— Pauvre Tante Sadie, dis-je. Je ne pense pas qu'elle voudrait vous voir tous rentrer dans le sien !

— Sait-on jamais ? Tiens ! les lapines mangent leurs petits : quelqu'un devrait leur expliquer que ce n'est qu'un complexe.

— Comment peut-on *expliquer* quelque chose à des *lapines* ? C'est ce qui est si déroutant avec les animaux : ils ne comprennent pas quand on leur parle et voilà tout, pauvres anges ! Écoutez ce que je vais vous dire sur Sadie : elle voudrait y rentrer elle-même ! Elle a la manie des boîtes, et ça, c'est un signe ! Qui d'autre ? Toi, Fanny, qu'en penses-tu ?

— Je ne crois pas que j'en aurais envie, car le sein dans lequel j'étais n'était pas très confortable à ce moment-là, sais-tu, et, depuis, personne n'a eu la permission d'y séjourner.

— Elle s'est fait avorter ? fit Linda, intéressée.

— Du moins elle a beaucoup sauté et pris des bains chauds.

— Comment diable le sais-tu ?

— Une fois, quand j'étais toute petite, j'ai entendu Tante Emily et Tante Sadie qui en parlaient, et après je me le suis rappelé. Tante Sadie disait : “Comment y arrive-t-elle ?” et Tante Emily : “En faisant du ski, ou en chassant à courre, ou simplement en sautant de la table de cuisine.”

— Tu en as de la veine d'avoir des parents vicieux ! »

C'était là le refrain perpétuel des Radlett, et en effet mes « parents vicieux » constituaient ma principale attraction aux yeux de mes cousins. Par ailleurs, j'étais vraiment une petite fille fort peu distrayante.

« La nouvelle que j'apporte aujourd'hui aux *Honorables*, dit Linda après s'être éclairci la voix comme font les grandes personnes, tout en présentant un intérêt considérable pour tous les *Honorables*, concerne particulièrement Fanny. Je ne vais pas vous demander de deviner, parce qu'il est presque l'heure du goûter et vous n'en auriez jamais le temps d'ici là. Je vais donc vous le dire tout de suite : Tante Emily est fiancée ! »

Les *Honorables* retinrent leur souffle en chœur.

« Linda, dis-je, furieuse, tu l'as inventé ! »

Mais je savais qu'elle n'avait pu le faire.

Elle sortit un papier de sa poche. C'était la moitié d'une feuille de papier à lettres couverte de l'écriture large et enfantine de Tante Emily. Cela me sembla être la fin d'une lettre. Je regardai par-dessus l'épaule de Linda pendant qu'elle lisait : «... Ne pas dire tout de suite aux enfants que nous sommes fiancés. (Qu'en penses-tu, chérie ?) Mais vois-tu que Fanny le prenne en grippe ? Je ne puis croire cela possible, mais les enfants sont si bizarres. Ce serait un plus grand choc peut-être ? Oh ! Dieu, je ne puis décider ! En tout cas, chérie, fais pour le mieux. Nous arriverons jeudi et je te téléphonerai mercredi soir pour savoir ce qu'il en est. Toute l'affection d'Emily. »

Sensation dans le placard des *Honorables*.

III

« Mais pourquoi ? » m'écriai-je pour la centième fois.

Linda, Louisa et moi étions serrées dans le lit de Louisa, Bob était assis à nos pieds et nous discutions à voix basse. Ces bavardages de minuit étaient strictement défendus, mais à Alconleigh il était plus facile d'enfreindre le règlement au début de la nuit qu'à aucun autre moment. Oncle Matthew s'endormait presque pendant le dîner. Il allait ensuite somnoler pendant une petite heure dans son cabinet de travail, puis, tel un somnambule, gagnait son lit où il dormait jusqu'au petit matin du profond sommeil d'un homme qui a été à l'air tout le jour. Mais, à l'aube, il n'était que trop bien réveillé ! C'était l'heure de la guerre sans issue qu'il livrait aux femmes de chambre, et qui avait pour cause la cendre de bois. On chauffait les chambres d'Alconleigh au feu de bois. Oncle Matthew soutenait avec raison que, pour qu'un feu marche bien, il faut former un grand tas de cendre de bois et la laisser couver dans les foyers. Néanmoins – sans doute par une vieille habitude des poêles à charbon –, les domestiques s'entêtaient à enlever toutes les cendres. Quand Oncle Matthew, à force de les injurier, de les secouer et de bondir sur elles à six heures du matin, vêtu de sa robe de chambre en cachemire, les eut convaincues de leurs torts, elles décidèrent d'enlever tout de même et coûte que coûte une petite pelletée chaque matin. J'imagine qu'elles avaient ainsi l'impression d'affirmer leur personnalité. Le résultat en était une guérilla des plus excitantes. Les femmes de chambre sont des personnes notoirement matinales, et d'habitude elles peuvent compter sur trois bonnes heures, durant lesquelles elles ont le champ libre. Mais il n'en allait point ainsi à Alconleigh ! Hiver comme été, Oncle Matthew était debout à cinq heures du matin. Ressemblant, dans sa robe de chambre, au général Dourakine, il se promenait dans toutes les pièces, en se versant d'une bouteille thermos d'innombrables tasses de thé. Cela durait jusque vers sept heures, après quoi il prenait un bain. Le petit déjeuner, tant pour mon oncle, ma tante et leur famille que pour les invités, avait lieu à huit heures précises et aucun retard n'était toléré. Oncle Matthew n'était pas homme à respecter le sommeil d'autrui et l'on ne pouvait guère espérer dormir après cinq heures du matin : il sévissait partout, heurtait ses tasses, hurlait en appelant ses chiens, vociférait contre les domestiques, puis, avec un bruit de mitrailleuse, faisait claquer sur la pelouse des fouets rapportés du Canada. Tout cela était accompagné d'airs chantés au gramophone par Galli-Curci. L'instrument était d'une taille peu ordinaire et son pavillon énorme transmettait à grands cris *Una Voce poco fa*, « La Chanson de la Folle » dans *Lucia, l'Alouette* de Haendel, etc. Ces disques, joués au maximum de vitesse, paraissaient encore plus aigus et plus criards qu'ils ne l'étaient.

Rien ne me rappelle autant les jours de mon enfance à Alconleigh que ces airs-là. Oncle Matthew les fit jouer sans répit durant des années. Puis le charme fut rompu quand il alla à Liverpool pour y entendre Galli-Curci en chair et en os.

Si grande fut la désillusion causée par son aspect, que ces disques-là se turent à jamais et furent remplacés par la basse la plus coûteuse que l'on pût trouver :

Sur la mer, la brume grise est répandue...

ou :

J'ai atteint le pouvoir suprême...

Somme toute, ces nouveaux disques furent bien reçus par la famille, car ils déchiraient moins les oreilles au petit jour.

« Pourquoi aurait-elle envie de se marier ?

— Ce n'est pas comme si elle pouvait être amoureuse ! Elle a quarante ans ! »

Comme tous les êtres très jeunes, nous admettions sans discussion que l'amour est un jeu pour enfants.

« Quel âge croyez-vous qu'il ait ?

— Cinquante ou soixante ans, j'imagine. Peut-être croit-elle qu'il serait agréable d'être veuve ? Le voile de crêpe, tu sais !

— Peut-être croit-elle que Fanny devrait subir une influence masculine ?

— Une influence masculine ? fit Louisa. Je prévois des ennuis. Imaginez qu'il tombe amoureux de Fanny, ce sera du propre, comme le duc de Somerset et Élisabeth d'Angleterre. Il va te lutiner et te pincer quand tu seras au lit, tu verras ça.

— Tout de même, pas à son âge !

— Les vieux aiment les petites filles.

— Et les petits garçons, dit Bob.

— J'ai l'impression que Tante Sadie ne va rien dire avant leur arrivée, fis-je.

— Il y a encore une semaine. Elle est peut-être en train de se décider. Elle va en discuter avec P'pa. Ça vaudrait peut-être la peine d'écouter la prochaine fois qu'elle prendra un bain ? On t'en charge, Bob ! »

Le jour de Noël se passa, comme toujours à Alconleigh, entre de soudaines éclaircies et de subites averses. Comme seule peut le faire une enfant, je chassai de mon esprit la nouvelle inquiétante qui concernait Tante Emily et ne fus plus qu'à ma joie.

Vers six heures du matin, Linda et moi ouvrîmes péniblement nos yeux collés de sommeil et nous ruâmes sur nos bas[1]. Les « vrais » cadeaux étaient pour plus tard, les uns au petit déjeuner, les autres sur l'arbre de Noël, mais les bas représentaient un merveilleux hors-d'œuvre et étaient bourrés de trésors. Bientôt Jassy vint nous trouver et essaya de nous vendre quelques objets trouvés dans ses bas. L'argent seul l'intéressait, car elle économisait pour s'enfuir. Elle traînait partout son livret de caisse d'épargne et savait jusqu'au dernier sou ce qu'elle possédait. Par un miracle d'entêtement, car elle était nulle en calcul, Jassy transformait ces sommes en journées de loyer pour un studio. « Où en es-tu, Jassy ? – J'ai le montant du billet pour Londres et celui de la location d'un studio pendant un mois, deux jours et une heure, petit déjeuner compris. » La somme qui paierait les deux autres repas restait dans le domaine de l'imaginaire. Chaque matin Jassy consultait dans le *Times* les annonces de studios. Jusqu'alors le moins onéreux était situé à Clapham. Elle était si désireuse de se procurer la somme qui transformerait son rêve en réalité que nous pouvions compter faire quelques bonnes affaires au moment de Noël et de son anniversaire. À l'époque, Jassy avait huit ans.

Je dois reconnaître que mes « parents vicieux » faisaient des prodiges à Noël. Les cadeaux qu'ils m'envoyaient suscitaient l'envie de toute la maisonnée. Cette année-là, ma mère, qui était à Paris, me fit parvenir une cage dorée pleine d'oiseaux empaillés. Quand on remontait un ressort, les oiseaux pépiaient, sautillaient et buvaient de l'eau dans un bassin. Elle m'envoya aussi un bonnet de fourrure et un bracelet en or et topazes, dont la splendeur me sembla rehaussée du fait même que Tante Sadie les trouvait inconvenants pour une enfant. Mon père m'expédia un poney et une

1. Les enfants anglais ne mettent pas leurs souliers dans la cheminée, mais leurs bas au pied de leur lit. (*N.d.T.*)

charrette. Ce petit attelage, fort chic et ravissant, était arrivé depuis quelques jours et avait été dissimulé par Josh dans les écuries.

« C'est typique de ce sacré crétin d'Édouard de m'avoir envoyé ça ici ! dit Oncle Matthew. C'est à nous qu'il laisse tout le tracas de le faire parvenir à Shenley. Je parie que la pauvre vieille Emily ne va pas être enchantée. Qui diable va s'en occuper ? »

Linda pleura d'envie. « *C'est vraiment pas juste*, ne cessait-elle de répéter, que ce soit toi et pas moi qui aies des parents vicieux ! »

Nous décidâmes Josh à nous emmener en promenade après le déjeuner. Le poney était un amour et un enfant pouvait aisément l'atteler et même le harnacher. Linda mit mon bonnet et prit les guides. Nous rentrâmes en retard pour l'arbre de Noël. Les métayers et leurs enfants remplissaient déjà la maison. Oncle Matthew, qui était en train de se débattre avec son costume de Père Noël, émit de telles vociférations en nous voyant que Linda dut monter chez elle pour pleurer et n'assista pas à la remise des cadeaux. Oncle Matthew, qui s'était donné un peu de peine pour lui procurer la marmotte tant désirée, fut extrêmement contrarié. Il prit tout le monde à partie et fit grincer ses dentiers. (Une légende qui courait dans la famille assurait qu'il en avait déjà usé quatre dans ses colères.)

La soirée atteignit à son comble lorsque Matt sortit une boîte de feux d'artifice que ma mère lui avait envoyés de Paris. La boîte portait le mot : *Pétards*. Quelqu'un dit à Matt : « Ça sert à quoi ? » et il répliqua : « *Ben quoi, ça pète*[1]... » Cette remarque, entendue par Oncle Matthew, fut récompensée par une rossée de premier ordre, fort injuste du reste, puisque le pauvre Matt ne faisait que répéter ce que Lucille lui avait dit le jour même. Toutefois Matt considérait les corrections comme une sorte de phénomène naturel, sans relation avec les actes qu'il commettait, et les recevait avec une

1. En français dans le texte. (*N.d.T.*)

saine philosophie. Depuis, je me suis souvent demandé comment Tante Sadie avait pu confier ses enfants à cette Lucille, qui était le parangon même de la vulgarité. Nous l'adorions tous, car elle était gaie et pleine de vie et nous faisait la lecture sans arrêt, mais son langage était véritablement extraordinaire et ouvrait des abîmes sous les pas des imprudents.

« *Qu'est-ce que c'est que ce "custard" qu'on fout partout*[1] ? »

Jamais je n'oublierai cette remarque que fit Matt, dans l'innocence de son cœur, chez Fuller à Oxford, où l'Oncle Matthew nous avait emmenés pour nous régaler. Les conséquences en furent épouvantables. Oncle Matthew n'avait jamais songé, semble-t-il, que Matt ne pût connaître de tels mots par lui-même, et qu'il eût été plus équitable d'en supprimer la source.

1. En français dans le texte. (*N.d.T.*)

IV

Naturellement j'attendais l'arrivée de Tante Emily et de son futur époux avec une certaine agitation. En somme, c'était elle ma vraie mère. J'avais beau me languir de la perverse et éblouissante personne qui m'avait enfantée, c'était sur Tante Emily que je comptais pour trouver l'affection dénuée d'imprévu peut-être, mais solide et secourable, qui est l'apanage d'une mère consciente de ses devoirs. Notre petit foyer de Shenley était calme et heureux et offrait un contraste absolu avec l'agitation et les passions violentes d'Alconleigh. Notre vie y était terne sans doute, mais c'était un havre de grâce où j'étais toujours contente de revenir. Je crois que je commençais à me rendre compte confusément que tout à Shenley était centré sur moi. L'horaire même de la journée, avec son déjeuner servi tôt et son copieux goûter, était organisé en tenant compte de mes études et de mon sommeil. Pendant les vacances seulement, quand je partais pour Alconleigh, Tante Emily pouvait avoir sa vie à elle ; de telles détentes étaient rares cependant, car elle pensait qu'Oncle Matthew et toute cette atmosphère orageuse étaient nuisibles pour mes nerfs. Je ne me rendais peut-être pas très bien compte à quel point Tante Emily avait réglé son existence sur la mienne, mais je ne voyais que trop clairement tout ce que l'arrivée d'un homme dans notre petit train de maison allait changer. Ne connaissant presque aucun homme hormis ceux de la famille, je les imaginais tous sur le modèle d'Oncle Matthew, ou sur celui de ce cher père que j'avais rarement vu, mais dont je connaissais le caractère fougueux. L'un comme l'autre, lâché dans notre coquette petite maison, y aurait été bien peu à sa place. J'étais remplie d'appréhension, voire d'épouvante, et, influencée par l'imagination déréglée de Louisa et de Linda, je finissais par avoir les nerfs en pelote. Louisa me taquinait en citant *La Nymphe au cœur fidèle*. Elle m'en lut les derniers chapitres et bientôt je me vis expirant dans une pension de famille de Bruxelles, dans les bras du mari de Tante Emily !

Le mercredi, Tante Emily téléphona à Tante Sadie et elles se concertèrent pendant un temps infini. À cette époque le téléphone d'Alconleigh était dans une cabine vitrée au milieu d'un couloir brillamment éclairé, au fond de la maison. Il n'y avait pas d'autre appareil, il était donc impossible d'intercepter les conversations. (Plus tard, quand on fit mettre le téléphone dans le cabinet de travail d'Oncle Matthew, on installa un second poste, ce qui rendit impossible toute discrétion.)

Quand Tante Sadie revint au salon, elle se contenta de dire :

« Emily arrive demain par le quinze heures trois. Elle embrasse Fanny. »

Le lendemain nous allâmes tous à la chasse à courre. Les Radlett adoraient les animaux. Ils raffolaient des renards. Ils acceptaient de risquer de terribles raclées pour avoir débouché des terriers. En lisant *Le Roman de Renard*, ils pleuraient ou se réjouissaient avec Goupil. L'été, ils se levaient à quatre heures du matin pour aller voir les renardeaux jouer dans la lumière vert pâle des bois. Et, malgré tout cela, ils raffolaient de la chasse à courre plus que de n'importe quoi au monde. Ils avaient ça dans le sang ; moi aussi. Rien ne pouvait extirper cette passion qui était en nous comme un péché originel.

Pendant trois heures, ce jour-là, il n'y eut plus pour moi que mon corps et celui de mon poney. Je galopai, je peinai, je pataugeai, j'escaladai des collines, je glissai en redescendant, je freinai mon cheval, je le poussai, je me donnai à la terre et au ciel, j'oubliai tout. C'est à peine si j'aurais pu dire mon nom. C'est sans doute ce qui explique l'immense emprise de la chasse sur les gens, et surtout sur ceux qui ne sont pas intelligents : elle impose une concentration totale, tant mentale que physique.

Au bout de trois heures, Josh me ramena à la maison. Je n'avais pas la permission de rester longtemps à la chasse, parce que je me fatiguais et ensuite vomissais toute la nuit. Josh était sorti sur le deuxième cheval d'Oncle Matthew. Vers deux heures ils échangèrent leurs montures et Josh prit avec moi le chemin du retour, en chevauchant le premier cheval qui était couvert d'écume et de sueur. Je sortis de ma transe et vis que la journée, qui avait commencé dans un soleil radieux, était maintenant froide et sombre. La pluie menaçait.

« Et où madame la Comtesse chasse-t-elle cette année ? » demanda Josh au moment où nous nous engagions sur la route de Merlinford pour une pénible randonnée de quinze kilomètres. Cette route est toute en dos d'âne et plus cruellement exposée aux intempéries qu'aucune route que j'aie jamais connue. Pas le moindre abri, aucun rideau d'arbres sur toute la longueur de ses vingt kilomètres. Oncle Matthew n'avait jamais admis que les autos nous conduisent ou nous ramènent : il trouvait que c'était une honteuse habitude de poule mouillée.

Je savais que Josh voulait parler de ma mère. Il était au service de mon grand-père quand elle et ses sœurs n'étaient que de petites filles, et ma mère était son héroïne. Il l'adorait.

« Elle est à Paris, Josh.

— À Paris ? Et pour quoi faire ?

— Sans doute parce qu'elle s'y plaît !

— Oh, oh ! » fit Josh d'un air furieux.

Et nous chevauchâmes en silence pendant un kilomètre environ. La pluie avait commencé à tomber, une pluie fine et glacée qui balayait les vastes étendues de chaque côté de la route. Nous allions au trot et la pluie nous fouettait le visage. Je n'avais pas les reins solides et de trotter quelque temps me faisait souffrir mille morts. Je poussai mon poney sur l'herbe et galopai pendant un moment, mais je savais que Josh n'aimait pas cela du tout, car le cheval rentrait trop échauffé à l'écurie, disait-on. Et, si on le ramenait au pas, il prenait froid. Il fallait donc trotter, toujours trotter, trotter à se rompre les reins tout le long de la route.

« M'est avis, fit Josh enfin, que madame la Comtesse a gâché, oui-da gâché, tout le temps de sa vie qu'elle n'a pas passé sur un ch'val.

— C'est une cavalière étonnante, n'est-ce pas ? »

Josh m'avait déjà débité tout cela des quantités de fois, mais je ne pouvais m'en lasser.

« Elle n'a pas sa pareille au monde ! fit Josh en sifflant entre ses dents. Des mains de velours, mais dures comme fer. Et sa tenue… Tiens ! regardez-moi ça : vous êtes à vous balader en selle par-ci, puis par-là ! Nous allons avoir mal au dos ce soir, c'est chose certaine, je vous l'dis.

— Oh ! Josh, c'est de trotter. Je suis si fatiguée !

— Jamais je l'ai vue fatiguée, elle ! Je l'ai vue changer de cheval après une course de quinze kilomètres et sauter sur un cinq-ans bien frais qu'on n'avait pas sorti de toute une semaine ! Elle se pose dessus : un vrai oiseau ! J'ai pas senti son pied sur ma main. En un clin d'œil elle a attrapé les rênes et lui a remonté la tête à la bête, et la v'là qui vous saute haies et clôtures, arêtes et sillons, assise comme un roc. Sa Seigneurie (il voulait dire Oncle Matthew) sait monter, pour sûr, je ne dis pas l'contraire, mais voyez-moi en quel état il renvoie ses bêtes ! Si fatiguées qu'elles ne peuvent plus avaler leur gruau. Ça, pour monter, il sait monter, mais il n'étudie pas son cheval. Jamais j'ai vu vot'mère les ramener dans c't'état ! Elle le sait, elle, quand ils en ont assez et la v'là qui les ramène sans regarder en arrière. Bien sûr, Sa Seigneurie, c'est un homme grand et fort, j'dis pas le contraire. Pèse bien ses quatre-vingt-dix kilos, mais aussi il monte des chevaux grands et forts. Pourtant il les tue quasiment et après, qui c'est qui doit les veiller toute la nuit ? C'est moi, tiens ! »

La pluie à présent descendait en torrents. Un filet d'eau glacée se frayait un chemin le long de mon épaule gauche, et ma botte droite commençait à se remplir d'eau. La douleur que j'éprouvais était comme un coup de couteau. Je pensais ne pouvoir endurer cette souffrance un instant de plus, mais je savais bien que j'avais encore devant moi quelque dix kilomètres, un trajet de quarante minutes. À mesure que je me courbais toujours plus en avant, Josh me décochait des regards méprisants. Il était clair qu'il se demandait comment je pouvais bien être l'enfant de ma mère.

« Miss Linda, dit-il, ressemble à madame la Comtesse, c'est formidable ! »

Enfin, enfin nous en avions terminé avec la route de Merlinford. Par la vallée, nous descendîmes dans le village d'Alconleigh, puis montâmes la colline pour gagner la maison. Nous passâmes le portail d'entrée et par l'avenue pénétrâmes dans la cour des écuries. Tout ankylosée, je posai pied à terre, remis le poney à l'un des garçons d'écurie et m'en allai clopin-clopant, comme un vieillard.

J'étais presque devant la porte d'entrée, quand mon sang ne fit qu'un tour : je venais de me rappeler que Tante Emily devait déjà être arrivée avec LUI. Il me fallut un bon moment pour trouver le courage d'ouvrir la porte.

De fait, tournant le dos à la cheminée du hall, se tenaient Tante Sadie, Tante Emily et un homme petit, blond, jeune d'apparence. Ma première impression fut qu'il n'avait pas du tout l'air d'un mari. Il paraissait bon et doux.

« Voici Fanny ! firent mes tantes en chœur.

— Ma chérie, dit Tante Sadie, puis-je te présenter le capitaine Warbeck ? »

Je lui serrai la main à la façon brusque et disgracieuse des fillettes de quatorze ans, et me dis qu'il n'avait pas non plus l'air d'un capitaine.

« Oh ! ma chérie, comme te voilà mouillée ! Je pense que les autres ne seront pas rentrés avant bien longtemps ? D'où reviens-tu ?

— Quand je les ai quittés, ils battaient le petit bois près de Vieux Rosier. »

Je me souvins tout à coup, car j'étais, après tout, une femme en présence d'un mâle, combien j'étais toujours horrible à voir au retour de la chasse : éclaboussée des pieds à la tête, mon chapeau melon tout de guingois, mes cheveux en broussaille, ma cravate comme un drapeau au vent. Aussi, marmonnant je ne sais quoi, je gagnai l'escalier du fond pour prendre mon bain et mon repos. Après la chasse, on nous mettait au lit pour deux bonnes heures. Bientôt Linda rentra, encore plus trempée que moi, et se glissa dans mon lit. Elle aussi avait vu le capitaine et trouvait comme moi qu'il n'avait l'air ni d'un époux ni d'un militaire.

« Je ne le vois pas tuant des Allemands avec une pelle-pioche ! » dit-elle avec mépris.

Nous avions beau craindre l'Oncle Matthew, nous avions beau le critiquer, et même parfois le détester cordialement, il n'en demeurait pas moins pour nous comme le critère du mâle anglais. Il nous semblait que tout homme trop différent de lui n'était pas tout à fait « bien ».

« Je parie qu'Oncle Matthew va lui mener une drôle de danse, dis-je, inquiète à cause de Tante Emily.

— Pauvre Tante Emily ! Peut-être va-t-il l'obliger à le garder à l'écurie ? dit Linda, pouffant de rire.

— Pourtant, il a l'air plutôt gentil, tu sais, et, vu l'âge qu'elle a, je dirais qu'elle a bien de la chance d'avoir trouvé quelqu'un.

— Je suis impatiente de le voir avec P'pa. »

Or notre espoir d'un éclat dramatique fut déçu. Il fut immédiatement clair qu'Oncle Matthew s'était pris d'une énorme sympathie pour le capitaine Warbeck.

Comme sa première opinion sur les gens ne variait jamais, et que ses rares favoris pouvaient commettre des crimes sans nom sans qu'il y trouvât à redire, le capitaine Warbeck, dès ce jour, fut dans les petits papiers de l'Oncle Matthew.

« C'est un type terriblement calé, un littéraire, vous savez. C'est incroyable les choses qu'il sait faire ! Il écrit des livres et critique des tableaux, et tire des sons inouïs du piano, bien que les morceaux qu'il joue soient peu de chose. On voit pourtant ce que ce serait s'il apprenait les airs de *La Jeune Paysanne*, par exemple. Rien n'est trop difficile pour lui, ça se voit tout de suite. »

Au dîner, le capitaine Warbeck était placé à côté de Tante Sadie, et Tante Emily à côté d'Oncle Matthew. Ils se trouvaient séparés non seulement par quatre enfants (Bob avait la permission de dîner à table, car il devait entrer à Eton le semestre suivant), mais aussi par des zones d'ombre. La table de la salle à manger était éclairée par trois ampoules électriques formant grappe, qui pendaient au plafond. Elles étaient voilées par une tenture de soie japonaise d'un rouge foncé, ornée d'une frange d'or. De cette façon, un seul cercle de lumière vive était projeté sur le milieu de la table, tandis que les dîneurs et leurs couverts se perdaient dans une totale obscurité. Tous nos regards, bien entendu, étaient fixés sur la silhouette voilée d'ombre du fiancé, et son comportement nous intéressa à plus d'un égard. Au début, il parla à Tante Sadie de jardins, de plantations et d'arbustes, sujet de conversation inconnu à Alconleigh. Le jardinier s'occupait du jardin et c'était tout.

Il était bien à un kilomètre de la maison et personne n'y mettait les pieds, sinon pour y faire une courte promenade, l'été. Il semblait étrange qu'un homme qui vivait à Londres pût connaître les noms, les particularités et les propriétés médicinales de tant de plantes. Tante Sadie s'efforçait poliment de soutenir la conversation, mais ne pouvait complètement dissimuler son ignorance, bien qu'elle réussît à la cacher partiellement par une distraction simulée.

« Et comment est votre terre, par ici ? » demanda le capitaine Warbeck.

Tante Sadie revint de la lune avec un sourire radieux et dit d'un ton triomphal, car elle pouvait enfin répondre :

« C'est de l'argile.

— Ah oui ? » fit le capitaine.

Il sortit alors une petite boîte incrustée de bijoux, en retira une énorme pilule, l'avala, à notre grande stupéfaction, sans s'aider d'une seule gorgée d'eau, et dit, comme pour lui-même, mais très distinctement :

« Dans ce cas l'eau est affreusement constipante ici ! »

Quand Logan, le maître d'hôtel, lui présenta du hachis Parmentier (la nourriture à Alconleigh était aussi bonne qu'abondante, mais simple), il dit, toujours sans qu'on puisse savoir s'il voulait être entendu :

« Non, merci, pas de viande recuite ! Je suis un malheureux invalide. Je dois faire attention, sinon je paie. »

Tante Sadie avait tellement horreur d'entendre parler de santé qu'on la prenait volontiers pour une adepte de la Christian Science. Elle aurait en somme pu en devenir une, si elle n'avait eu encore plus horreur d'entendre parler de religion. Elle ne fit donc pas attention, mais Bob, très intéressé, demanda en quoi la viande recuite pouvait vous faire du mal.

« Oh ! répondit le capitaine Warbeck d'une voix faible, tandis qu'il empilait sur son assiette tout ce qu'il y avait de salade, la viande recuite demande un gros travail aux sucs digestifs. Autant manger du cuir ! »

Il dit encore, de la même voix contenue :

« La laitue crue est un antiscorbutique », puis, ouvrant une nouvelle boîte qui contenait des pilules encore plus volumineuses, il en prit deux en murmurant : « Protéines. »

« Votre pain est succulent », dit-il à Tante Sadie, comme pour réparer l'impolitesse d'avoir refusé de la viande recuite. « Je suis sûr qu'il contient tout le germe.

— Comment ? » fit Tante Sadie, s'arrêtant au milieu d'une confabulation susurrée avec Logan. (« Demandez à madame Crabb, lui disait-elle, si elle ne pourrait pas préparer vivement encore un peu de salade. »)

« Je disais : je ne doute pas que ce pain délicieux ne soit fabriqué avec de la farine complète, qui contient une grande proportion de germe. Dans ma chambre, chez moi, j'ai l'image d'un grain de blé (très agrandi naturellement), et qui montre le germe. Comme vous le savez, dans le pain blanc le germe, qui a de merveilleuses propriétés nutritives, se trouve éliminé – je devrais dire extirpé – pour être mis dans la pâtée des poules. Il en résulte que le genre humain devient de plus en plus débile, tandis que les poules se développent et se fortifient de génération en génération.

— Si bien que finalement », fit Linda qui écoutait figée d'attention, tandis que Tante Sadie, elle, s'était retirée dans un nuage d'ennui, « si bien que les poules vont devenir honorables, et les *Honorables* seront des poules mouillées ! Oh ! comme cela m'amuserait de vivre dans un honorable petit poulailler !

— Je ne crois pas que ton travail serait à ton goût, dit Bob. Une fois j'ai vu une poule qui était en train de pondre, et je t'assure qu'elle avait une expression épouvantable !

— Ça doit être comme quand on va aux cabinets.

— Allons, Linda, fit Tante Sadie d'un ton brusque. Tu peux nous épargner tes remarques. Continue de manger et tais-toi. »

Certes Tante Sadie était distraite, mais on ne pouvait tout de même pas espérer qu'elle ne voyait rien de ce qui se passait autour d'elle.

« Vous me disiez, capitaine ? Vous parliez de germes, je crois ?

— Oh ! pas de germes, *du* germe ! »

À ce moment précis, je me rendis compte que, noyés dans l'ombre à l'autre bout de la table, Oncle Matthew et Tante Emily se livraient à l'une de leurs disputes coutumières, et qu'il était question de moi. Chaque fois que Tante Emily venait à Alconleigh, il se produisait entre eux l'une de ces altercations et pourtant on pouvait voir qu'il l'aimait bien. Il aimait toujours les personnes qui lui tenaient tête et aussi, peut-êtrc, voyait-il en elle comme le reflet de Tante Sadie, qu'il adorait. Tante Emily était plus sûre d'elle que Tante Sadie. Elle avait plus de caractère et moins de beauté et n'était pas usée par les maternités. Mais elles étaient très semblables. Ma mère différait d'elles complètement en tous points, mais n'était-elle pas, la pauvre, comme l'aurait dit Linda, une « obsédée sexuelle » ?

Oncle Matthew et Tante Emily étaient embarqués dans une discussion que nous avions tous maintes fois entendue. Il s'agissait de l'instruction des femmes.

Oncle Matthew :

« J'espère que l'école de cette pauvre Fanny – le mot "école" prononcé sur un ton d'inexprimable mépris – lui fait tout le bien que tu crois. Le fait est qu'elle y a glané quelques expressions effroyables ! »

Tante Emily, calme, mais sur la défensive :

« Cela se peut. Elle y glane aussi pas mal d'instruction. »

Oncle Matthew :

« De l'instruction ! J'ai toujours cru qu'une personne instruite ne disait jamais "papier à écrire". Pourtant j'ai bien entendu cette pauvre Fanny demander à Sadie du "papier *à écrire*" ! Curieuse instruction ! Fanny dit "formidable", "flacon *d'odeur*", "de mal en *pire*", "comparer *ensemble*". Elle met du sucre dans son café et porte un pompon sur son parapluie ! Je ne doute pas que, si jamais elle a la bonne fortune de trouver un mari, elle appellera ses beaux-parents "Papa" et "Maman". Toute cette merveilleuse instruction qu'elle reçoit dédommagera-t-elle le pauvre homme de tous ces impairs ? Imagine-t-on une épouse qui parle de "papier à écrire" ; comme ce doit être énervant ! »

Tante Emily :

« Il serait bien plus énervant d'avoir une épouse qui n'a jamais entendu parler de George III. (Tout de même, Fanny chérie, on dit papier *à lettres*, tu sais. Je ne veux plus entendre parler de « papier *à écrire* », n'est-ce pas ?) Voilà où toi et moi avons notre rôle à jouer, Matthew. L'influence familiale est considérée comme l'un des atouts importants de toute éducation. »

Oncle Matthew :

« Tu vois bien ! »

Tante Emily :

« *Un* atout important, mais en tout état de cause pas *le* plus important. »

Oncle Matthew :

« Point n'est besoin de suivre les cours de quelque exécrable établissement pour petits-bourgeois, afin d'apprendre qui était George III. À propos, qui était-ce, Fanny ? »

Hélas ! je ne savais jamais briller en de telles occasions. Mes capacités intellectuelles s'éparpillaient aux quatre vents, à cause de la terreur que m'inspirait Oncle Matthew. Écarlate, je répondis :

« C'était un roi. Il est devenu fou.

— Fort original ! Tout à fait instructif ! dit Oncle Matthew, plein de sarcasme. Je dois avouer qu'il vaut la peine de perdre jusqu'au dernier fragment de charme féminin afin d'acquérir de telles connaissances ! Des jambes comme des poteaux à force de jouer au hockey, et je n'ai de ma vie vu une femme se tenir aussi mal à cheval ! J'aime mieux crever que de voir ça. Linda, toi qui n'as aucune instruction (Dieu merci), que peux-tu nous dire de George III ?

— Ma foi, fit Linda qui avait la bouche pleine, il était le fils du "pauvre Fred" et le père de l'obèse ami de Brummel et c'était un de ces fantaisistes, vous savez bien : "Je suis le chien de Son Altesse et vous, Monsieur, qui vous tient en laisse ?" »

Elle ajouta, sans raison logique :

« Oh ! ce que c'est mignon ! »

Oncle Matthew décocha à Tante Emily un regard chargé de cruel triomphe. Je vis que j'avais trahi mon camp et me mis à pleurer, ce qui inspira à Oncle Matthew un nouvel accès de perfidie.

« C'est une chance que Fanny ait plus tard quinze mille livres de rente annuelle, dit-il, sans compter les placements que la Trotteuse peut avoir eu la possibilité d'effectuer au cours de sa carrière… Elle ne manquera pas de trouver un mari, même si elle dit "pécunier" pour "pécuniaire" et verse le lait avant le thé ! Je n'ai pas peur qu'elle reste célibataire, mais je dis seulement que son pauvre diable de mari sera réduit à boire, quand elle aura mis le grappin sur lui. »

Tante Emily foudroya Oncle Matthew du regard. Elle avait toujours essayé de me cacher que j'étais une riche héritière. En fait, je ne l'étais qu'aussi longtemps que mon père, sain et robuste encore, et dans la fleur de l'âge, ne se remariait pas avec une femme capable de lui donner des enfants. Il se trouvait pourtant que, comme les princes de la Maison de Hanovre, il n'aimait que les femmes de plus de quarante ans. Après que ma mère l'eut quitté, il avait eu une ribambelle d'épouses entre deux âges qui, malgré les miracles de la science moderne, étaient restées stériles. Les grandes personnes croyaient aussi, bien à tort, que nous les enfants ne savions pas que ma mère était surnommée « la Trotteuse ».

« Tout cela, dit Tante Emily, est à côté de la question. Fanny aura, c'est possible, dans un avenir éloigné, un peu d'argent personnel, encore qu'il soit dérisoire de parler de quinze mille livres. Mais, qu'elle en ait ou n'en ait pas, l'homme qu'elle épousera pourra peut-être subvenir à ses besoins. Par ailleurs, le monde moderne étant ce qu'il est, elle aura peut-être besoin de gagner sa vie. De toutes les manières, elle sera une femme plus pondérée, plus heureuse, plus ouverte et plus attrayante si elle…

— Si elle sait que George III était un roi qui est devenu fou ! »

Ma tante avait tout de même raison et nous le savions toutes deux. Les petits Radlett lisaient énormément, mais de façon sporadique et irrégulière. La bibliothèque d'Alconleigh, constituée par leur grand-père, homme fort cultivé, était le type même d'une bibliothèque du XIXe siècle. Ils purent y glaner beaucoup de connaissances hétérogènes, que leur imagination débordante enjolivait ensuite. Mais s'ils savaient, grâce à leur charme et leur entrain, combler des gouffres d'ignorance, ils n'avaient jamais su se concentrer et étaient incapables d'un travail sérieux et suivi. Le résultat en fut par la suite leur totale incapacité à supporter l'ennui. Les orages et les complications ne les ébranlaient jamais, mais le traintrain quotidien de l'existence les remplissait d'un ennui mortel, parce qu'ils manquaient complètement de toute discipline intellectuelle.

Le dîner fini, au moment de quitter la salle à manger, nous entendîmes le capitaine Warbeck qui disait :

« Pas de porto, merci. Une boisson délicieuse, mais je suis forcé de la refuser. C'est l'acidité du porto qui m'a rendu si fragile.

— Ah ! vous avez donc été un grand buveur de porto ? demanda Oncle Matthew.

— Certes non, pas moi ! Je n'y ai jamais touché. Ce sont mes ancêtres… »

Un peu plus tard, quand les hommes nous rejoignirent au salon, Tante Sadie leur annonça :

« Maintenant les enfants connaissent la nouvelle.

— Ils doivent trouver très drôle, dit David Warbeck, que de vieilles gens comme nous se marient ?

— Oh ! mais bien sûr que non ! fîmes-nous poliment et en rougissant.

— C'est un type extraordinaire, dit l'Oncle Matthew. Il sait tout. Il dit que ces sucriers Charles II ne sont qu'une imitation faite à l'époque georgienne. Imaginez-vous qu'ils n'ont aucune valeur ! Demain nous ferons le tour de la maison : je vous montrerai tous nos objets et vous pourrez nous dire ce que vous savez sur eux.

C'est bien utile d'avoir un type comme vous dans la famille, je dois l'avouer.

— Ce sera charmant, fit David d'une voix éteinte, mais à présent, si cela ne vous fait rien, je crois que je vais aller me coucher. Oui, merci beaucoup, je prends du thé tôt le matin. C'est tout à fait nécessaire pour compenser la transpiration nocturne. »

Il serra la main de tout le monde et sortit précipitamment de la pièce, en disant pour lui-même : « Quelle fatigue de faire sa cour ! »

« David Warbeck est un *Honorable*, dit Bob tandis que nous descendions tous, le lendemain matin, pour prendre notre petit déjeuner.

— Oui, c'est même un *Honorable Formidable*, fit Linda, somnolente.

— Non, je veux dire qu'il en est un *vrai*. Regarde : voilà une lettre pour lui : "L'Honorable David Warbeck". J'ai vérifié dans le *Debrett*[1] et c'est exact. »

C'était, à l'époque, la lecture favorite de Bob. Il y était toujours plongé. Nous l'entendîmes un jour mettre Lucille au courant de ses recherches, en lui déclarant :

« *Les origines de la famille Radlett sont perdues dans les brumes de l'Antiquité*[2]. »

« Il n'est que le cadet, et l'aîné a un fils, alors je crains que Tante Emily n'ait jamais le titre de Lady. Et puis son père n'a été fait baron qu'en 1860, il est le deuxième du nom et ils ne remontent qu'à 1720. Avant cela c'était une lignée féminine. – Bob parlait d'une voix traînante. – Pourtant… »

Nous entendîmes David Warbeck qui descendait l'escalier en disant à Oncle Matthew :

« Oh non ! ce ne peut être un Reynolds. Peut-être un Prince Hoare de la plus mauvaise manière si vous avez de la chance. »

1. *Debrett* : annuaire de l'aristocratie anglaise. (*N.d.T.*)
2. En français dans le texte. (*N.d.T.*)

Oncle Matthew souleva le couvercle d'un plat fumant :

« Voulez-vous de ce machin qui fait réfléchir les cochons ?

— Volontiers, si vous entendez par là que c'est de la cervelle de porc ? C'est un mets des plus digestes.

— Et, après le petit déjeuner, je vais vous montrer ma collection de minéraux qui se trouve dans la galerie Nord. Je parie que vous l'apprécierez à sa juste valeur. C'est, paraît-il, la plus belle collection de toute l'Angleterre. Elle m'a été léguée par un oncle qui a passé toute sa vie à l'enrichir. En attendant, que dites-vous de mon aigle ?

— Eh bien ! s'il était chinois, il vaudrait une fortune. Mais j'ai peur qu'il ne soit japonais. Ne vaut même pas le prix du bronze. Passez-moi la moutarde, je vous prie, Linda. »

Après le petit déjeuner, nous envahîmes tous la galerie Nord, où des milliers de pierres s'entassaient dans des vitrines. Ici des pierres pétrifiées, là des fossiles. Les plus séduisants, c'étaient les quartz et les lapis, tandis que les grands silex, qui avaient l'air d'avoir été ramassés au bord de la route, nous plaisaient moins que tout le reste. Précieux, uniques, ils étaient l'orgueil de la famille. « Les minéraux de la galerie Nord sont dignes d'un musée. » Nous, les enfants, nous les vénérions. Davey les examina minutieusement, en porta quelques-uns à la fenêtre, les scruta. Finalement, il poussa un gros soupir et annonça :

« Quelle admirable collection ! Vous n'ignorez pas, je pense, qu'ils sont tous malades ?

— Malades ?

— Très malades, et leur maladie est trop avancée pour être traitée. Dans un an ou deux ils seront tous morts. Autant les jeter tous à la poubelle ! »

Oncle Matthew était aux anges.

« Sacré individu, dit-il, rien n'est à son goût ! Jamais je n'ai vu un type pareil ! Même les minéraux peuvent attraper des maladies contagieuses, selon lui ! »

V

L'année qui suivit le mariage de Tante Emily nous transforma, Linda et moi, de fillettes trop puériles en adolescentes alanguies qui attendaient l'amour. L'un des résultats de ce mariage fut que je passai désormais presque toutes mes vacances à Alconleigh. Davey, comme tous les favoris d'Oncle Matthew, ne voyait absolument pas en quoi il pouvait être terrifiant. Il repoussait avec mépris les théories de Tante Emily, qui prétendait que la compagnie trop prolongée de mon oncle était un danger pour mes nerfs.

« Vous n'êtes qu'un tas de bébés pleurnichards, fit-il avec dédain, si vous vous laissez impressionner par ce vieil ogre en carton-pâte ! »

Davey avait laissé son appartement de Londres et vivait avec nous à Shenley. Sa présence n'y modifiait guère notre vie durant l'année scolaire, si ce n'est pour les quelques changements salutaires qu'entraîne forcément une présence masculine dans une maison de femmes seules. Les rideaux, les tentures, ainsi que les vêtements de Tante Emily, subirent d'énormes modifications dans le sens d'une amélioration sensible. Dans la période des vacances, pourtant, il tenait à emmener sa femme dans sa famille à lui ou à l'étranger, et on m'expédiait alors à Alconleigh. Tante Emily comprenait sans doute que, s'il lui fallait choisir entre les désirs de son époux et mon système nerveux, les premiers devaient l'emporter. Malgré leurs quarante ans bien sonnés, ils étaient, je crois, fort épris l'un de l'autre. Ce devait être une véritable corvée pour eux que de m'avoir sans cesse auprès d'eux, et que jamais ils ne m'aient permis de m'en apercevoir en dit long sur leur bon caractère. Bien au contraire, Davey était alors, et est toujours resté pour moi, un beau-père exemplaire : affectueux, compréhensif et parfaitement discret. Il m'accepta une fois pour toutes comme la propriété de Tante Emily, et ne se demanda jamais si ma présence à son foyer était vraiment inévitable.

Quand arrivèrent les vacances de Noël, Louisa fit son entrée dans le monde officiellement. Elle fréquentait tous les bals, source pour nous d'une amère jalousie, bien que Linda assurât avec dédain qu'elle n'avait pas l'air de trouver beaucoup de prétendants !

Nous ne devions « aller dans le monde » que deux ans plus tard – pour nous une éternité – et plus encore pour Linda que pour moi. Elle était véritablement anéantie par son impatience de connaître l'amour, et, n'ayant ni leçons ni devoirs, elle ne trouvait aucun dérivatif. En fait, rien ne l'intéressait désormais à part la chasse, et même les animaux semblaient avoir perdu pour elle tout attrait. Les jours où nous ne chassions pas, nous ne faisions rien d'autre, elle et moi, que nous traîner d'une chaise à l'autre. Nous étions devenues trop fortes pour nos costumes de sport, dont les crochets et les agrafes craquaient toujours à la taille. Nous faisions d'interminables réussites, ou bien nous allions nous vautrer dans le *placard des Honorables* et y passions le temps à nous mesurer. Nous avions un ruban métrique et faisions des concours, en comparant la grandeur de nos yeux, la finesse de nos poignets, de nos chevilles, de notre cou et de notre taille, la longueur de nos jambes et de nos doigts, et ainsi de suite. Linda l'emportait toujours. Quand nous en avions assez de nous mesurer, nous commencions des conversations romanesques. Elles étaient des plus innocentes, car, à cette époque, l'amour et le mariage étaient pour nous synonymes, et nous étions certaines qu'ils duraient à jamais, jusqu'à la tombe et bien au-delà. Nous n'étions plus préoccupées par le péché. Bob, à son retour d'Eton, avait pu nous renseigner sur Oscar Wilde, et, maintenant que son crime n'était plus pour nous un mystère, il nous semblait fade, peu romantique et incompréhensible.

Nous étions, naturellement, amoureuses toutes deux, mais d'hommes que nous ne connaissions pas. Linda était éprise du prince de Galles et moi d'un gros fermier rubicond, d'âge avancé, que je voyais parfois traverser Shenley à cheval. Ces amours étaient violentes et douloureusement exquises. Elles occupaient toutes nos pensées, mais je crois que nous nous rendions compte, malgré tout, que nos « objets » seraient un jour supplantés par des êtres plus réels. Ces amours-là préparaient l'ambiance, pour ainsi dire, en vue de candidats futurs. Par exemple, ce que nous n'aurions jamais admis, c'est qu'il pût y avoir des amours après le mariage. Nous étions en quête du véritable amour, celui qu'on ne peut connaître qu'une fois au cours de sa vie, l'amour impatient d'être consacré et dès lors immuable. Nous savions que les maris ne sont pas toujours fidèles. Il fallait s'y attendre, le comprendre et le pardonner. *Je t'ai été fidèle, ô Cynara, à ma façon*… semblait fort bien dire la chose. Mais, pour les femmes, il en allait autrement. Seules les plus viles pouvaient aimer ou se donner plus d'une fois. Je ne sais pas très bien comment je conciliai de tels sentiments avec l'immense culte que j'avais voué à ma mère, cette poupée adultère. Sans doute la plaçais-je dans une catégorie totalement à part, avec des héroïnes de la classe d'Hélène de Troie. Quelques personnages historiques devaient, nous l'admettions, faire partie de cette catégorie, mais Linda et moi étions des idéalistes en ce qui concerne l'amour, et n'aspirions pas pour nous-mêmes à ce genre de célébrité.

Cet hiver-là, Oncle Matthew avait un nouveau disque de gramophone intitulé *Thora*. « *Je vis dans un monde de roses*, tonnait une basse profonde, *mais je rêve d'un pays de neige. Parle, ô parle, ô parle, Thora !* » Il le faisait tourner de l'aube au coucher du soleil et il convenait exactement à notre état d'âme. « Thora » nous semblait le prénom le plus beau et le plus émouvant.

Tante Sadie allait donner un bal pour Louisa aussitôt après Noël, et nous fondions sur cette fête de grands espoirs. Il est vrai que ni le prince de Galles ni mon fermier n'étaient parmi les invités, mais, comme disait Linda : « Peut-on jamais savoir, à la campagne ? » Quelqu'un pouvait nous les amener. Le prince pouvait avoir une panne de voiture en allant, par exemple, à Badminton. Quoi de plus naturel, alors, qu'il tue le temps en venant assister aux réjouissances ?

« Dites-moi, je vous prie, qui est cette belle jeune personne ?

— Ma fille Louisa, Votre Altesse.

— Vraiment ? Oh, charmante ! Mais je veux dire celle qui porte une robe de taffetas blanc ?

— C'est ma cadette, Linda, Votre Altesse Royale.

— Veuillez me la présenter. »

Il l'emporterait alors dans une valse si parfaite que les autres danseurs s'arrêteraient et s'écarteraient pour les admirer. Quand ils seraient las de danser, ils iraient s'asseoir et passeraient le reste de la soirée à échanger des propos étincelants.

Le lendemain, un aide de camp viendrait demander sa main.

« Mais elle est si jeune !

— Son Altesse Royale consent à attendre pendant un an. Elle vous rappelle que Sa Majesté l'Impératrice d'Autriche fut mariée à seize ans. En attendant, elle me prie de vous remettre ce bijou. »

Un coffret en or, un coussinet rose et blanc, une fleur en diamants.

Mes rêveries à moi étaient moins exaltées, également invraisemblables, mais aussi réelles pour moi. J'imaginais mon fermier m'enlevant d'Alconleigh et, tel le jeune *Lochinvar* de la légende, m'emportant en croupe jusqu'à la forge la plus proche, où le forgeron nous marierait[1]. Linda me dit très gentiment que nous pourrions vivre dans l'une des fermes du domaine royal, mais je trouvais que cela manquerait de charme et préférais une ferme à moi.

Cependant, les préparatifs pour le bal allaient leur train, occupant tous les commensaux d'Alconleigh. Ma robe et celle de Linda, en taffetas blanc avec des panneaux flottants et des ceintures brodées de perles, étaient confectionnées par Mrs Josh, dont nous envahissions la maisonnette à toute heure pour constater les progrès du travail. La robe de Louisa venait d'une maison de couture. Elle était en lamé argent, garnie d'un fin ruché bordé de tulle bleu. Nullement assortie à la robe, une grande rose très épanouie, en soie rosée, pendait sur l'épaule gauche. Tante Sadie, qui avait secoué son apathie coutumière, était dans un état de préoccupation excessive et se faisait beaucoup trop de souci pour ces préparatifs. Jamais nous ne l'avions vue dans un état pareil. Pour la première fois de mémoire d'homme, elle fut en désaccord avec Oncle Matthew. Voici ce qu'il en était : le plus proche voisin d'Alconleigh était Lord Merlin, dont les terres côtoyaient les nôtres, et dont le manoir de Merlinford était à quelque dix kilomètres de chez nous. Oncle Matthew le haïssait. Quant à Lord Merlin, son adresse télégraphique en disait long sur son compte : « Tracassevoisin ». Il n'y avait pas eu, toutefois, de rupture officielle entre eux. Le fait qu'ils ne se voyaient jamais ne signifiait rien, car Lord Merlin ne chassait ni ne pêchait, tandis qu'Oncle Matthew n'avait de sa vie accepté de prendre un repas chez un voisin. « La nourriture est excellente chez moi », avait-il coutume de dire, si bien que depuis

1. Allusion à une légende écossaise où un jeune noble enlève sa bien-aimée le jour même de ses noces et l'emmène à la frontière entre l'Écosse et l'Angleterre, où, selon une coutume du XVIe siècle, les forgerons étaient qualifiés pour célébrer les mariages clandestins. (*N.d.T.*)

longtemps personne ne l'invitait plus. Ces deux hommes, de même que leurs maisons et leurs domaines, offraient un contraste absolu. Alconleigh était une grande bâtisse fort laide de style georgien, avec une façade au nord. Elle avait été édifiée dans le seul but d'abriter, en cas d'intempérie, une succession de gentilshommes bucoliques ainsi que leurs épouses, leurs familles nombreuses, leurs chiens et leurs chevaux, les veuves de leurs pères et les vieilles filles, leurs sœurs. On n'avait tenté ni de l'embellir, ni d'en adoucir les lignes, ni d'en enjoliver la façade. Tout y était aussi austère et aussi nu qu'une caserne. La maison était plantée au flanc d'une colline abrupte. À l'intérieur, la note dominante, le thème, était la mort. Non pas la mort des jeunes filles, une mort romantique parée d'urnes, de saules pleureurs, de cyprès et d'odes funèbres, mais la mort des guerriers, violente, réelle. Sur les murs, hallebardes, piques et mousquetons anciens formaient des motifs sans recherche et encadraient des têtes d'animaux massacrés en diverses terres lointaines, des drapeaux et des uniformes qui avaient appartenu à des Radlett défunts… Les vitrines contenaient non des miniatures de jolies dames, mais des médailles de leurs maîtres et seigneurs, des insignes, des porte-plume faits avec des dents de tigre, le fer à cheval d'un destrier aimé, des télégrammes annonçant des morts sur les champs de bataille, et des ordres du jour calligraphiés sur des feuilles de parchemin. Le tout était mis pêle-mêle, fouillis de toutes les époques.

Merlinford, blotti dans une vallée orientée sud-ouest, était entouré de vergers et de charmantes vieilles fermes. C'était une villa, bâtie à peu près à la même époque qu'Alconleigh, mais par un architecte bien différent et dans un tout autre but. C'était une maison que l'on était appelé à habiter et non à abandonner tout le jour pour courir à l'assaut des ennemis ou des animaux. Elle convenait à un célibataire ou à un ménage avec un ou deux enfants beaux, intelligents et délicats de santé. Il y avait des plafonds peints par Angelica Kauffmann, un escalier Chippendale, des meubles signés. Dans le hall, où pendaient deux Watteau, on ne voyait ni pelle-pioche, ni têtes d'animaux.

Lord Merlin embellissait constamment sa demeure. C'était un grand collectionneur et non seulement Merlinford, mais ses maisons de Londres et de Rome regorgeaient de trésors. Un antiquaire bien connu de Londres avait même jugé intéressant d'ouvrir une succursale dans le petit bourg de Merlinford, afin de tenter Sa Seigneurie, durant sa promenade matinale, avec des objets de choix. Un bijoutier de Bond Street avait bientôt suivi son exemple. Lord Merlin avait la folie des bijoux. Ses deux lévriers noirs portaient des colliers de diamants destinés à des cous plus blancs, mais ni plus fins ni plus gracieux que ceux-là ! C'était, de longue date, une de ses façons de « tracasser les voisins ». La petite noblesse de la région considérait que de tels faits incitaient les bons bourgeois de Merlinford à la malhonnêteté. Cependant les voisins se tracassaient doublement en constatant que les années passaient et que nul ne dérobait les brillants, qui continuaient à étinceler sur les cols poilus.

Lord Merlin ne se cantonnait nullement dans l'art ancien. Il était lui-même artiste et musicien et patronnait tous les jeunes. Des flots de musique moderne s'échappaient de Merlinford, et il avait fait construire dans son jardin un théâtre petit mais exquis, où ses voisins ahuris étaient parfois conviés à voir d'énigmatiques pièces de Cocteau, un opéra d'avant-garde, ou les dernières extravagances dadaïstes de Paris. Comme Lord Merlin était un farceur célèbre, il était parfois difficile de savoir où s'arrêtait la plaisanterie et où commençait la culture. Je me demande si lui-même le savait toujours.

Sur une colline avoisinante, il avait fait construire une folie surmontée d'un ange d'or qui sonnait de la trompette chaque soir, à l'heure où Lord Merlin était né. (C'était exactement à neuf heures, et plus tard cela devait causer bien des ennuis, car c'était juste un peu trop tard pour nous rappeler les nouvelles de la BBC !) Pendant le jour, la folie scintillait de l'éclat de ses pierres artificielles, et la nuit elle était éclairée par un puissant rayon bleu.

Un tel homme ne pouvait manquer de devenir légendaire pour les braves châtelains du Costwold parmi lesquels il vivait. Pourtant, s'ils ne pouvaient approuver un genre de vie qui excluait la chasse (sans pour autant exclure la dégustation d'un fin gibier), s'ils étaient intrigués au-delà de toute imagination par les goûts esthétiques et les farces de Lord Merlin, ils ne l'en acceptaient pas moins comme un des leurs. Leurs familles et la sienne s'étaient toujours connues, et son père, naguère, avait été un maître d'équipage des plus populaires. Il n'était pas un parvenu, un nouveau riche, mais simplement un plaisantin qui se moquait de tout ce qui est normal dans la vie campagnarde en Angleterre. Et même la folie, considérée certes comme une horreur, était appréciée comme un point de repère par ceux qui s'égaraient en rentrant de la chasse !

Le différend entre Tante Sadie et Oncle Matthew ne portait pas sur la question de savoir s'il fallait ou non inviter Lord Merlin au bal. Ce point n'avait même pas été soulevé, puisqu'on avait automatiquement invité tous les voisins. Il s'agissait de décider s'il devait se faire accompagner par ses hôtes. Tante Sadie pensait que oui. Devenue par son mariage la moins mondaine des femmes, elle se souvenait pourtant du monde où elle était allée jeune fille. Elle savait que les amis de Lord Merlin, s'il consentait à les amener, ne manqueraient pas d'avoir une grande valeur décorative. Elle n'ignorait pas que, sans eux, le bal manquerait totalement d'allure et elle sentait qu'elle avait une envie folle de revoir enfin des jeunes femmes bien coiffées, ayant les airs de Londres et les toilettes de Paris. Oncle Matthew lui déclara :

« Si nous demandons à ce phénomène de Merlin d'amener ses amis, nous aurons sur les bras un tas d'esthètes, de ces *ordures* d'Oxford, et il est même à craindre qu'il vienne avec des étrangers ! J'ai entendu dire qu'il invite parfois des "Grenouilles" et même des "Macaronis". Je ne veux pas que ma maison soit remplie de "Macaronis" ! »

Pour finir, Tante Sadie l'emporta quand même. Elle écrivit :

Cher Lord Merlin,
Nous donnons un petit bal pour Louisa et nous..., etc.

Ce que voyant, Oncle Matthew s'en alla d'un air sombre et, sa tirade terminée, se mit à jouer *Thora.*

Lord Merlin accepta l'invitation et dit qu'il serait accompagné par douze personnes, dont il allait prochainement soumettre la liste à l'approbation de Tante Sadie. Conduite des plus correctes. Tante Sadie fut agréablement surprise de ne pas trouver, en décachetant la lettre, quelque farce qui lui explose sous le nez ! Toutefois, le papier à lettres portait une gravure de la maison, et elle le cacha, car Oncle Matthew avait le plus grand mépris pour ces raffinements.

Quelques jours plus tard, nouvelle surprise. Lord Merlin envoya une seconde lettre, toujours sans farce, toujours polie, par laquelle il conviait Oncle Matthew, Tante Sadie et Louisa à dîner chez lui à l'occasion d'un bal de bienfaisance qu'il donnait au profit de son hôpital de Merlinford. On ne put, naturellement, convaincre Oncle Matthew, mais Tante Sadie y alla avec Louisa. Elles en revinrent complètement abasourdies. Elles racontèrent que la maison de Lord Merlin était surchauffée au point que pas un moment, dans aucune pièce, on n'avait froid ! Pas même en quittant son manteau dans le vestibule ! Elles étaient arrivées très tôt, bien avant que les hôtes de la maison soient descendus, car c'était une habitude, à Alconleigh, de partir un quart d'heure à l'avance *de peur de crever un pneu.* Elles eurent ainsi l'occasion de tout regarder. La maison était remplie de fleurs printanières et tout embaumée. À Alconleigh, les serres étaient également pleines de fleurs, mais elles ne semblaient jamais trouver le chemin de la maison où, du reste, elles seraient mortes de froid. Il était vrai que les lévriers portaient des colliers de diamants et bien plus somptueux, déclara Tante Sadie, que le sien ! Elle dut reconnaître que c'était du plus bel effet. Des oiseaux de paradis, tout à fait apprivoisés, volaient dans toute la maison. L'un des jeunes gens avait dit à Louisa que, si elle venait de jour, elle pourrait voir une envolée de pigeons multicolores s'ébattant dans le ciel comme un nuage de confettis.

« Merlin les fait teindre tous les ans et les fait sécher dans l'armoire à linge.

— Mais c'est très cruel ! s'était écriée Louisa, horrifiée.

— Pas du tout. Ils adorent ça. Mâles et femelles se trouvent fort séduisants quand ils en sortent.

— Et cela ne fait pas mal à leurs pauvres petits yeux ?

— Ils apprennent à les fermer ! »

Quand les hôtes de la maison se décidèrent enfin à sortir de leurs chambres – quelques-uns scandaleusement tard –, ils sentaient aussi bon que les fleurs et semblaient plus exotiques que les oiseaux de paradis. Tout le monde avait été très gentil, très bon pour Louisa. Au dîner, elle était assise entre deux jeunes hommes très beaux et elle avait engagé la partie, selon son habitude :

« Où chassez-vous ?

— Nous ne chassons pas, fut la réponse.

— Tiens ! Alors, pourquoi portez-vous des tuniques rouges ?

— Parce que nous trouvons ça joli. »

Nous trouvâmes tous cette réponse des plus comiques, mais tombâmes d'accord pour la cacher à Oncle Matthew, car il était fort capable, même au dernier moment, d'interdire sa porte à la bande de Merlinford.

Après dîner, les jeunes filles avaient fait monter Louisa à l'étage. Elle fut très étonnée, au premier abord, d'apercevoir des avis imprimés dans toutes les chambres d'amis :

Les hôtes sont instamment priés de ne pas boire l'eau du bain, étant donné qu'un cadavre non identifié se trouve dans la citerne.

Les hôtes sont priés de ne pas tirer des coups de feu, de ne pas sonner du cor et de ne pas hurler ou beugler entre minuit et six heures du matin, etc.

On lui expliqua bien vite qu'il s'agissait de farces.

Les jeunes filles avaient offert de prêter à Louisa de la poudre et du rouge à lèvres, mais elle n'avait pas osé accepter, de peur que Tante Sadie s'en aperçoive. Elle dit que le maquillage embellissait les autres jeunes filles de façon extraordinaire.

Au fur et à mesure que le grand jour du bal approchait, on put se rendre compte que quelque chose préoccupait Tante Sadie. Tout pourtant s'annonçait bien. Le champagne était arrivé. L'orchestre avait été commandé et devait se reposer avant le bal dans la loge de Mrs Craven. Conjointement avec le personnel de la ferme, Craven et trois villageoises qui servaient d'auxiliaires, Mrs Crabbe, la cuisinière, préparait un souper comme on n'en avait jamais vu… Oncle Matthew s'était laissé persuader de se procurer vingt réchauds à pétrole pour essayer d'égaler la douce chaleur de Merlinford, et le jardinier se préparait à transférer dans la maison toutes les fleurs en pot qu'il pouvait dénicher.

« Bientôt vous allez teindre les poulettes blanches », dit Oncle Matthew, dédaigneux.

Pourtant, alors que les préparatifs semblaient aller bon train, sans la moindre anicroche, le front de Tante Sadie se creusait d'anxiété parce qu'elle avait rassemblé un grand nombre de jeunes filles flanquées de leurs mamans, mais pas un seul jeune homme ! Le fait est que ses contemporaines pourvues de filles étaient bien aise de les amener, mais pour ce qui était de leurs fils, c'était une autre affaire. Les danseurs, saturés d'invitations à ce moment de l'année, avaient mieux à faire que de se rendre dans le Gloucestershire, pour danser dans une maison qu'ils n'avaient pas encore expérimentée et où ils n'étaient nullement assurés de trouver la chaleur, le luxe et les vins fins, qu'ils considéraient comme leur dû. Ils n'y étaient pas attirés par quelque séductrice de leur connaissance, et on ne leur avait promis ni chevaux ni chasse à courre, pas même une battue de faisans !

Oncle Matthew respectait bien trop ses chevaux et ses faisans pour permettre à quelques jouvenceaux de les mettre à mal.

Ainsi donc la situation était épouvantable. Dix femelles, dont quatre mères et six filles, arrivaient de diverses régions d'Angleterre, pour venir dans une maison où il y avait encore quatre femmes ! (Ce n'est pas que Linda et moi comptions pour beaucoup, mais enfin nous portions des jupes et non des pantalons, et étions vraiment trop grandes pour qu'on nous relègue dans la salle d'étude.) Mais de mâles, il n'y en avait que deux, dont l'un ne portait pas encore l'habit !

Le téléphone se mit à bourdonner. Des télégrammes s'envolèrent en toutes directions. Tante Sadie renonça à tout amour-propre, ne prétendit plus que tout allait pour le mieux, qu'on n'invitait les gens que pour leur valeur personnelle, et lança une série d'appels désespérés. Mr Wills, le pasteur, consentit à laisser Mrs Wills à la maison et à venir dîner « en garçon » à Alconleigh. Il se séparait de son épouse pour la première fois en quarante ans ! Mrs Aster, la femme de l'intendant, fit le même sacrifice et le jeune Aster, leur fils, qui n'avait pas encore dix-sept ans, fut expédié à Oxford pour s'acheter un habit de confection.

Davey Warbeck reçut l'ordre de quitter Tante Emily et de venir. Il accepta, mais à contrecœur, et seulement après qu'on lui eut révélé toute la portée de la catastrophe. Des cousins, des oncles âgés, qu'on avait depuis longtemps oubliés, furent, tels des fantômes, tirés du néant et priés de se matérialiser. Presque tous refusèrent, quelques-uns fort impoliment ; à une époque ou à une autre, ils avaient été profondément et cruellement insultés par Oncle Matthew au-delà de tout pardon.

Enfin, Oncle Matthew vit qu'il devait prendre la situation en main. Il se moquait pas mal de ce bal. Il ne se sentait nullement tenu à distraire ses invités, et les considérait plutôt comme une horde envahissante de barbares, que comme une assemblée d'amis charmants, conviés à des distractions collectives et à de joyeux ébats. Mais il avait le souci d'apaiser Tante Sadie. Il se rendit à Londres et assista à la dernière séance de la Chambre des Lords, avant les vacances annuelles. Son voyage fut très fructueux.

« Stromboli, Paddington, Fort-William et Curtley ont accepté ! » annonça-t-il à Tante Sadie, de l'air d'un prestidigitateur qui sort quatre magnifiques lapins d'un petit verre à bordeaux. « Mais j'ai dû leur promettre une battue. Bob, va dire à Craven que je veux le voir demain matin. »

Grâce à ces tortueuses combinaisons, il y aurait au dîner un nombre égal de convives des deux sexes. Tante Sadie en fut infiniment soulagée, tout en ayant envie d'ironiser sur les « lapins » d'Oncle Matthew. Lord Stromboli, Lord Fort-William et le duc de Paddington avaient été naguère ses propres danseurs. Sir Archibald Curtley, bibliothécaire de la Chambre, était un convive fort apprécié des milieux intellectuels « chic », mais il avait plus de soixante-dix ans et était très arthritique ! Comment les choses s'arrangeraient après le dîner, c'était une autre affaire ! À ce moment-là Mrs Wills rejoindrait le pasteur, et Mrs Aster retrouverait son mari. Oncle Matthew et Bob pouvaient à peine être considérés comme des danseurs ; quant au contingent de la Chambre des Lords, il opterait plutôt pour la table de bridge que pour la piste de danse.

En un sens, pourtant, tout était quand même pour le mieux. Ces vieux messieurs avaient été choisis par Oncle Matthew, c'étaient ses amis personnels et il serait probablement poli envers eux. De toute façon, ils savaient avant de venir quel homme c'était. Tante Sadie savait bien qu'elle aurait pris un grand risque en remplissant la maison de jeunes gens inconnus. Oncle Matthew détestait les gens qu'il ne connaissait pas, il avait les jeunes gens en horreur. L'idée de prétendants possibles pour ses filles le mettait en rage. Tante Sadie avait vu devant elle de grands écueils, mais cette fois encore elle en avait fait le tour.

C'est donc ça, un bal ? Elle est ainsi, cette vie que nous attendons depuis tant d'années ? Nous sommes là, et c'est un bal. En ce moment même il bat son plein, il tourbillonne autour de nous ! Quelle sensation extraordinaire ! C'est tout à fait irréel, on dirait un rêve ! Mais, hélas ! tout est si totalement différent de tout ce qu'on a imaginé, espéré… Il faut l'admettre : ce n'est pas un beau rêve !

Les hommes sont si petits et si laids, les femmes sentent le renfermé. Leurs vêtements sont malpropres et leurs visages si rouges. Les réchauds à pétrole empestent et ne chauffent guère, mais surtout les hommes sont si vieux ou si laids ! Et quand ils vous invitent à danser (poussés sûrement par ce bon Davey, qui tient à ce que nous nous amusions à notre premier bal), on est loin de flotter sur un ravissant nuage, pressée par un bras viril sur une mâle poitrine. Ce ne sont que faux pas sur faux pas, coups de pied sur coups de pied ! Ils se dandinent sur un pied comme des hérons et, pendant ce temps, l'autre pied retombe sur votre orteil comme une bûche ! Quant aux brillantes conversations, c'est miracle d'arriver à dire deux mots du genre le plus banal et le plus balbutiant pendant toute une danse ou un intervalle. « Oh, pardon ! ! ! Oh, c'est ma faute ! » Linda parvint tout de même à conduire l'un de ses danseurs dans la galerie Nord, pour lui montrer les minéraux malades.

Nous n'avions jamais appris à danser et je ne sais pourquoi nous nous étions imaginé que c'était chose aisée et naturelle ! Je crois que Linda a saisi ce jour-là ce que je mis des années à apprendre : le comportement d'un homme civilisé n'a rien à voir avec la nature. Tout n'est qu'artifice et art plus ou moins consommé.

L'arrivée de la bande de Merlinford empêcha la soirée de sombrer dans un désenchantement complet. Ils vinrent extrêmement tard. Nous les avions même totalement oubliés. Pourtant, dès qu'ils s'emparèrent de la piste après avoir salué Tante Sadie, l'atmosphère du bal fut absolument renouvelée. Ils étaient épanouis. Ils étincelaient de bijoux, de toilettes merveilleuses, de cheveux brillants et de teints éblouissants. Eux semblaient vraiment planer en dansant, et même le *charleston*, avec ses mouvements angulaires, était exécuté avec tant d'art que nous en perdions le souffle. Leur conversation était, à n'en pas douter, à la fois osée et spirituelle. C'était comme une rivière qui coule, écume, pétille, chatoie au soleil. Linda était transportée et décida sur-le-champ de devenir comme ces êtres éblouissants et de vivre dans leur ambiance, même si elle devait consacrer toute sa vie à y parvenir. Pour ma part, je n'aspirais pas à cela. Je voyais ce qu'ils avaient d'admirable, mais ils étaient loin de moi, hors de mon orbite. Ils étaient plutôt du monde de mes parents. Je leur avais dit adieu le jour où Tante Emily m'avait prise chez elle, et il n'y avait pas de retour. Du reste, je ne le souhaitais pas. N'empêche, je trouvais qu'ils donnaient un spectacle fascinant et je ne les quittais pas des yeux, soit que j'étais assise près de Linda, soit que je sautillais autour de la salle avec ce bon Davey. Incapable de persuader davantage les jeunes gens de nous inviter à danser, il nous faisait, de temps à autre, tourner lui-même. Il semblait les connaître tous fort bien, étant, de toute évidence, très lié avec Lord Merlin. Quand il ne se dévouait pas pour moi ou pour Linda, il se consacrait à eux et se joignait à leur bavardage raffiné. Il s'offrit même de nous les présenter, mais, hélas ! les panneaux flottants de nos robes qui, dans la maisonnette de Mrs Josh, avaient semblé si originaux et si jolis, paraissaient curieusement guindés à côté de leurs mousselines imprimées, si douces, si souples. Au surplus, nos vicissitudes du début de la soirée nous donnaient un sentiment d'infériorité et nous suppliâmes Davey de ne pas insister.

Cette nuit-là, dans mon lit, je rêvai plus que jamais aux bras sûrs et protecteurs de mon fermier de Shenley ! Le lendemain matin, Linda me dit qu'elle avait renoncé au prince de Galles.

« J'en suis venue à conclure, m'expliqua-t-elle, que l'ambiance de la cour doit être assez morne. Lady Dorothy est dame d'honneur, et tu as vu la tête qu'elle a ! »

Le bal eut une suite tout à fait imprévue. La mère de Lord Fort-William invita Tante Sadie et Louisa dans sa propriété du Sussex pour assister à une soirée dansante, et peu de temps après sa sœur mariée les convia à une chasse et à une soirée de bienfaisance. Au cours de ce dernier séjour, Lord Fort-William demanda la main de Louisa et fut agréé. Revenue fiancée à Alconleigh, elle se trouva pour la première fois le centre de l'attention générale, car la naissance de Linda l'avait définitivement reléguée au second plan. L'événement était d'importance et des conversations passionnantes allèrent bon train dans le placard des *Honorables*, tant en présence de Louisa, que derrière son dos. Elle portait à l'annulaire une jolie petite bague en brillants, mais n'était pas aussi loquace que nous l'eussions souhaité, sur le sujet des avances amoureuses de Lord Fort-William. (Désormais nous devions l'appeler « John », mais c'était difficile de s'y faire !) Elle se retirait en rougissant derrière un paravent commode : « Ce sont choses trop sacrées pour en parler ! » Bientôt le fiancé arriva en personne, et nous pûmes l'étudier en tant qu'individu, et non plus comme partie intégrante de la trinité vénérable qu'il avait formée avec Lord Stromboli et le duc de Paddington. Linda résuma notre opinion : « Pauvre vieux ! Il faut croire qu'elle le trouve à son goût, mais je dois dire que, s'il était un chien, il serait assez vieux pour qu'on l'abatte ! » Lord Fort-William n'avait que trente-neuf ans, mais il est certain qu'il portait beaucoup plus. Ses cheveux avaient l'air de dégringoler de son crâne, « comme un édredon glisse d'un lit », disait Linda, et il avait l'aspect d'un quinquagénaire mal soigné. Pourtant Louisa l'aimait et se trouvait heureuse pour la première fois de sa vie. Elle avait toujours été plus terrorisée que les autres par Oncle Matthew, et ce n'était pas sans bonnes raisons. Il la considérait comme une imbécile et n'avait jamais eu pour elle la moindre gentillesse ; aussi était-elle au septième ciel à la perspective de quitter Alconleigh.

Je crois bien que Linda, malgré ses plaisanteries sur le « pauvre vieux chien » et l'« édredon », était au fond très jalouse de sa sœur. Elle partait faire de longues chevauchées solitaires et bâtissait de plus en plus d'incroyables châteaux en Espagne. Sa soif d'amour tournait à l'obsession. Il lui fallait franchir, tant bien que mal, deux années entières avant d'arriver à son entrée dans le monde, mais les journées étaient bien longues à passer ! Elle tournait nonchalamment autour du salon. Elle commençait mais n'achevait pas d'interminables réussites, parfois seule, parfois avec Jassy, à qui elle avait communiqué sa fièvre.

« Quelle heure est-il, chérie ?

— Devine.

— Six heures moins le quart ?

— Mieux que ça.

— Six heures ?

— Moins.

— Moins cinq ?

— Tout juste.

— Si je réussis celle-ci, j'épouserai l'homme que j'aime. Si je réussis, je me marierai à dix-huit ans. »

« Si elle réussit… » Elle bat les cartes… « Si elle rate… » Elle étale les cartes… « Elle va rater !… » Elle recommence.

Louisa se maria au printemps. Sa robe de mariée était toute ruchée de tulle et parsemée de fleurs d'oranger. Elle lui venait aux genoux, mais avait une traîne, selon la mode hideuse de l'époque. Jassy ne cessait de se tracasser :

« Ce n'est vraiment pas ce qu'il faudrait, disait-elle.

— Pourquoi donc, Jassy ?

— Pour se faire enterrer, voilà ce que je veux dire. Est-ce qu'on n'enterre pas toujours les femmes dans leur robe de mariée ? Pense à tes pauvres jambes de morte qui en sortiront…

— Oh ! Jassy, ne sois pas si macabre ! On les enroulera dans la traîne.

— Charmant pour les croque-morts ! »

Louisa ne voulut pas de demoiselles d'honneur. Je crois qu'elle trouvait agréable, pour une fois, d'être plus regardée que Linda.

« Pourtant, si tu n'as pas de cortège, tu as l'air bête, vue par-derrière. Ne crois pas que nous ayons envie de nous attifer dans des robes de mousseline bleue ! Ce que j'en dis, c'est pour toi. »

Le jour de son anniversaire, Louisa reçut de Lord Fort-William, amateur d'objets anciens, la réplique du fameux bijou du roi Alfred. Linda, qui était à ce moment-là plus désagréable qu'il n'est permis, déclara que cet objet ressemblait à des « crottes de poulet ».

« Même forme, même taille, même couleur. C'est ça que tu appelles un bijou ?

— Je le trouve ravissant », dit Tante Sadie.

Mais les paroles de Linda avaient porté.

En ce temps-là, Tante Sadie avait un canari qui chantait tout le jour, rivalisant avec Galli-Curci elle-même pour la pureté et la sonorité de ses trilles. Chaque fois que j'entends un canari s'égosiller ainsi, cela me rappelle ce temps joyeux, le flot intarissable des cadeaux de mariage qu'on déballe, qu'on range dans la salle de bal en poussant des cris d'admiration ou d'horreur, la bousculade, le brouhaha et la bonne humeur d'Oncle

Matthew qui, chose incroyable, persistait comme parfois le beau temps, jour après jour.

Louisa allait posséder deux maisons, l'une à Londres dans Connaught Square, l'autre en Écosse. Elle recevrait trois cents livres sterling par an pour sa garde-robe, une tiare en diamants, un collier de perles, une auto personnelle et une cape de fourrure. En fait son sort était enviable, si tant est qu'elle réussisse à supporter John Fort-William. Or il était terriblement ennuyeux.

Le jour du mariage fut beau et doux. Quand au matin nous allâmes voir comment Mrs Wills et Mrs Josh s'en tiraient pour les décorations florales de l'église, nous trouvâmes le clair petit édifice tout envahi de fleurs printanières. Plus tard, quand une cohue insolite d'êtres humains estompa ses lignes familières, elle n'eut plus le même air. Je me dis que personnellement j'eusse préféré m'y marier alors qu'elle était tout à fait vide et remplie d'Esprit Saint.

Ni Linda ni moi n'avions jamais assisté à un mariage. En effet, Tante Emily s'était mariée dans l'intimité, dans la chapelle privée de la propriété de Davey, au nord de l'Angleterre, ce qui, en son temps, nous avait semblé fort injuste. Nous n'étions donc guère préparées à voir ce jour-là notre « bonne vieille Louisa » et « ce raseur de John » se transmuer en ces prototypes éternels : l'Épouse et l'Époux, héroïne et héros de roman.

Dès l'instant où nous partîmes d'Alconleigh en y laissant Louisa et Oncle Matthew, qui devaient nous suivre exactement onze minutes plus tard dans la Daimler, l'atmosphère fut chargée d'électricité. Louisa, enveloppée de tulle de la tête aux pieds, était précautionneusement perchée sur le bord d'une chaise, tandis qu'Oncle Matthew, montre en main, marchait à grands pas dans le hall. Nous nous étions rendus à l'église à pied, selon notre habitude, et nous avions pris place au fond du banc de famille. De ce point stratégique nous pouvions observer avec émerveillement l'apparence insolite de nos voisins, tous dans leurs plus beaux atours. De toute l'assistance, seul Lord Merlin restait pareil à lui-même.

Tout à coup il y eut un mouvement de foule. John et son témoin, Lord Stromboli, surgis comme deux diables d'une boîte, se trouvaient au pied de l'autel. Dans leurs jaquettes, les cheveux copieusement enduits de brillantine, ils étaient vraiment éblouissants, mais à peine eûmes-nous le temps de les regarder que Mrs Wills attaqua un grand jeu d'orgue, pendant qu'Oncle Matthew remorquait le long de la nef, à une folle allure, Louisa, dont le visage était voilé. En cet instant je crois que Linda eût volontiers changé de place avec Louisa, fût-ce au prix très lourd de vivre heureuse à jamais avec John Fort-William.

Nous n'eûmes pas le temps de nous ressaisir que Louisa redescendait la nef, remorquée par John. Elle avait rejeté son voile en arrière et Mrs Wills faisait presque sauter les vitraux avec une *Marche nuptiale* tonnante et triomphale.

Tout avait marché comme sur des roulettes et il n'y avait eu qu'un léger incident. Au beau milieu du cantique préféré de Louisa, *Comme un cerf altéré*, Davey s'était subrepticement faufilé hors du banc et s'était fait conduire par une auto du cortège jusqu'à la gare, d'où il était parti directement pour Londres. Le soir même il téléphona pour expliquer qu'il s'était abîmé une amygdale en chantant et qu'il avait jugé sage d'aller immédiatement voir un célèbre laryngologiste, qui lui avait ordonné le lit pour huit jours.

Les accidents les plus extraordinaires semblaient toujours arriver à Davey !

Quand Louisa fut partie et que les invités eurent quitté Alconleigh, une atmosphère morne tomba sur la maison, comme il arrive toujours en ces occasions. Linda s'enfonça alors dans une si navrante mélancolie que même Tante Sadie s'en émut. Plus tard, Linda m'avoua qu'elle avait beaucoup songé à se tuer et qu'elle n'aurait sans doute pas manqué de le faire, n'était une quantité de difficultés matérielles !

« Tu sais bien ce que c'est, dit-elle, quand on essaie de tuer un lapin. Alors se tuer *soi-même*, tu te rends compte ! »

Deux années lui semblaient une vraie éternité qu'il ne valait pas la peine de franchir, même avec la perspective d'atteindre un amour plein de félicité. (De cet amour, elle ne doutait jamais, comme une personne croyante ne doute jamais de l'existence de la vie éternelle.) C'est à ce moment-là, sans nul doute, qu'on aurait dû imposer à Linda un travail scolaire quotidien et sérieux comme le mien. Il ne laissait pas de temps pour de sottes rêvasseries, sauf pendant les quelques instants qui précèdent le sommeil. Il me semble que Tante Sadie comprenait cela confusément, car elle poussait Linda à étudier l'art culinaire, à s'occuper de jardinage, à se préparer à sa confirmation. Linda refusait avec colère et ne voulait pas davantage faire des courses dans le village ou aider sa mère, pour les mille et une corvées qui incombent à l'épouse d'un gentilhomme rural. Pour tout dire, comme le lui répétait cent fois par jour Oncle Matthew, en la foudroyant de ses yeux bleus et courroucés, elle avait une « sale caboche ».

Lord Merlin vint à son secours. Il s'était pris d'amitié pour elle au mariage de Louisa et avait prié Tante Sadie de la conduire à Merlinford un jour ou l'autre. Quelques jours plus tard il avait téléphoné. Oncle Matthew avait répondu et, sans poser le récepteur, avait crié à l'intention de Tante Sadie : « C'est ce cochon de Merlin qui veut te parler ! » Lord Merlin, qui avait sûrement entendu, n'en fut nullement troublé. Excentrique lui-même, il avait de la sympathie pour les lubies des autres. Néanmoins, Tante Sadie en fut fort agitée et, comme résultat, accepta une invitation qu'elle aurait probablement refusée en d'autres circonstances : elle était priée à déjeuner à Merlinford avec Linda.

Lord Merlin sembla saisir immédiatement l'état d'âme de Linda. Il fut réellement scandalisé de découvrir qu'elle ne faisait pas d'études et fit de son mieux pour l'intéresser à quelque chose. Il lui montra ses tableaux, les commenta pour elle, parla longuement art et littérature et lui prêta des livres. Il suggéra négligemment que Tante Sadie et Linda pourraient suivre une série de conférences à Oxford, et ma tante reprit l'idée au vol. Il leur dit aussi, en passant, qu'on célébrait à ce moment-là un festival shakespearien à Stratford-on-Avon.

Des sorties de ce genre, dont Tante Sadie elle-même devint très friande, furent bientôt chose courante à Alconleigh. Oncle Matthew s'en moqua bien un peu, mais il ne contrecarrait jamais les désirs de Tante Sadie. Au surplus, ce n'était pas tant l'instruction qu'il craignait pour ses filles, que l'influence avilissante d'une pension. Quant au chapitre des institutrices, on en avait essayé un grand nombre. Aucune n'avait pu endurer au-delà de quelques jours la terreur qu'elles avaient d'Oncle Matthew, quand il faisait grincer ses râteliers, vous transperçait du regard furieux de ses yeux bleus, ou faisait claquer ses fouets de chasse sous les fenêtres, dès l'aube. « Mes nerfs ! » disaient-elles, et elles se rendaient en hâte à la gare, souvent avant même d'avoir eu le temps de défaire les malles énormes, aussi lourdes que si elles avaient été chargées de pierres, et qui les accompagnaient immanquablement.

Un certain jour, Oncle Matthew accompagna Tante Sadie et Linda à une représentation de *Roméo et Juliette*. Ce ne fut pas un succès ! Il pleura abondamment et entra dans une rage folle parce que cela finissait mal. « Tout ça, c'est de la faute de ce sacré moine », répétait-il sans cesse sur le chemin du retour. Et il s'essuyait encore les yeux.

« Ce type-là, comment dites-vous déjà, Roméo, il aurait dû se douter qu'un sacré papiste ne ferait que tout embrouiller ! Et cette vieille folle, la nourrice ! Je parie qu'elle était catholique aussi, cette espèce de vieille garce ! »

Ainsi donc la vie de Linda, au lieu de rester au niveau morne du désœuvrement, s'enrichissait jusqu'à un certain point d'apports extérieurs. Elle percevait que le monde où elle aspirait à évoluer, ce monde spirituel et éblouissant de Lord Merlin et ses amis, s'intéressait aux choses de l'esprit et qu'elle ne réussirait à y briller que si elle parvenait à se cultiver davantage. Les futiles jeux de patience furent abandonnés et elle passa ses journées, recroquevillée dans un coin de la bibliothèque, à lire jusqu'à ce que ses yeux n'en puissent plus. Elle se rendait souvent à Merlinford à cheval, en cachette de ses parents, qui ne lui eussent jamais permis d'aller là ou ailleurs toute seule. Elle laissait Josh dans la cour des écuries, où il avait ses bons amis, et allait bavarder avec Lord Merlin, sur toutes sortes de sujets, durant des heures. Il savait combien elle était romanesque. Il prévoyait pour elle bien des ennuis dans l'avenir et lui inculquait continuellement la nécessité de meubler son esprit.

VI

« Qu'est-ce qui a pu pousser Linda à épouser Antony Krœsig ? » À chaque fois qu'on prononçait ces noms, les gens s'entêtaient sottement à poser cette même question, et cela pendant les neuf années que dura ce mariage. Qu'avait-elle cherché ? Était-il possible qu'elle fût éprise de lui ? Qu'avait-elle en tête ? Comment était-ce arrivé ?

Il était connu pour être très riche, mais d'autres ne l'étaient-ils pas autant ? Et la séduisante Linda n'avait-elle pas l'embarras du choix ? La réponse était évidemment toute simple : elle était amoureuse de lui ! Linda était bien trop romanesque pour se marier sans amour, et moi, le témoin de leur première rencontre et d'une bonne partie de leur flirt, je voyais très bien comment c'était arrivé. En ce temps-là, pour les jeunes campagnardes sans malice que nous étions, Tony semblait un être admirable et éblouissant. Nous le vîmes pour la première fois au bal donné pour l'entrée de Linda dans le monde. Terminant sa dernière année d'Oxford, membre d'un club « sélect », ce jeune homme était propriétaire d'une Rolls-Royce et de nombreux et superbes chevaux. Il s'habillait avec un goût parfait, avait un appartement vaste et luxueux où il recevait sur un grand pied. Grand et blond, avec une tendance à l'embonpoint, il était bien bâti. Il avait déjà une certaine propension à pontifier, ce qui plaisait assez à Linda qui n'avait jamais vu ça.

En bref, elle le prit pour ce que lui-même croyait être.

S'il eut tout de suite un grand prestige aux yeux de Linda, c'est qu'il était venu à ce bal en compagnie de Lord Merlin. Ce fut une grande malchance, surtout qu'il avait été invité à la dernière minute, comme « bouche-trou ».

Le bal de Linda ne fut pas, de loin, un fiasco comme celui de Louisa. Cette dernière, devenue une vraie dame londonienne, avait procuré à Tante Sadie toute une ribambelle de jeunes gens : de blonds Écossais, pour la plupart, et bien élevés. Oncle Matthew ne pouvait y trouver à redire. Ils eurent l'air de s'entendre à merveille avec les jeunes filles brunes et ennuyeuses invitées par Tante Sadie, et la réception semblait « marcher » fort bien, encore que Linda assurât avec dédain qu'ils étaient tous embêtants au possible. Depuis des semaines, Tante Sadie avait supplié Oncle Matthew d'être gentil avec les jeunes et de ne pas hurler à tout bout de champ. Il était devenu tout à fait doux, presque touchant dans son désir de plaire. Il marchait à pas feutrés comme s'il y avait eu un grand malade dans la maison.

Davey et Tante Emily séjournaient à Alconleigh pour assister à mon entrée dans le monde, car Tante Sadie avait offert de me faire sortir avec Linda et de m'emmener ensuite à Londres avec elle, quand s'ouvrirait la saison des bals. L'offre avait été acceptée avec gratitude par Tante Emily. Davey, de son côté, s'était dévoué comme garde du corps d'Oncle Matthew, espérant ainsi atténuer au mieux ses colères les plus insensées.

« Je serai absolument adorable avec tout le monde, mais je ne supporterai pas ces *ordures* dans mon cabinet de travail. J'ai dit ! » avait déclaré Oncle Matthew pour mettre fin à l'une des longues exhortations de Tante Sadie.

Et, en fait, il passa la plus grande partie du week-end (le bal avait eu lieu un vendredi et les invités étaient restés jusqu'au lundi) enfermé dans son cabinet, à jouer sur le gramophone divers airs militaires. Cette année-là, il préférait la musique non vocale.

« Quel dommage, disait Linda, pendant que nous enfilions nos robes de bal, qui, cette fois, venaient de Londres et n'avaient pas de panneaux flottants – quel dommage de s'habiller si bien et d'être si jolies, rien que pour ces horribles produits de Louisa. J'appelle ça du gâchis !

— Sait-on jamais à la campagne ? fis-je. Quelqu'un peut nous amener le prince de Galles ! »

Linda me décocha, sous ses cils, un regard furieux.

« En fait, dit-elle, je fonde de grands espoirs sur la bande de Lord Merlin. Je suis certaine qu'il va nous amener des gens vraiment intéressants. »

Lord Merlin et son groupe arrivèrent, comme l'autre fois, fort tard et de très folâtre humeur. Linda remarqua aussitôt un grand jeune homme blond, portant une admirable tunique de chasse rouge. Il dansait avec une jeune fille qui séjournait souvent à Merlinford et se nommait Baby Fairweather. Ce fut elle qui le présenta à Linda. Il l'invita pour la danse suivante et elle planta là l'un des jeunes Écossais de Louisa, à qui elle avait promis cette danse, et se pavana avec l'autre pendant le rapide *one-step*. Linda et moi avions pris des leçons de danse, et, si nous ne savions pas encore « flotter » autour de la salle, nous étions bien moins embarrassées de nos personnes que jadis !

Grâce à l'excellent cognac de Lord Merlin, Tony était d'une humeur charmante et Linda était ravie de constater qu'elle s'entendait à merveille avec un membre du groupe de Merlinford. Il avait l'air de s'amuser de tout ce qu'elle lui disait. Bientôt ils allèrent s'asseoir. Elle ne cessait de bavarder et Tony riait de bon cœur. C'était la voie royale pour parvenir aux bonnes grâces de Linda. Elle aimait, plus que tout, les gens qui riaient facilement. Naturellement l'idée ne lui vint pas que Tony fût légèrement ivre. Ils restèrent assis durant la danse suivante. Oncle Matthew s'en aperçut tout aussitôt et se mit à marcher de long en large sous leur nez, en leur décochant des regards furibonds, jusqu'à ce que Davey, reconnaissant le signal d'alarme, l'entraînât en lui signalant un réchaud à pétrole qui fumait.

« Qui est cette *ordure* auprès de Linda ?

— Tu connais bien Krœsig, gouverneur de la Banque d'Angleterre ? C'est son fils.

— Bon Dieu ! je ne m'attendais pas à donner l'hospitalité à un boche pur-sang ! Qui diable l'a invité ?

— Allons, mon cher Matthew, ne t'énerve pas ! Les Krœsig ne sont pas des boches. Ils sont en Angleterre depuis des générations ! C'est une famille hautement respectée de banquiers anglais !

— Quand on naît boche, on reste boche ! fit Oncle Matthew. De plus, je n'aime pas trop les banquiers. Et puis ce type-là doit être un resquilleur.

— Pas du tout. Il est venu avec Merlin.

— Je savais bien que ce sacré Merlin allait nous amener des étrangers un jour ou l'autre. Je l'ai toujours dit, mais je n'ai jamais pensé qu'il nous imposerait un Allemand !

— Ne crois-tu pas que c'est le moment d'offrir du champagne à l'orchestre ? »

Mais Oncle Matthew partit à grandes enjambées vers la chaudière et se délassa en discutant sur le coke avec le vieux Tim, l'homme à tout faire.

Cependant Tony trouvait Linda ravissante à souhait et fort amusante, ce qui était vrai. Il le lui dit et dansa à plusieurs reprises avec elle, jusqu'à ce que Lord Merlin, déconcerté autant que l'oncle Matthew par ce qui était en train d'arriver, ramenât d'une main ferme, et fort tôt, son groupe à Merlinford.

« Je vous verrai demain à la chasse », dit Tony pendant qu'il enroulait une écharpe blanche autour de son cou.

Linda resta silencieuse et préoccupée pendant le reste de la soirée.

« Tu n'iras pas à la chasse, Linda ! annonça Tante Sadie le lendemain, en voyant sa fille descendre l'escalier en habit d'amazone. Cela ne se fait pas. Tu dois rester ici pour t'occuper de tes hôtes. On ne peut s'en aller comme ça.

— Maman, maman chérie ! fit Linda. On chasse à La-Grange-au-Coq et tu sais que je ne puis y résister ! Et Flora n'est pas sortie depuis des semaines : elle va devenir enragée. Sois un amour et emmène-les tous visiter la villa romaine ou quelque chose comme ça. Je jure de rentrer tôt, et, après tout, ils ont Fanny et Louisa. »

Cette chasse malencontreuse décida du sort de Linda. La première personne qu'elle aperçut au rendez-vous fut Tony, qui montait un magnifique alezan. Linda, elle aussi, montait toujours des bêtes splendides. Oncle Matthew était fier de ses dons de cavalière et lui avait offert deux petits chevaux ravissants et vifs. On trouva la voie très vite et il y eut une chevauchée brève mais vive pendant laquelle Linda et Tony, assez désireux de se faire valoir, sautèrent flanc à flanc des murs de pierre. Bientôt, parvenus à un pré communal, ils cherchèrent la voie. Un couple de chiens avait dépisté un lièvre qui, perdant la tête, sauta dans une mare aux canards et se mit à nager de-ci de-là, l'air désespéré. Les yeux de Linda se remplirent de larmes.

« Oh ! Pauvre lièvre ! »

Tony mit pied à terre et plongea dans la mare. Il sauva le lièvre, sortit en pataugeant, sa magnifique culotte blanche couverte de vase verdâtre, et posa le lièvre trempé et haletant sur les genoux de Linda. Ce fut le seul geste romanesque de sa vie !

À la tombée du jour, Linda quitta la chasse et coupa à travers champs pour rentrer à la maison. Tony lui ouvrit un portillon, ôta son chapeau et dit :

« Vous êtes vraiment une magnifique cavalière, savez-vous. Bonne nuit ! Quand je serai rentré à Oxford, je vous téléphonerai. »

Revenue à la maison, Linda m'entraîna dans le placard des *Honorables* et me raconta tout. Elle était amoureuse.

Étant donné la tournure d'esprit de Linda durant ces deux années interminables, elle était évidemment vouée à s'éprendre du premier jeune homme qui se présenterait. Il pouvait difficilement en être autrement. Point n'était besoin pourtant de l'épouser. La conduite d'Oncle Matthew rendit la chose inévitable. Le malheur voulut que la seule personne capable, peut-être, d'expliquer à Linda que Tony n'était pas ce qu'elle croyait – Lord Merlin – partît pour Rome la semaine qui suivit le bal et restât à l'étranger pendant un an.

En quittant Merlinford, Tony retourna à Oxford et Linda traîna de-ci de-là, à attendre encore et toujours la sonnerie du téléphone. Elle recommença à faire des patiences. « Si elle réussit, c'est qu'il pense à moi en ce moment. Si cette carte sort, il m'appellera demain. Si celle-ci aboutit, il sera à la chasse. » Mais Tony chassait avec un autre équipage et on ne le vit pas dans nos parages. Trois semaines se passèrent et Linda commençait à être au désespoir. Puis, un soir après le dîner, la sonnerie du téléphone retentit. Par un heureux hasard, Oncle Matthew était allé voir Josh aux écuries pour lui parler d'un cheval qui avait des coliques. Le cabinet de travail était vide et Linda répondit elle-même. C'était Tony. Son cœur battait la chamade. Elle pouvait à peine parler.

« Allô, c'est Linda ? Ici Tony Krœsig. Voulez-vous venir déjeuner jeudi prochain ?

— Mais jamais on ne me le permettra !

— Quelle blague ! – le ton était impatient – plusieurs jeunes filles viendront de Londres. Amenez votre cousine si vous voulez.

— Bon, ce sera merveilleux.

— Entendu alors ? Vers une heure, 7, King Edward Street. Vous connaissez sans doute ce logement ? Altringham y habitait quand il était à l'Université. »

Linda quitta le téléphone en tremblant et me dit à voix basse de venir tout de suite dans le placard. Il nous était formellement interdit de voir des jeunes gens à n'importe quelle heure sans être chaperonnées. D'autres jeunes filles ne comptaient pas comme chaperons. Nous savions pertinemment – bien que l'éventualité n'en eût jamais été envisagée à Alconleigh – que jamais on ne nous permettrait de déjeuner avec un jeune homme dans son appartement, avec quelque chaperon que ce fût, hormis Tante Sadie en personne. À Alconleigh, les idées sur le chaperonnage étaient véritablement médiévales ; elles ne variaient pas d'un degré de celles qu'on appliquait jadis à la sœur d'Oncle Matthew et à Tante Sadie dans leur prime jeunesse. On avait pour principe qu'il était interdit de voir un jeune homme seule à seul, en quelque circonstance que ce fût, avant d'être fiancée avec lui. Les seules personnes capables de faire respecter cette règle étaient une mère ou une tante ; l'on ne devait donc jamais échapper à leur œil vigilant. Linda fit remarquer à plusieurs reprises qu'un jeune homme pouvait difficilement demander la main d'une jeune fille qu'il connaissait à peine, mais on la traita de sotte. Oncle Matthew n'avait-il pas su faire sa demande à Tante Sadie la toute première fois qu'il l'avait vue ? (C'était près de la cage du rossignol à deux têtes, à l'exposition de White Cuty.) « Ils vous respectent d'autant plus. » À Alconleigh, on ne semblait absolument pas se rendre compte que le respect n'entrait pas dans les préoccupations des jeunes gens modernes, qui demandaient à leur femme d'autres qualités que la respectabilité. Tante Emily, influencée par les idées éclairées de Davey, était bien plus raisonnable, mais, lorsque je vivais avec les Radlett, je devais naturellement me soumettre aux mêmes règles qu'eux.

Dans le placard des *Honorables*, nous discutâmes à en perdre haleine. La question ne se posait pas pour nous : il fallait y aller, sans quoi c'était la fin de tout pour Linda : elle ne s'en remettrait jamais !

Mais comment nous échapper ? Nous ne trouvâmes qu'une solution et celle-ci était pleine de risques. Une jeune fille très ennuyeuse qui avait le même âge que nous et s'appelait Lavender Davis habitait avec ses très ennuyeux parents à dix kilomètres de chez nous. De temps à autre, Linda allait déjeuner chez eux, tout en se lamentant très fort. Elle empruntait alors la petite auto de Tante Sadie. Il fallait faire croire que nous allions là-bas, tout en espérant que Tante Sadie ne rencontrerait pas avant longtemps Mrs Davis, pilier du club féminin. Il fallait souhaiter aussi que Perkins, le chauffeur, ne verrait pas que la voiture avait fait cent vingt kilomètres et non vingt !

Comme nous montions nous coucher, Linda prit un ton de voix qu'elle voulait détaché, mais qui me paraissait vibrer de culpabilité, et dit à Tante Sadie :

« C'est Lavender qui vient de téléphoner. Elle voudrait que Fanny et moi allions déjeuner chez elle jeudi.

— Oh ! ma cocotte, dit Tante Sadie, je ne peux pas te prêter mon auto. »

Linda pâlit et s'appuya au mur.

« Oh ! Maman, je t'en prie, je t'en supplie, laisse-moi y aller. J'en ai tellement envie !

— Envie d'aller chez les Davis ? fit Tante Sadie, stupéfaite. Mais, chérie, la dernière fois, tu as juré de ne jamais y remettre les pieds tant que tu vivrais ! On vous avait fait manger une énorme platée de morue, m'avais-tu dit. De toute manière, ils t'inviteront bien un autre jour, tu sais.

— Mais, Maman, tu ne saisis pas. Il va y avoir un homme qui a élevé un petit blaireau et j'ai si envie de le connaître. »

Tout le monde savait que l'une des ambitions majeures de Linda était d'élever un petit blaireau.

« Oui, je vois. Ne pourrais-tu y aller à cheval ?

— Des mouches et des teignes ! dit Linda et ses grands yeux bleus se remplirent lentement de larmes.

— Qu'est-ce que tu dis, ma chérie ?

— Leurs écuries… pleines de mouches et de teignes ! Tu ne voudrais pas que je fasse courir de tels risques à ma pauvre Flora ?

— Tu es sûre de ce que tu avances ? Leurs chevaux sont toujours superbes.

— Demande à Josh !

— Bon, je vais voir. Peut-être Pa' me prêtera-t-il sa Morris et sinon Perkins pourrait me conduire dans la Daimler. Mais je ne puis manquer ma réunion.

— Oh ! comme tu es bonne, comme tu es bonne ! Tu essayeras, dis ? J'ai si envie d'un blaireau !

— Si nous allons à Londres pour la saison des bals, tu auras trop à faire pour t'occuper d'un blaireau. Allons, bonne nuit, mes cocottes ! »

« Il faut que nous nous procurions de la poudre !

— Et du rouge ! »

Ces accessoires étaient strictement défendus par Oncle Matthew, qui aimait que le teint féminin soit conforme à la nature et disait souvent que la peinture était pour les prostituées et non pour ses filles.

« J'ai lu dans un livre que le suc de géranium peut remplacer le rouge.

— Ce n'est pas la saison des géraniums, espèce de sotte.

— Nous pouvons prendre les aquarelles de Jassy pour nous bleuir les paupières.

— Et dormir avec des bigoudis.

— Je vais chiper dans la salle de bains de Maman du savon à la verveine. Nous le ferons fondre dans notre bain pour nous y tremper pendant des heures. Nous sentirons bon ! »

« Je croyais que tu détestais Lavender Davis ?

— Zut, Jassy !

— La dernière fois que tu y es allée, tu as dit qu'elle était une affreuse *Contre* et que tu avais envie de lui casser sa sotte figure avec le maillet des *Honorables*.

— Je n'ai jamais dit ça ! Ne mens pas ainsi !

— Pourquoi as-tu mis ton tailleur de ville pour aller chez Lavender Davis ?

— Laisse-moi tranquille, Matt.

— Pourquoi pars-tu à cette heure-ci ? Tu es trop en avance.

— Nous allons voir le blaireau avant le déjeuner.

— Comme tu es rouge, Linda ! Oh ! non, ce que tu peux être drôle !

— Si tu ne te tais pas et ne me fiches pas la paix, Jassy, je vais mettre ta nouvelle salamandre dans l'étang, ça, je te le jure ! »

La persécution continua néanmoins jusqu'au moment où nous montâmes en voiture et sortîmes de la cour du garage.

« Pourquoi ne ramènerais-tu pas Lavender ici, pour nous faire une bonne et sympathique visite ? » Ce trait final avait été lancé par Jassy.

« Pas très "honorable" de leur part, me dit Linda. Crois-tu qu'ils puissent se douter de quelque chose ? »

Nous laissâmes l'auto dans la cour de l'*Hôtel Clarendon*, et, comme nous étions très en avance, ayant prévu une demi-heure de battement en cas d'une ou deux crevaisons, nous nous rendîmes dans les toilettes de la pâtisserie Elliston et Cavell et nous mirâmes, peu sûres de nous, dans les glaces. De grandes taches écarlates ornaient nos joues. Nos lèvres étaient de la même couleur, mais sur les bords seulement, car le reste s'était effacé. Et le bleu de nos paupières sortait de la boîte de Jassy. Nos nez étaient tout blancs, car Nounou avait déniché de la poudre qui avait servi naguère à talquer le postérieur de Robin. En bref, nous avions l'air de deux poupées en bois.

« Il ne faut pas perdre contenance, fit Linda un peu inquiète.

— Seigneur ! dis-je. L'ennui, c'est que je n'en ai pas à perdre ! »

Nous nous contemplâmes longuement, espérant par quelque miracle nous sentir moins ridicules. Puis nous humectâmes nos mouchoirs et parvînmes ainsi à atténuer le ton de notre visage. Nous nous élançâmes alors dans la rue en nous mirant au passage dans chaque vitrine. J'ai souvent noté qu'une femme qui se regarde dans les vitrines, et jette des coups d'œil furtifs à son miroir de poche, ne le fait pas, comme on le croit, par vanité ; c'est plutôt parce qu'elle sent que quelque chose ne va pas.

À présent que notre objectif était enfin atteint, nous commençâmes à nous énerver terriblement. Nous étions non seulement des filles mauvaises, coupables et épouvantées, mais toutes pleines aussi de terreurs mondaines. Je crois pouvoir dire que nous serions volontiers remontées en voiture pour rentrer à la maison !

Sur le coup d'une heure, nous arrivâmes chez Tony. Il était seul, mais c'était évident qu'il attendait de nombreux invités. La table carrée, recouverte d'une nappe de toile grossière, était chargée de nombreux couverts. Nous refusâmes le xérès et les cigarettes. Un silence gêné tomba sur nous.

« Vous avez chassé ces temps-ci ? demanda-t-il à Linda.

— Mais oui, pas plus tard qu'hier.

— Bonne journée ?

— Excellente. Nous avons trouvé la voie tout de suite et galopé pendant dix kilomètres et puis… »

Linda se rappela soudain un conseil donné un jour par Lord Merlin : « Chassez tant que vous voudrez, mais n'en parlez jamais. C'est le sujet de conversation le plus assommant qui soit. »

« Magnifique, une chevauchée de dix kilomètres ! Il faut absolument que je revienne chasser dans vos parages avec l'équipage Heythrop. Ils font de belles chasses cette année. Nous aussi, nous avons eu une très belle journée hier. »

Il s'embarqua dans le récit détaillé de cette chasse : où ils avaient trouvé la voie, jusqu'où ils avaient poussé et comment son cheval s'était mis à boiter et comment il avait pu en trouver un autre, et ainsi de suite. Je ne comprenais que trop bien Lord Merlin !

Linda cependant était suspendue aux lèvres de Tony et palpitait d'intérêt.

Enfin nous entendîmes du bruit dans la rue et il alla à la fenêtre.

« Bon, dit-il, voilà les autres ! »

Les « autres » étaient venus de Londres dans une énorme Daimler. Ils s'engouffrèrent dans la pièce en jacassant. Il y avait là quatre jolies filles et un jeune homme. Bientôt quelques étudiants firent leur apparition et l'assemblée fut au complet. Ce n'était pas très amusant pour nous, car ils se connaissaient trop bien entre eux. Ils papotaient, pouffaient de leurs petites allusions personnelles et plastronnaient beaucoup. Nous sentions pourtant que c'était ça, la vie, et il nous aurait suffi de rester spectatrices pour être pleinement heureuses, n'était cet affreux sentiment de culpabilité qui commençait à nous faire souffrir comme une indigestion. À chaque fois que la porte s'ouvrait, Linda devenait livide. Je crois qu'elle redoutait à tout moment de voir apparaître Oncle Matthew, son fouet à la main. Dès qu'il fut convenable de prendre congé – ce qui tarda beaucoup, car on ne quitta pas la table avant quatre heures –, nous fîmes nos adieux et rentrâmes à toute vitesse.

Matt et Jassy, les petits misérables, se balançaient sur le portail du garage.

« Et comment va Lavender ? A-t-elle bien ri de vos paupières ? Vous feriez bien d'aller vous laver avant que P'pa vous aperçoive ! Vous en avez mis du temps ! Vous avez eu de la morue ? Vous avez vu le blaireau ? »

Linda éclata en sanglots.

« Laissez-moi tranquille, horribles *Contres* que vous êtes ! » leur cria-t-elle, et elle s'élança vers sa chambre.

En une seule petite journée, son amour avait triplé.

La bombe éclata le samedi.

« Linda et Fanny, P'pa veut vous voir dans son cabinet de travail. Et, d'après la tête qu'il fait, j'aime mieux que ce soit vous que moi ! » ajouta Jassy.

Elle nous avait guettées dans la grande allée, comme nous rentrions d'une promenade à cheval. Nous nous regardâmes, pleines d'appréhension.

« Mieux vaut en finir ! » dit Linda, et nous nous hâtâmes vers le cabinet de travail où nous vîmes sur-le-champ que le pire était arrivé.

Tante Sadie, qui paraissait malheureuse, et Oncle Matthew, qui grinçait des dents, nous mirent en face de notre crime. La pièce était sillonnée d'éclairs bleus, projetés par les yeux de mon oncle, et le tonnerre de Zeus n'était pas plus terrible que ses cris !

« Vous rendez-vous compte, hurlait-il, que si vous étiez des femmes mariées ce serait pour vos maris un motif de divorce ? »

Linda commença par assurer qu'elle l'ignorait. Elle ne connaissait les lois sur le divorce que par un scandale mondain, dont elle avait lu les détails dans un journal qui devait servir à faire du feu dans la chambre d'amis.

« Ne coupe pas la parole à ton père ! » dit Tante Sadie avec un regard de reproche.

Mais Oncle Matthew ne s'en était même pas aperçu. Il était complètement emporté par le torrent impétueux de son ire.

« Maintenant que nous savons qu'on ne peut vous faire confiance pour vous conduire convenablement, nous allons envisager des mesures ! Fanny peut retourner chez elle dès demain. Je ne veux plus que tu remettes les pieds ici, compris ? C'est à Emily, désormais, de te tenir, si elle y parvient, mais tu vas suivre la même voie que ta mère, c'est sûr comme deux et deux font quatre ! Quant à vous, Mademoiselle, il n'est plus question d'aller à Londres. Il va falloir vous surveiller à chaque instant du jour. Pas très agréable d'avoir une enfant à qui l'on ne peut se fier ! À Londres, tu aurais trop d'occasions de filer ! Tu resteras ici à cuire dans ton jus ! Et plus de chasses cette année. Tu as une sacrée veine de ne pas être fouettée ! La plupart des pères t'auraient étripée, m'entends-tu ? Maintenant, allez au lit toutes les deux, avec interdiction de vous parler jusqu'au départ de Fanny. Je l'expédie en auto demain. »

Nous mîmes des mois à savoir comment ils avaient tout découvert. Pour fantastique qu'elle parût, l'explication n'en était pas moins toute simple. Quelqu'un avait oublié une écharpe chez Tony Kroesig et il avait téléphoné pour demander si ce n'était pas l'une de nous !

VII

Comme d'habitude, Oncle Matthew aboya très fort, mais ne mordit pas. Toutefois ce drame, tant qu'il dura, fut le plus terrible qu'on eût connu à Alconleigh. On m'expédia chez Tante Emily dès le lendemain. Linda, à la fenêtre de sa chambre, agitait la main et sanglotait : « Tu en as de la chance de ne pas être moi ! » (Combien différent de son cri habituel : « Comme c'est merveilleux d'être *moi* ! ») Elle ne fut privée que d'une ou deux chasses à courre, après quoi il y eut une détente. Oncle Matthew commença à mettre le doigt dans l'engrenage et graduellement tout rentra dans l'ordre accoutumé ; la famille nota cependant qu'Oncle Matthew avait usé deux dentiers en un temps record.

On se remit à tirer des plans pour la « saison » londonienne et on alla jusqu'à m'y inclure. J'appris par la suite que tant Davey que John Fort-William avaient pris sur eux d'expliquer à Tante Sadie et à Oncle Matthew (surtout à ce dernier) que, selon les idées modernes, nous avions agi de façon absolument normale, tout en reconnaissant que nous avions fort mal fait en racontant tant de mensonges éhontés.

Nous exprimâmes toutes deux nos vifs regrets et promîmes fidèlement de ne jamais plus agir avec tant de dissimulation, mais de toujours nous ouvrir à Tante Sadie de tous nos projets. « Seulement, nota Linda, la réponse sera toujours *non* », et elle me jeta un regard désespéré.

Tante Sadie avait loué pour l'été une maison meublée à Londres, à proximité de Belgrave Square. Ce logis avait si peu de caractère que je n'en ai gardé aucun souvenir, sinon que ma chambre donnait sur des cheminées et que, par les chaudes soirées de l'été, je restais assise à suivre les hirondelles qui volaient toujours par couples. Sentimentale, je souhaitais à mon tour de trouver un compagnon.

Nous nous amusâmes énormément, mais ce n'était pas tant la danse qui nous plaisait, je crois, que le fait d'être grandes et de nous trouver à Londres. Au bal, le grand obstacle à notre amusement, c'étaient les danseurs. Ils étaient terriblement ennuyeux et de l'espèce que Louisa avait fait inviter à Alconleigh. Linda, toujours perdue dans son rêve d'amour pour Tony, ne les distinguait pas les uns des autres et ne se rappelait jamais leurs noms. Moi, pleine d'espoir, je cherchais de toutes parts le compagnon de mon existence, mais j'avais beau essayer de voir honnêtement le bon côté de ces jeunes gens, je n'en découvris point qui approchât même approximativement de ce que je voulais.

Tony terminait son dernier trimestre d'Oxford et n'arriva à Londres que tout à fait en fin de saison.

Comme de bien entendu, on nous chaperonnait avec une sévérité « victorienne ». Tantôt Tante Sadie, tantôt Oncle Matthew nous avaient toujours littéralement sous les yeux. Comme Tante Sadie aimait à se reposer dans l'après-midi, Oncle Matthew nous embarquait solennellement pour la Chambre des Lords, où il nous parquait dans la Galerie des Pairesses, pour aller lui-même somnoler sur le banc du fond, en face de nous. Quand il ne dormait pas (ce qui était rare), il était véritablement la plaie des secrétaires de séance, car il ne votait jamais deux fois de suite avec le même groupe et les cheminements de sa pensée n'étaient guère faciles à suivre. Il votait, par exemple, pour l'emploi des pièges à loup, pour l'encouragement des sports sanguinaires et pour les courses d'obstacles, mais contre la vivisection et l'exportation des vieux chevaux vers la Belgique. Il avait sans doute ses raisons, comme le déclarait souvent Tante Sadie pour mettre fin à quelque commentaire sur un tel manque de logique. J'aimais bien ces paresseuses après-midi passées dans la sombre salle gothique. J'étais fascinée par les murmures continus, par les nombreux épisodes bouffons, et certains discours qu'on pouvait entendre étaient parfois fort intéressants. Linda s'y plaisait aussi. Elle planait au loin, perdue dans ses pensées. Oncle Matthew se réveillait à l'heure du thé, nous conduisait au restaurant des Pairs pour nous y donner du thé et des *buns* beurrés, puis nous ramenait à la maison, où nous nous reposions avant de nous habiller pour un bal.

La famille Radlett allait à Alconleigh du samedi au lundi. Ils s'y rendaient dans leur énorme Daimler qui vous donnait un peu le mal de mer. Moi, j'allais à Shenley, où Tante Emily et Davey se languissaient de connaître tous les détails de la semaine.

À cette époque, les toilettes étaient sans doute notre principale préoccupation. Linda, après avoir vu plusieurs collections, et bien observé les robes, les faisait copier par Mrs Josh. Elles arrivaient à avoir une originalité, un cachet que les miennes n'eurent jamais, bien qu'achetées dans des maisons de luxe et coûtant à peu près cinq fois plus. Ce qui prouvait, assurait Davey qui venait nous rendre visite chaque fois qu'il était à Londres, qu'il fallait faire venir ses robes de Paris ou risquer le tout pour le tout. Linda avait une robe de bal, surtout, qui était particulièrement ravissante. Elle était faite de flots de tulle gris perle et lui tombait aux pieds. La plupart des robes se portaient encore courtes cet été-là, aussi Linda faisait sensation chaque fois qu'elle apparaissait dans cet amas de tulle, au grand mécontentement d'Oncle Matthew, qui avait connu trois femmes brûlées vives dans des robes de bal en tulle !

Elle portait cette robe quand Tony lui fit sa demande dans le kiosque de Berkeley Square, un beau jour de juillet, à six heures du matin. Il était arrivé d'Oxford depuis quinze jours environ, et très vite il fut évident qu'il n'avait d'yeux que pour elle. Il la suivait dans tous les bals et, après avoir fait tournoyer quelques autres jeunes filles, il escortait Linda au souper et passait le reste de la soirée rivé à ses côtés. Tante Sadie paraissait ne rien remarquer, mais, pour tout le cercle des « débutantes », l'issue était réglée d'avance, et une seule question agitait les esprits : quand Tony allait-il se déclarer ?

Le bal d'où ils s'étaient échappés commençait à languir. (Il avait lieu dans une belle vieille maison de Berkeley Square, côté est, démolie depuis.) L'orchestre somnolent rabâchait les mêmes airs dans les salles quasi désertes. La pauvre Tante Sadie, assise sur une chaise dorée, faisait des efforts pour garder les yeux ouverts et souhaitait ardemment d'aller se coucher. J'étais près d'elle, morte de fatigue, gelée. Mes danseurs étaient tous partis. Il faisait jour. Linda avait disparu depuis des heures. Personne ne semblait l'avoir aperçue depuis le souper, et Tante Sadie, bien que complètement ensommeillée, était inquiète et mécontente. Elle commençait à se demander si Linda n'avait pas commis l'impardonnable péché d'aller dans une boîte de nuit.

Soudain l'orchestre se ranima et attaqua *John Peel*, comme prélude à *God Save The King*[1]. Linda, dans un nuage gris, galopait autour de la salle au bras de Tony. Un seul coup d'œil à sa figure nous révéla tout. Nous grimpâmes dans un taxi à la suite de Tante Sadie, qui ne faisait jamais veiller le chauffeur. Nous passâmes dans l'eau envoyée par les voitures d'arrosage qui lavaient les rues, puis grimpâmes l'escalier qui menait à nos chambres, sans échanger une parole. Un mince rayon oblique frappait les cheminées au moment où j'ouvris ma fenêtre. Trop fatiguée pour réfléchir, je tombai dans mon lit.

1. *John Peel* : vieil air populaire. À la fin des bals, comme à la fin de tous les spectacles en Angleterre, l'orchestre joue l'hymne national. (*N.d.T.*)

Nous avions, après un bal, la permission de faire la grasse matinée, mais Tante Sadie était toujours debout dès neuf heures et vaquait aux soins de la maison. Ce matin-là, comme Linda descendait l'escalier d'un air endormi, Oncle Matthew, dans le vestibule, lui cria avec colère :

« Ce sacré boche de Krœsig vient de téléphoner. Il voulait te parler. Je lui ai dit d'aller au diable. Je ne veux pas te voir compromise avec un Allemand, compris ?

— Eh bien ! il se trouve que je suis déjà compromise », dit Linda d'un ton dégagé et qu'elle voulait rendre indifférent.

À ce point précis, Tante Sadie sortit précipitamment de son petit bureau du rez-de-chaussée, prit Oncle Matthew par le bras et l'entraîna. Linda s'enferma dans sa chambre à coucher et y pleura pendant une heure, tandis que Jassy, Matt, Robin et moi, dans la chambre d'enfants, spéculions sur la suite des événements.

Il y eut une grande opposition à ces fiançailles, non seulement de la part d'Oncle Matthew, qui était hors de lui, déçu et dégoûté par le choix de Linda, mais également du côté de Sir Leicester Krœsig. Il ne voulait pas que Tony se mariât avant d'avoir une situation bien établie dans la City, et pour ce moment-là il rêvait à une alliance avec l'une des grandes familles de banquiers. Il méprisait les hobereaux, qu'il considérait comme dégénérés, finis, dépassés par le monde moderne. Il savait aussi que les vastes capitaux que ces familles possédaient certainement encore, et utilisaient si bêtement, formaient toujours l'héritage du fils aîné, et qu'on réservait peu ou prou pour la dot des filles. Sir Leicester et Oncle Matthew se rencontrèrent, se déplurent dès le premier coup d'œil, et tombèrent d'accord sur leur décision d'empêcher ce mariage. Tony fut expédié en Amérique pour y travailler dans une banque de New York, et la pauvre Linda, la saison des bals étant close, fut ramenée à Alconleigh, où elle se rongea le cœur.

« Oh ! Jassy, ma Jassy chérie, prête-moi l'argent que tu as économisé pour t'enfuir ! J'irai à New York.

— Ah ! mais non, Linda. J'ai économisé et gratté pendant des années : depuis que j'ai sept ans. Je ne peux vraiment pas recommencer tout ça maintenant. De plus, j'en aurai besoin le jour où je m'en irai moi-même.

— Mais, chérie, je te le rendrai. Tony te le remboursera quand nous serons mariés.

— Je connais les hommes », fit Jassy d'un air sombre. Elle fut intraitable.

« Si seulement Lord Merlin était là, il pourrait m'aider ! » se lamentait Linda. Mais Lord Merlin était toujours à Rome.

Pour toute fortune, elle possédait quinze shillings et six pence. Elle fut donc obligée de se contenter d'écrire chaque jour d'immenses épîtres à Tony. Elle avait ses poches bourrées de quantités de billets succincts et fades, couverts d'une écriture puérile, et timbrés de New York.

Au bout de quelques mois, Tony revint et déclara à son père qu'il ne pouvait se consacrer aux affaires ou à la banque, voire même penser à sa carrière future, tant que la date de son mariage ne serait pas fixée. C'était tout à fait la marche à suivre avec Sir Leicester. Tout ce qui empêchait de gagner de l'argent devait être réglé *illico*. Si Tony, garçon raisonnable et qui n'avait jamais donné le moindre souci à son père, l'assurait qu'il ne pourrait devenir un banquier sérieux qu'après son mariage, eh bien ! il fallait le marier, et le plus tôt serait le mieux. Sir Leicester commenta longuement son point de vue sur les désavantages d'une telle union. Tony fut d'accord avec lui en principe, mais il expliqua que Linda était jeune, intelligente, énergique, qu'il avait beaucoup d'influence sur elle et ne doutait pas qu'elle ne lui rapportât des avantages considérables. Sir Leicester, finalement, donna son accord.

« Ça pouvait être pire, dit-il. Après tout, c'est une femme du monde ! »

Lady Krœsig ouvrit les négociations avec Tante Sadie. Comme Linda s'était rendue complètement malade et empoisonnait la vie de tout son entourage par son odieux caractère, Tante Sadie éprouva un secret soulagement devant le tour que prenaient les événements. Elle persuada Oncle Matthew que ce mariage, bien que loin de l'idéal, était inévitable, et que, s'il ne voulait pas s'aliéner à tout jamais l'affection de sa préférée, il ferait bien de faire à mauvaise fortune beau jeu.

« Ça pouvait être pire, sans doute, dit-il avec hésitation. Au moins ce type-là n'est pas catholique ! »

VIII

Les fiançailles furent dûment annoncées dans le *Times*. Les Krœsig alors invitèrent les Alconleigh à passer une fin de semaine dans leur propriété proche de Guildford. Lady Krœsig, dans sa lettre à Tante Sadie, appelait cela un *week-end* et disait qu'il serait agréable de faire plus ample connaissance. Oncle Matthew entra dans une colère folle. Non seulement il avait la phobie d'aller dans d'autres maisons que la sienne (à l'exception de quelques rares parents), mais il considérait que c'était une véritable insulte que de l'inviter ! Il méprisait le terme *week-end*. Il émit un grognement sarcastique à l'idée qu'il pût être « agréable » de mieux connaître les Krœsig. Quand Tante Sadie fut parvenue à le calmer quelque peu, elle suggéra que la famille Krœsig : le père, la mère, la fille Marjorie et Tony, pourrait peut-être venir à Alconleigh du samedi au lundi. Le pauvre Oncle Matthew, qui avait avalé l'amère pilule des fiançailles de Linda, était résolu, il faut le reconnaître, à faire contre mauvaise fortune bon cœur. Il ne tenait pas à envenimer les choses entre Linda et sa future belle-famille. Au fond, il avait un grand respect pour les rapports de famille. Un jour que Bob et Jassy vouaient aux gémonies un certain cousin détesté de tous, y compris d'Oncle Matthew, ce dernier s'était jeté sur eux et, après les avoir malmenés, leur déclara :

« En premier lieu, c'est un parent, en second lieu, c'est un pasteur, alors taisez-vous ! »

C'était devenu un adage classique chez les Radlett.

Donc, les Krœsig furent dûment invités. Ils acceptèrent et l'on prit date. Tante Sadie fut alors saisie de panique et convoqua Tante Emily et Davey. (Moi, j'étais déjà à Alconleigh pour une saison de chasse à courre.) Louisa était en Écosse, où elle allaitait son second bébé, mais espérait venir plus tard, pour le mariage.

L'arrivée à Alconleigh des quatre Krœsig fut de mauvais augure. Au moment même où l'on entendit l'auto qui les ramenait de la gare ronfler dans l'avenue, toutes les lumières de la maison s'éteignirent. Davey avait apporté une nouvelle lampe à rayons ultraviolets, et elle avait tout fait sauter. Il fallut introduire les invités dans le hall plongé dans une obscurité totale, pendant que Logan fouillait l'office pour trouver une bougie et qu'Oncle Matthew se précipitait sur les plombs. Lady Krœsig et Tante Sadie parlaient poliment de choses et d'autres, Linda et Tony pouffaient de rire dans un coin et Sir Leicester se cognait son pied enflé de goutte contre un pied de table. Cependant un Davey invisible se répandait, en haut de l'escalier, en excuses lamentables. Tout cela était vraiment très embarrassant.

Enfin les lumières se rallumèrent, révélant la famille Krœsig. Sir Leicester était un grand blond grisonnant, dont l'indéniable beauté était abîmée par une expression niaise. Sa femme et sa fille étaient deux femelles petites, dodues et ébouriffées. Tony semblait tenir de son père et Marjorie de sa mère. Tante Sadie fut fort désemparée quand toutes ces voix se transformèrent soudain en êtres de chair et de sang et, se sentant incapable de trouver de nouveaux sujets de conversation, elle les pressa de gagner leurs chambres pour s'y reposer et s'habiller avant le dîner. On croyait toujours à Alconleigh que le voyage pour venir de Londres était une entreprise épuisante, et l'on estimait que les nouveaux arrivants avaient besoin de repos.

« Qu'est-ce que c'est que cette lampe ? » demanda Oncle Matthew à Davey, qui ne cessait de s'excuser.

Il était encore drapé dans l'étroite robe de chambre qu'il avait mise après son « bain de soleil ».

« Tu sais bien que je ne peux rien digérer pendant les mois d'hiver !

— Moi, je peux. Va au diable ! (Adressée à Davey, cette apostrophe pouvait être interprétée comme un terme d'amitié.)

— Tu crois ça, mais en réalité tu te trompes. Or ma lampe verse ses rayons dans l'organisme, les glandes se mettent à travailler, et les aliments te profitent à nouveau.

— Bon, mais ne déverse plus de rayons tant que le voltage n'aura pas été modifié. Quand la maison est pleine de sales boches, il faut pouvoir les surveiller. »

Au dîner Linda portait une robe de percale blanche qui avait une jupe volumineuse et un châle de dentelle noire. Elle était absolument éblouissante et il fut clair que Sir Leicester la trouvait très séduisante. Lady Krœsig et Marjorie, vêtues d'un amas de crêpe Georgette et de dentelles, semblaient ne rien remarquer. Marjorie était une jeune fille morne et ennuyeuse, un peu plus âgée que Tony, qui jusque-là n'avait pas trouvé à se marier et semblait n'avoir aucune raison biologique pour exister.

« Avez-vous lu *Frères* ? demanda Lady Krœsig à Oncle Matthew pour entamer la conversation dès le potage.

— Qu'est-ce que c'est que ça ?

— Le nouveau livre d'Ursula Langdok. *Frères*, c'est l'histoire de deux frères. Vous devriez lire ça.

— Ma chère Lady Krœsig, je n'ai lu qu'un seul livre de toute ma vie, et c'est *Croc-Blanc*. C'est tellement bien que je ne me suis jamais donné la peine d'en lire un autre. Mais Davey, lui, lit beaucoup. Je parie que tu as lu *Frères*, Davey ?

— Certes non, fit Davey, enjoué.

— Je vous le prêterai, dit Lady Krœsig. Je l'ai apporté ici et je l'ai fini dans le train.

— On ne doit jamais lire dans un train, dit Davey. C'est horriblement fatigant pour les nerfs optiques. Une tension terrible. Puis-je voir le menu, je vous prie ? Je dois vous expliquer que je suis un nouveau régime en ce moment : un repas blanc, un repas rouge. Cela me réussit à merveille. Mon Dieu, quel dommage ! Sadie... Oh ! elle ne m'écoute pas ! Logan, puis-je vous demander un œuf à la coque ? Très peu cuit, vous savez. Ce soir c'est mon repas blanc, et je m'aperçois qu'il y a justement de la selle d'agneau !

— Eh bien ! Davey, fais un repas rouge ce soir et un blanc demain au petit déjeuner, lui dit Oncle Matthew. J'ai fait déboucher une bouteille de Mouton-Rothschild spécialement à ton intention. Je sais combien tu l'apprécies.

— Oh ! mais quelle malchance, fit Davey, parce que je sais déjà qu'il y aura des kippers au petit déjeuner et je les adore. Quel affreux dilemme ! Non. Il faut que je mange un œuf maintenant et que je prenne un peu de vin du Rhin. Jamais je ne pourrais résister aux kippers si délicieux, si digestes, mais surtout si riches en protéines.

— Les kippers sont bruns, dit Bob.

— Le brun compte pour du rouge, ne comprends-tu pas cela ? »

Mais, quand arriva la crème au chocolat (copieuse, mais jamais assez pour l'appétit des garçons), nous nous aperçûmes qu'elle comptait pour du blanc ! Les Radlett avaient eu mainte occasion d'observer qu'on ne pouvait jamais compter sur Davey pour refuser un mets même malsain, s'il le trouvait à son goût.

Tante Sadie était aux prises avec Sir Leicester. Il était plein d'un enthousiasme botanique et ennuyeux et s'imaginait qu'elle le partageait.

« Que de choses vous savez sur l'art des jardins, vous autres Londoniens ! lui dit-elle. C'est à Davey que vous devriez en parler. C'est un savant jardinier.

— Je ne suis pas un vrai Londonien, fit Sir Leicester sur un ton de reproche. Mon travail est à Londres, mais je vis dans le Surrey.

— Pour moi, dit Tante Sadie avec douceur mais fermeté, c'est bien la même chose[1]. »

La soirée parut interminable. Les Krœsig se languissaient visiblement d'une partie de bridge et ne semblèrent guère enchantés de la partie de *Demon* qu'on leur offrit à la place. Sir Leicester déclara qu'il avait eu une semaine fatigante et qu'il ferait bien de se coucher de bonne heure.

« Je ne sais pas comment vous pouvez tenir, dit Oncle Matthew, plein de sympathie. Pas plus tard qu'hier, je disais au directeur de la banque de Merlinford : quelle vie que de rester enfermé tout le jour à farfouiller dans les comptes des autres types ! »

Linda sortit pour téléphoner à Lord Merlin qui venait de rentrer de l'étranger. Tony la suivit. Ils restèrent absents longtemps et revinrent empourprés et apparemment gênés.

Le lendemain matin, comme nous flânions dans le hall en attendant les kippers qu'annonçaient déjà des effluves délicieux, nous vîmes qu'on montait deux plateaux pour Sir Leicester et Lady Krœsig.

« Non, vraiment, ça dépasse la mesure, que diable ! dit Oncle Matthew. Jamais je n'ai entendu parler d'un *homme* qui prend son petit déjeuner au lit ! »

Et il jeta un regard nostalgique à sa pelle-pioche.

Toutefois, il s'amollit un peu quand ils descendirent juste avant onze heures, tout prêts pour se rendre à l'église. Mon oncle était un pilier de l'église, lisait les Textes[2], choisissait les cantiques et faisait la quête. Il aimait que toute la maisonnée assistât au culte. Hélas ! il se révéla que les Krœsig n'étaient que d'« infâmes

1. Le comté de Surrey, tout voisin de Londres, est comme la grande banlieue de la capitale. L'aristocratie terrienne n'y a jamais vécu, n'y a pas d'attaches et méprise assez ceux qui y ont des propriétés. La littérature anglaise est pleine de plaisanteries à ce sujet. (*N.d.T.*)

2. Dans l'Église anglicane, c'est un laïc qui fait la lecture des textes de l'Ancien et du Nouveau Testament. (*N.d.T.*)

idolâtres », ce que tous purent voir quand ils se tournèrent vers l'orient pour le *Credo*[1]. Bref, ils étaient de ceux qui ne peuvent bien agir, et, quand ils décidèrent de prendre le train du soir pour Londres, des soupirs de soulagement se firent écho dans toute la maison.

« Hélas, pour Linda ! Tony, c'est le geai vêtu des plumes du paon, n'est-ce pas ? » dis-je tristement.

Davey et moi nous promenions dans un bosquet le jour suivant. Davey vous comprenait toujours à demimot, c'était là une de ses plus belles qualités.

« Un geai ! fit-il avec mélancolie. (Il adorait Linda.)

— Et rien ne lui dessillera les yeux ?

— Pas avant qu'il soit trop tard, j'en ai peur ! Pauvre Linda. Elle a une nature follement romanesque, ce qui pour une femme est fatal. Heureusement pour elle et pour nous tous, la plupart des femmes sont terriblement terre à terre, autrement le monde aurait du mal à tourner. »

Lord Merlin avait plus de courage que nous tous et dit bien ouvertement ce qu'il pensait. Linda, qui était allée le voir, lui demanda :

« Êtes-vous content de mes fiançailles ? »

Sur quoi il répliqua :

« Bien sûr que non ! Pourquoi faites-vous cela ?

— Je l'aime ! fit Linda avec fierté.

— Qu'est-ce qui vous le fait croire ?

— On ne croit pas, on sait, dit-elle.

— La bonne blague !

— Ah ? Alors c'est que vous ne comprenez rien à l'amour. Dans ce cas, à quoi bon en parler avec vous ? »

Lord Merlin se fâcha très fort et déclara que les petites filles sans expérience n'y entendaient rien non plus.

« L'amour, dit-il, c'est pour les grandes personnes, comme vous le découvrirez un jour. Vous découvrirez

1. Les Krœsig appartiennent à la *High Church*, aile extrême de l'Église anglicane, proche du catholicisme romain. (*N.d.T.*)

aussi qu'il n'a rien à voir avec le mariage. Je suis tout à fait partisan de vous marier vite, dans un an ou deux, mais, pour l'amour du ciel et de nous tous, n'épousez pas un raseur comme Tony Krœsig !

— Si c'est un tel raseur, pourquoi l'aviez-vous invité chez vous ?

— Je ne l'ai pas invité. “Baby” l'a amené parce que Cecil avait la grippe et ne pouvait l'accompagner. De plus, je ne pouvais deviner que vous épouseriez le premier “bouche-trou” que j'aurais dans ma maison !

— Vous devriez faire attention. De plus, je ne puis comprendre pourquoi vous traitez Tony de raseur. Il sait tout.

— Justement : il sait tout ! Et que dites-vous de Sir Leicester ? Et avez-vous vu Lady Krœsig ? »

Mais la famille Krœsig était illuminée, aux yeux de Linda, par l'immense nimbe de perfection qui entourait Tony, et elle ne voulait pas entendre un mot contre eux. Elle quitta Lord Merlin assez froidement, rentra chez elle et se mit à l'agonir de sottises. Quant à lui, il attendit de voir ce que Sir Leicester lui offrirait comme cadeau de mariage. Ce fut un nécessaire de voyage en peau de porc, contenant une garniture en écaille sombre, marquée d'initiales en or. Lord Merlin lui envoya un nécessaire en maroquin, deux fois plus grand, avec une garniture en écaille blonde. Au lieu d'initiales, chaque objet était marqué LINDA en brillants.

Il s'était embarqué dans une série de farces raffinées à l'égard de Krœsig. Celle-ci n'était que la première.

Les préparatifs du mariage n'allèrent pas tout seuls. Il y eut des ennuis sans fin au sujet de la dot. Les propriétés d'Oncle Matthew lui assuraient un certain revenu pour ses jeunes enfants, et il l'attribuait comme il l'entendait. Il ne voulait pas, ce qui était naturel, allouer à Linda une somme qui désavantagerait les autres, du moment qu'elle épousait un fils de millionnaire. Sir Leicester, cependant, refusa de donner un sou à son fils si Oncle Matthew ne dotait pas sa fille. Il ne tenait pas, de toute façon, à lui allouer une somme, déclarant qu'il était contraire aux principes de la famille d'immobiliser de gros capitaux. Enfin, à force d'insister, il soutira à l'Oncle Matthew une somme dérisoire pour Linda. Toute cette histoire tarabusta et bouleversa Oncle Matthew au suprême degré, et le confirma encore, si possible, dans sa haine de la « race teutonne ».

Tony et ses parents voulaient que le mariage eût lieu à Londres. Oncle Matthew assurait qu'il n'avait de sa vie entendu parler d'une chose aussi banale et vulgaire. Les jeunes filles se mariaient dans leur demeure. Il considérait que les mariages mondains étaient le summum de la déchéance et se refusa à conduire sa fille le long de la nef de Sainte-Marguerite[1], au milieu d'une foule de badauds inconnus. Les Krœsig expliquèrent à Linda que, si elle se mariait à la campagne, elle ne recevrait que la moitié des cadeaux de mariage, et aussi que les gens importants, influents, qui plus tard seraient utiles à Tony, ne viendraient jamais dans le Gloucestershire au cœur de l'hiver. Pour Linda, tous ces arguments étaient superflus. Depuis l'époque où elle songeait à épouser le prince de Galles, elle s'était fait une image de ce que serait son mariage, c'est-à-dire un véritable mariage d'opérette : une vaste église, une foule au-dehors et au-dedans, des photographes, des gerbes d'arums, du tulle, des demoiselles d'honneur, et un chœur immense qui chanterait son air favori : *L'Arpège perdu*. Elle prit donc fait et cause pour les Krœsig, contre le pauvre Oncle Matthew. Et quand le sort fit pencher la balance en sa faveur, en mettant hors d'usage l'appareil de chauffage de l'église d'Alconleigh, Tante Sadie n'eut plus qu'à louer une maison à Londres, et le mariage fut dûment célébré à Sainte-Marguerite, avec toute l'ostentation et toute la vulgarité possibles.

1. Grande église de Londres où se célèbrent tous les mariages chic. (*N.d.T.*)

Pour une raison, puis pour une autre, quand arriva le mariage de Linda, ses parents et ses beaux-parents ne s'adressaient plus la parole.

Oncle Matthew pleura sans réserve durant toute la cérémonie. Sir Leicester semblait avoir dépassé le stade des larmes.

IX

Il me semble que le mariage de Linda fut un fiasco dès le début, mais en fait elle ne me tint jamais beaucoup au courant. Personne n'était très renseigné. Elle s'était mariée malgré une assez forte opposition qui se trouva bien fondée. Linda, étant ce qu'elle était, conserva aussi longtemps qu'elle le put une façade parfaite.

Ils se marièrent en février, prirent une maison à Melton, passèrent leur lune de miel à chasser, puis s'installèrent définitivement à Londres, dans Bryanston Square, après Pâques. Tony commença alors à travailler dans la vieille banque de son père et se prépara à briguer à la Chambre des Communes un siège de tout repos dans le parti conservateur, ambition qui fut rapidement réalisée.

Une plus ample connaissance de leurs belles-familles ne modifia en rien les opinions réciproques des Radlett et des Krœsig. Les Krœsig trouvaient Linda excentrique, affectée et dépensière. Pis encore : elle ne semblait d'aucune utilité pour la carrière de Tony ! Les Radlett considéraient Tony comme un raseur de premier ordre. Il avait la manie de choisir un sujet, puis de tourner autour comme un bombardier malhabile qui cercle autour de sa cible sans jamais l'atteindre. Il connaissait une quantité incroyable de faits totalement inintéressants et n'hésitait pas à en faire part à ses interlocuteurs avec beaucoup de périphrases et force détails, que cela les intéressât ou non. Il était extrêmement sérieux, ne riait plus jamais des plaisanteries de Linda, bref la gaieté qui semblait l'animer quand elle avait fait sa connaissance était sans doute due à la jeunesse, à la boisson et à la bonne santé. À présent qu'il était mûri et marié, il abandonnait ces trois choses au passé, passant ses journées à la banque et ses soirées à la Chambre, ne cherchant jamais à se distraire ou à prendre l'air. Sa véritable personnalité se dessina et il se révéla comme un crétin pompeux et âpre au gain, qui tous les jours ressemblait un peu plus à son père.

Il ne réussit pas à tirer du profit de Linda. La pauvre ! Elle avait beau se donner du mal – et au début elle fit de grands efforts, désirant infiniment faire plaisir –, tout cela demeurait pour elle un mystère. En somme, pour la première fois de sa vie, elle se trouvait face à face avec un point de vue platement bourgeois. Ainsi le sort qu'Oncle Matthew m'avait prédit à moi, comme résultat de mon « éducation de petite-bourgeoise », était en fait échu à Linda. Tous les signes extérieurs et tangibles qu'il avait si souvent désapprouvés s'étalaient là, bien en évidence. Les Krœsig disaient « papier à écrire » et « flacon d'odeur » et l'invitèrent même à les appeler « Papa » et « Maman ». Elle le fit dans un premier transport d'affection, mais passa tout le reste de sa vie conjugale à essayer de réparer cette erreur, en leur disant « vous » et en ne communiquant avec eux que par carte ou télégramme. Le fond même de leur esprit était purement commercial et ils rapportaient tout à l'argent. L'argent était leur rocher, leur forteresse, leur espoir dans l'avenir, leur appui dans le présent. Il les transportait au-dessus des autres humains, il les gardait du mal. Les seules qualités intellectuelles qui méritaient leur estime étaient celles qui permettaient de faire de l'argent en quantité substantielle. C'était leur seul critère de réussite, c'était la puissance et la gloire. Dire d'un homme qu'il était pauvre équivalait à déclarer qu'il était un vaurien, un incapable, un fainéant, un débile et un être immoral. S'il s'agissait d'un homme qui, malgré ses tares, leur était sympathique, ils admettaient qu'il n'avait pas eu de chance. Ils avaient pris soin de s'assurer contre ce péril mortel de mille façons. Afin qu'il ne les menace jamais au moyen de cataclysmes incontrôlables tels que la guerre ou la révolution, ils avaient fait des placements énormes dans une douzaine de pays différents. Ils possédaient des ranches et des estancias et des fermes sud-africaines, un hôtel en Suisse, une plantation en Malaisie et aussi beaucoup de beaux diamants qui n'étincelaient pas, certes, autour du ravissant cou de Linda, mais gisaient dans des banques, en pierres détachées, et aisément transportables.

L'éducation de Linda lui rendait tout cela incompréhensible, car on ne parlait jamais argent à Alconleigh. Certes Oncle Matthew avait de gros revenus, mais ils provenaient de la terre, y étaient investis et y retournaient pour une bonne part. Sa terre était pour lui quelque chose de sacré, et plus sacrée encore était l'Angleterre. Si jamais le malheur accablait sa patrie, il y resterait pour le supporter avec elle ou mourir. Jamais l'idée ne lui serait venue de se sauver en laissant sa vieille Angleterre dans le pétrin. Lui, sa famille et ses biens faisaient partie d'elle, comme elle faisait partie d'eux, pour les siècles des siècles. Plus tard, quand la guerre sembla peser sur l'horizon, Tony essaya de le persuader d'envoyer de l'argent en Amérique.

« Pour quoi faire ? demanda Oncle Matthew.

— Vous serez peut-être content un jour de pouvoir y aller vous-même ou d'y envoyer vos enfants. C'est toujours une bonne chose d'avoir…

— Je suis peut-être vieux, mais je sais encore me servir d'un fusil, fit Oncle Matthew, très en colère. Et je n'ai plus d'enfants petits. S'il s'agit de se battre, ils sont tous assez grands.

— Mais Victoria ?

— Victoria a treize ans ! Elle saurait faire son devoir ! J'espère que, si jamais d'infâmes étrangers arrivaient jusqu'ici, chaque homme, chaque femme et chaque enfant sauraient les combattre sans répit, jusqu'à ce que les uns ou les autres fussent exterminés. De toute façon, je déteste l'étranger. Rien ne m'inciterait à y vivre. J'aime mieux habiter une cabane de garde-chasse dans mes bois. Quant aux étrangers, ils se valent tous et me donnent tous la nausée », fit-il avec aigreur, en foudroyant Tony du regard. Celui-ci ne s'en formalisa pas, mais continua à ratiociner, expliquant comme il avait été perspicace en transférant diverses sommes dans d'autres pays. Il restait parfaitement inconscient de la haine que lui portait Oncle Matthew, et en somme la conduite de mon oncle était tellement excentrique qu'il était malaisé, pour un être obtus tel que Tony, de percevoir chez son beau-père une différence d'attitude envers ceux qu'il aimait et ceux qu'il n'aimait pas.

À son premier anniversaire de naissance après son mariage, Linda reçut de Sir Leicester un chèque de mille livres sterling. Elle en fut enchantée et le dépensa le jour même à s'acheter un collier de perles entourées de rubis, qu'elle admirait depuis quelque temps dans la vitrine d'un joaillier de Bond Street. Les Krœsig donnèrent en son honneur un petit dîner de famille. Tony devait l'y retrouver, car il avait été retenu très tard à son bureau. Linda arriva, portant le collier sur une robe très décolletée, très simple, en satin blanc. Elle alla droit à Sir Leicester et lui dit :

« Comme vous avez été bon de me donner un si merveilleux cadeau ! Regardez-le ! »

Sir Leicester fut stupéfait.

« Il a coûté tout l'argent que je vous ai envoyé ?

— Mais oui ! dit Linda. J'ai pensé que cela vous ferait plaisir si je m'achetais un seul objet qui puisse toujours me faire penser à vous.

— Non, ma chérie. Ce n'était nullement mon intention. Mille livres ! C'est ce qu'on appelle un capital, c'est-à-dire une somme qui puisse rapporter. On ne doit pas la dépenser pour une babiole qu'on porte trois ou quatre fois l'an et dont la valeur ne peut guère augmenter. – Et d'ailleurs, si vous achetez des bijoux, que ce soit toujours des diamants. Les rubis et les perles sont trop aisés à copier et ne conservent pas leur valeur. – Mais, comme je vous le disais, on espère toujours un rapport. Vous auriez donc pu demander à Tony de placer cette somme pour vous, ou encore – et c'est ce que je voulais – vous auriez pu la dépenser à recevoir des personnalités importantes qui pourraient être utiles à la carrière de Tony. »

Ces « personnalités importantes » étaient continuellement, pour la pauvre Linda, une épine au flanc. Les Krœsig estimaient que Linda était pour Tony un grand obstacle, tant dans sa vie politique que dans sa vie financière, car elle avait beau faire, elle ne savait cacher combien tous ces gens l'ennuyaient. Tout comme Tante Sadie, elle avait tendance à se retirer dans un nuage d'ennui à la moindre provocation. Son regard devenait vide et son esprit fuyait au loin. Les gens importants n'aimaient point cela. Ils n'y étaient pas habitués. Ils entendaient que les jeunes les écoutent et suivent leurs arguments avec déférence et concentration, puisqu'ils étaient assez bons pour les honorer de leur compagnie. Or, comme Linda ne cessait de bâiller et Tony de discourir sur le nombre de capitaines de port dans les îles Britanniques, les personnalités importantes avaient tendance à éviter le jeune ménage Krœsig. Les vieux Krœsig déploraient profondément cet état de choses, dont ils blâmaient Linda. Ils voyaient qu'elle ne s'intéressait aucunement au travail de Tony. Au début, elle s'y essaya, mais ce fut au-dessus de ses forces. Elle ne parvenait absolument pas à comprendre comment un homme, qui possédait déjà une solide fortune, pouvait aller s'enfermer entre quatre murs, loin de l'air frais et du ciel bleu créés par Dieu, loin du printemps, de l'été, de l'automne et de l'hiver, qu'il laissait se succéder sans même s'apercevoir de leur ronde, et tout cela pour gagner encore de l'argent ! Elle était bien trop jeune pour s'intéresser à la politique qui, du reste, en ce temps-là, avant qu'Hitler vienne l'égayer, était un divertissement quelque peu ésotérique !

« Ton père n'était pas content ! » dit-elle à Tony, tandis qu'ils rentraient à pied après le dîner. Sir Leicester habitait près de Hyde Park, la nuit était magnifique pour une promenade.

« Ça ne m'étonne guère ! fit Tony d'un ton sec.

— Mais regarde, mon chéri, comme il est joli, ce collier ! Tu ne comprends pas que je n'aie pas su résister ?

— Tu fais des caprices. Essaie de te conduire comme une grande personne, veux-tu ? »

Au cours de l'automne qui suivit le mariage de Linda, Tante Emily loua une petite maison à Londres, à St. Leonard's Terrace, où elle s'installa avec Davey et moi-même. Elle avait été assez mal portante, et Davey avait pensé qu'il serait bon pour elle de fuir toutes ses obligations rurales et de se reposer comme une femme ne peut le faire que hors de chez elle. Le roman de Davey, *Le Tube destructeur*, venait de paraître et remportait un vif succès dans les milieux intellectuels. C'était une étude psychologique et physiologique sur un explorateur polaire, enfermé par la neige dans une hutte où il sait qu'il devra mourir, car il n'a plus que pour quelques mois de vivres. À la fin, il meurt. Davey était fasciné par les expéditions polaires. Il aimait à observer, tout en restant à une distance prudente, jusqu'où peut aller le corps humain quand on ne le nourrit que d'aliments indigestes privés de vitamines.

« C'est le *pemmican*, disait-il avec une joie mauvaise, tout en se jetant sur les mets délicieux qui faisaient la célébrité de la cuisinière de Tante Emily, c'est le *pemmican* qui a dû leur faire tant de mal. »

Tante Emily, tirée de force de sa vie routinière de Shenley, renoua avec de vieilles amies, reçut pour nous faire plaisir et s'amusa si bien qu'elle parlait de vivre à Londres six mois par an. Quant à moi, je n'ai jamais, ni avant ni après, été plus heureuse. La saison que j'avais passée à Londres avec Linda avait été aussi divertissante que possible. Il serait faux et ingrat vis-à-vis de Tante Sadie de le nier. Je m'étais même divertie des longues heures passées dans l'ombre de la Galerie des Pairesses. Mais tout cela avait eu un côté curieusement irréel. On sentait que ce n'était pas lié à la vie. À présent j'avais les deux pieds plantés bien solidement sur la terre. J'avais la permission de faire ce que bon me semblait, de voir qui je voulais, à n'importe quelle heure. C'était paisible, naturel, et je n'enfreignais aucun règlement. Comme c'était bon de ramener mes amis à la maison et de voir Davey les accueillir de manière amicale, bien que légèrement détachée ! Je ne devais plus les faire passer en catimini par l'escalier de service, de crainte d'une scène violente dès le vestibule !

Pendant cet heureux temps, j'eus le bonheur de me fiancer à Alfred Wincham, alors chargé de cours, aujourd'hui recteur du Collège Saint-Pierre à Oxford. Depuis lors, j'ai toujours été parfaitement heureuse en compagnie de cet homme bon et docte, et j'ai trouvé dans notre foyer d'Oxford ce havre de grâce, à l'abri des orages et des problèmes de la vie, que j'avais toujours souhaité. Je ne dis plus rien de lui ici, car c'est l'histoire de Linda que je raconte et non la mienne.

Nous voyions beaucoup Linda à ce moment-là. Elle venait chez nous et bavardait durant des heures. Elle n'avait pas l'air malheureuse, mais je sentais pourtant qu'elle commençait à s'éveiller de son sommeil enchanté. Elle était visiblement solitaire, car son mari travaillait tout le jour et passait à la Chambre toutes ses soirées. Lord Merlin était à l'étranger et Linda ne s'était pas encore fait d'autres amis intimes. Le va-et-vient, le brouhaha joyeux, les longs bavardages à bâtons rompus, tout ce qui avait composé la vie de famille à Alconleigh lui manquait beaucoup. Je lui rappelai combien, du temps où elle vivait là-bas, elle rêvait de s'évader, et elle reconnut, sans grande conviction, qu'il était merveilleux d'être indépendante. Elle se réjouit beaucoup de mes fiançailles et Alfred lui plut.

« Il a un regard si sérieux, si intelligent, dit-elle. Quels ravissants petits bébés noirs vous aurez ! Vous êtes si bruns tous les deux. »

Alfred l'aimait bien, mais sans plus. Il se doutait qu'elle n'était pas très commode, et je dois confesser qu'à mon soulagement elle n'essaya pas sur lui les charmes qui avaient envoûté Davey et Lord Merlin.

Un jour où nous étions occupés par les faire-part de mariage, elle entra et nous annonça :

« Je suis pleine ! Que dites-vous de cela ?

— Quelle abominable expression, Linda chérie ! s'écria Tante Emily. Toutefois, je pense que nous devons te féliciter ?

— Je le pense », fit Linda. Elle s'enfonça dans un fauteuil en poussant un profond soupir. « Je dois vous dire que je suis horriblement malade.

— Oui, mais songe au bien énorme que cela te fera en fin de compte, dit Davey presque avec envie. Ce sera un merveilleux dépuratif !

— Je vois ce que tu veux dire ! fit Linda. Oh ! ce soir, nous avons en perspective une soirée abominable ! Des Américains importants ! Je crois que Tony veut traiter une affaire avec eux et ils ne marcheront que si je les séduis. Comment expliquez-vous une chose pareille ? Je sais que je vais vomir partout et que mon beau-père sera très fâché. Quelle horreur, les "gens importants" ! Vous en avez de la chance de ne pas en connaître ! »

L'enfant de Linda, une petite fille, naquit au mois de mai. Linda fut souffrante longtemps avant la naissance, et dangereusement malade au moment de l'accouchement. Les médecins lui recommandèrent de ne jamais plus avoir d'enfant, car elle en mourrait très certainement. Ce fut un coup pour les Krœsig, car les banquiers, tout comme les rois, doivent avoir beaucoup de fils. Mais cela ne semblait pas troubler Linda. Déjà le bébé qu'elle avait mis au monde ne l'intéressait pas du tout. J'allai lui rendre visite dès qu'on m'y autorisa. Elle était couchée dans une véritable tonnelle de roses et avait l'air d'un cadavre. J'attendais un bébé, moi aussi, et naturellement je pris un grand intérêt à celui de Linda.

« Comment vas-tu l'appeler ? Mais où est-elle donc ?

— Dans la chambre de la garde... elle ne cesse de crier. Je crois qu'on l'appellera Moïra.

— Oh ! pas Moïra[1], chérie ! Ce n'est pas possible ! Jamais je n'ai entendu un nom aussi affreux.

— Tony le trouve joli. Il avait une sœur qui s'appelait Moïra et qui est morte. Et imagine ce que j'ai découvert (pas par Tony, mais par sa vieille nourrice), elle est morte parce que Marjorie lui avait tapé sur la tête avec un marteau quand elle avait quatre mois ! C'est passionnant, ne trouves-tu pas ? Et ils disent que nous sommes une famille d'indisciplinés ! Même P'pa n'a jamais vraiment assassiné personne ! (Tu ne comptes pas le rabatteur, je pense ?)

— Tout de même, je ne comprends pas que tu puisses affubler cette pauvre petite créature d'un nom pareil ? C'est vraiment méchant.

— Pas tellement, si l'on y songe. Il faut qu'elle devienne une "Moïra" si elle doit se faire aimer des Krœsig. (J'ai remarqué que les gens ressemblent toujours à leur nom, à la longue.) Et elle fera bien de leur plaire, car moi, pour être franche... elle ne me plaît guère !

— Linda, comment peux-tu dire des horreurs pareilles ? Et, de toute façon, il est trop tôt pour que tu puisses savoir si elle te plaît ou non.

— Mais non, mais non. Je sais toujours à première vue si les gens me plaisent et Moïra ne me plaît pas, voilà tout. C'est une affreuse *Contre-Honorable*, tu vas voir ! »

À ce moment la garde entra et Linda nous présenta.

« C'est donc vous la cousine dont on me parle tant ? dit-elle. Vous devez avoir envie de voir le bébé ? »

Elle sortit et revint peu après, portant un moïse plein de pleurs.

1. *De moira*, nom grec qui signifie « Parque » « Destin » ou « Mauvais sort ». (*N.d.T.*)

« Pauvre petite ! fit Linda avec indifférence. C'est plus gentil de ne pas la regarder.

— Ne faites pas attention à ce qu'elle dit, fit la garde. Elle fait semblant d'être une mauvaise mère, mais c'est un genre qu'elle se donne. »

Je regardais et vis, tout au fond des ruchés et des dentelles, le spectacle habituel d'une affreuse petite orange hurlante, couronnée d'une magnifique perruque noire.

« N'est-ce pas qu'elle est adorable ? dit la garde. Regardez ses mignonnes menottes ! »

J'eus un petit frisson et dis :

« Ma foi, je sais que cela ne se dit pas, mais je ne les aime pas beaucoup à cet âge. Je ne doute pas qu'elle ne devienne une merveille d'ici un an ou deux. »

Les hurlements allaient crescendo et la chambre était remplie de ce bruit discordant.

« Pauvre âme ! fit Linda, elle a dû s'apercevoir dans une glace ! Emportez-la donc, Mademoiselle ! »

Davey entra alors dans la chambre. Il devait me retrouver là pour me ramener à Shenley pour la nuit. La garde revint et nous mit tous les deux à la porte, en disant que Linda était lasse. Devant sa chambre, qui se trouvait dans la clinique la plus importante et la plus coûteuse de Londres, j'hésitai, cherchant l'ascenseur.

« Par ici ! dit Davey, puis avec un rire quelque peu affecté : *Nourri dans le sérail, j'en connais les détours*[1]. Oh ! mais c'est mademoiselle Thesiger ! Quel plaisir de vous revoir !

— Le capitaine Warbeck ! Il faut que je prévienne l'infirmière-chef que vous êtes ici. »

Et il se passa une heure entière avant que je puisse entraîner Davey hors de la maison de santé, son refuge quand il quittait sa maison.

J'espère ne pas donner l'impression que toute la vie de Davey gravitait autour de sa santé ! Il était pleinement absorbé par son travail : il écrivait, il rédigeait

1. En français dans le texte. (*N.d.T.*)

une revue littéraire ; mais sa santé, c'était sa marotte, et, comme telle, elle l'absorbait, dès qu'il avait du temps libre ; or c'est à ces moments-là que je le voyais surtout. Comme cela l'amusait ! Il semblait considérer son corps avec l'affectueux souci d'un fermier qui surveille un cochon ! Il n'est pas très gros – le plus petit de la portée – mais il faut arriver à ce qu'il fasse honneur à la ferme ! Il le pesait, l'exposait au soleil, lui faisait prendre de l'air, de l'exercice, lui donnait un régime spécial, des aliments et des médicaments nouveaux, mais en vain ! Il ne grossissait pas, ne faisait pas honneur à la ferme, mais pourtant continuait à vivre, à profiter des bonnes choses, à jouir de l'existence. Et quand il était la victime de maux dont souffre toute chair et aussi de maux imaginaires, il était soigné avec une attention vigilante, avec une constante sollicitude par le bon fermier et son épouse.

Dès que je parlai à Tante Emily de Linda et de la pauvre Moïra, elle me dit :

« Elle est trop jeune ! Je ne crois pas que les mamans très jeunes soient très absorbées par leurs enfants. Ce sont les femmes plus mûres qui adorent les leurs. Et c'est peut-être meilleur pour l'enfant d'avoir une mère jeune et distante, et de mener une vie plus détachée.

— Mais Linda a l'air de la détester !

— C'est bien Linda ! dit Davey. Il faut toujours qu'elle aille aux extrêmes.

— Mais elle a l'air si sombre. Avouez que cela ne lui ressemble guère.

— Elle a été gravement malade, dit Tante Emily. Sadie était au désespoir. À deux reprises on a cru la perdre.

— Ne dites pas des choses pareilles, fit Davey. Je ne puis imaginer un univers sans Linda ! »

X

Habitant Oxford, très absorbée par mon mari et ma jeune famille, j'eus moins souvent l'occasion de voir Linda pendant les années suivantes que pendant tout le reste de sa vie. Cela n'affecta guère notre intimité qui demeura absolue et, quand nous nous retrouvions, c'était toujours comme si nous nous étions quittées la veille. De temps à autre je faisais un petit séjour chez elle à Londres, ou elle chez moi, à Oxford. Nous nous écrivions régulièrement. Je puis affirmer que la seule chose dont elle ne discutait jamais avec moi était l'effritement de son ménage. Du reste, point n'était besoin de commentaires : c'était un cas aussi simple que possible de mauvais rapports entre époux. Tony, de toute évidence, n'était pas un amant assez passionné (même au début) pour compenser ses déficiences en d'autres domaines : son ennuyeuse conversation, sa médiocre personnalité. Linda ne l'aimait déjà plus au moment où naquit l'enfant et dès lors se soucia comme d'une guigne de l'un et de l'autre. Le jeune homme qu'elle avait aimé – beau, gai, intellectuel et sûr de lui – ne résista pas à une connaissance plus intime et se révéla une chimère qui n'avait existé que dans son imagination. Linda ne commit pas l'erreur classique de reprocher à Tony une bévue dont elle était seule responsable. Elle se contenta de se détourner de lui avec une totale indifférence.

Lord Merlin entreprit alors de faire une farce énorme aux Krœsig. Ceux-ci se plaignaient toujours de Linda qui ne sortait jamais, refusait de recevoir à moins d'y être contrainte et n'aimait pas les mondanités. Ils disaient à leurs amis qu'elle n'était qu'une petite campagnarde, une sportive, et que, si l'on entrait dans son salon, on l'y trouvait en train de dresser un chien d'arrêt en lui faisant chercher des lapins morts cachés derrière les coussins du sofa ! Ils assuraient qu'elle était une paysanne aimable, ravissante mais un peu simplette, incapable d'épauler le pauvre Tony, qui devait se débattre tout seul sur le chemin de la vie. Il y avait, dans tout cela, un grain de vérité, car le milieu des Krœsig était d'un ennui mortel et la pauvre Linda, incapable de s'y pousser, avait renoncé à la lutte et s'était rejetée vers la compagnie plus familière des chiens d'arrêt et des marmottes.

Lord Merlin, qui se trouvait à Londres pour la première fois depuis le mariage de Linda, l'introduisit immédiatement dans son monde à lui, ce milieu de bohème élégante dont elle avait toujours rêvé. Là elle fut dans son élément, se trouva parfaitement heureuse et remporta immédiatement un immense succès. Elle redevint très gaie et alla partout. Il n'y a pas de « numéro » plus apprécié de la société londonienne qu'une femme jeune et belle mais parfaitement respectable, qui puisse être priée à dîner sans son mari. Linda n'était pas loin d'avoir la tête tournée. Les photographes et les chroniqueurs mondains la suivaient pas à pas, et, si certains pouvaient trouver qu'on avait assez parlé d'elle, une demi-heure en sa compagnie effaçait cette impression ! Sa maison était pleine de monde du matin au soir. On bavardait. Linda, qui adorait bavarder, avait trouvé bien des âmes sœurs dans le Londres oisif et avide de plaisirs de ce temps-là, où le chômage était autant l'apanage des mondains que des ouvriers. Comme des abeilles autour du miel, les jeunes gens essaimaient autour de Linda, jeunes gens à qui des parents servaient une pension tout en leur conseillant d'un air pincé de se chercher une occupation, sans pourtant les y aider. Du reste, que savaient-ils faire ? Ils jacassaient, ils bourdonnaient, ils ronronnaient sans trêve. Dans la chambre de Linda, assis sur son lit, installés dans l'escalier devant la porte de sa salle de bains tandis qu'elle se baignait, dans la cuisine tandis qu'elle faisait son menu, on bavardait. En faisant des courses, en se promenant dans le parc, au cinéma, au théâtre, à l'opéra, au ballet, au souper, dans les boîtes de nuit, au bal, dans les soirées, toute la nuit, tout le jour, patati et patata coulait le flot intarissable d'un bavardage ininterrompu.

« Mais que peuvent-ils bien se dire ? » se demandait Tante Sadie, qui n'était pas contente. Que se disaient-ils, en effet ?

Tony partait pour sa banque de bonne heure, sortant précipitamment de la maison d'un air très important, tenant sa serviette de cuir d'une main, une pile de journaux de l'autre. Son départ était comme un signal pour tout un essaim de bavards. On eût dit qu'ils attendaient au coin de la rue de le voir partir… Dès cet instant, la maison se trouvait envahie. Ils étaient très gentils, très beaux, très distrayants et parfaitement bien élevés. Je ne sus jamais, durant mes courts séjours chez Linda, les distinguer les uns des autres, mais je voyais bien leur attrait : ils avaient l'infaillible séduction de la vitalité et de la bonne humeur. Cependant, l'imagination la plus débordante n'eût pu les qualifier de « personnalités importantes », et les Krœsig étaient hors d'eux devant cet état de choses.

Tony ne paraissait pas s'en préoccuper. Il avait renoncé depuis longtemps à utiliser Linda pour sa carrière. Il se trouvait assez satisfait et flatté de la publicité qui faisait de sa femme une beauté en vogue. « La ravissante femme d'un brillant membre du Parlement. » De plus, il se vit invité à de grandes soirées, à des bals, et il y trouvait son compte. Il y arrivait tard en sortant de la Chambre des Communes. Il y rencontrait non seulement les amis de Linda, gens de peu d'importance avec qui elle pouvait bien se distraire, mais aussi des collègues qui, eux, avaient une grande importance, et qu'il pouvait accaparer et ennuyer au bar. C'eût été peine perdue d'expliquer cela aux vieux Krœsig qui se méfiaient profondément de la société élégante, des bals et de toutes les distractions qui ne servaient, selon eux, qu'à entraîner des dépenses sans contrepartie matérielle profitable. Heureusement pour Linda, Tony n'était pas, à cette époque, en très bons termes avec son père, à cause de certaines divergences d'idées à la banque. Le jeune ménage n'allait pas à Hyde Park Gardens aussi souvent qu'aux premiers temps de leur mariage, et momentanément il n'était plus question de séjours aux *Plaines*, la propriété des Krœsig dans le Surrey. Cependant, lors de leurs rares entrevues, les vieux Krœsig ne cachaient pas à Linda qu'elle était une belle-fille peu satisfaisante. Même le conflit d'idées entre Tony et son père lui fut attribué, et Lady Krœsig, hochant tristement la tête, déclarait à ses amies que Linda n'avait pas su exploiter le meilleur côté de Tony.

Linda se mit à gaspiller les années de sa jeunesse en pure perte. Eût-elle reçu une éducation intellectuelle, le temps de ce vain bavardage, de ces jeux de mots, de ces réunions aurait pu être occupé par de sérieuses études d'art ou par la lecture. Son mariage eût-il été heureux, le côté de sa nature qui aspirait à être entourée aurait trouvé sa raison d'être dans la chambre d'enfants. Les choses étant ce qu'elles étaient, tout n'était plus que falbalas et vanité.

Alfred et moi nous disputâmes un jour avec Davey au sujet de Linda et nous lui dîmes tout cela. Davey nous accusa d'être des pédants, mais au fond de son cœur il devait savoir que nous avions raison.

« Mais Linda apporte tant de joie, ne cessait-il de répéter, elle est comme un bouquet de fleurs. Vous ne voudriez pas qu'une femme comme elle se plonge dans des lectures sérieuses ? À quoi cela servirait-il ? »

Toutefois, même lui fut obligé d'admettre que la conduite de Linda envers la pauvre petite Moïra n'était pas ce qu'elle aurait dû être. (L'enfant était grasse, blonde, placide, morne et peu éveillée, et Linda continuait à ne pas l'aimer. Les Krœsig, en revanche, l'adoraient, et avec sa nounou elle passait de plus en plus de temps aux *Plaines*. Ils étaient enchantés de l'avoir près d'eux, mais cela ne les empêchait pas de critiquer sans arrêt la conduite de Linda. À présent ils racontaient à tout venant qu'elle était un stupide papillon mondain, une sans-cœur qui abandonnait son enfant.)

Alfred dit, presque avec colère :

« C'est curieux qu'elle n'ait même pas d'aventures amoureuses. Je ne comprends pas quel piment elle trouve dans une telle existence. Quel vide ! »

Alfred aimait que les gens soient soigneusement classés dans une catégorie qu'il puisse comprendre, par exemple : « arriviste », « ambitieuse mondaine », « épouse et mère vertueuse », « femme adultère ».

La vie mondaine de Linda n'avait absolument pas de but. Elle se contentait de ramasser autour d'elle tout un assortiment de gens sympathiques qui avaient le loisir de bavarder tout le jour. Qu'ils fussent millionnaires, mendiants, princes ou réfugiés roumains, peu lui importait. Bien que tous ses amis – ses sœurs et moi exceptées – fussent des hommes, elle avait une telle réputation de vertu qu'on la soupçonnait fréquemment d'être amoureuse de son mari.

« Linda croit à l'amour, dit Davey. Elle est passionnément romanesque. Je suis sûr qu'en ce moment même son subconscient espère une tentation irrésistible. Il faut espérer que, lorsque cette tentation se présentera, ce ne sera pas encore une fois un *geai vêtu des plumes du paon* !

— Je crois qu'elle ressemble assez à ma mère, dis-je. Or tous ses amoureux n'ont été que des geais.

— Pauvre Trotteuse ! fit Davey. Mais elle est enfin heureuse, n'est-ce pas, avec son chasseur de gros gibier ? »

Comme on pouvait s'y attendre, Tony ne mit pas longtemps à devenir un véritable monument de présomption et à ressembler de plus en plus à son père. Il fourmillait de projets vastes et clairvoyants pour le bien-être de la classe capitaliste, et ne se gênait pas pour exprimer sa haine et sa méfiance de la classe ouvrière.

« J'ai les classes inférieures en horreur ! » déclara-t-il un jour où Linda et moi prenions le thé avec lui sur la terrasse de la Chambre des Communes. « Ce sont des bêtes de proie acharnées contre mon argent. Eh bien ! qu'ils essayent… On verra…

— Ça suffit, Tony », dit Linda qui venait de sortir de sa poche une marmotte qu'elle nourrissait de miettes. « Je les aime beaucoup et du reste j'ai été élevée parmi eux. L'ennuyeux, c'est que tu ne connais pas les classes "inférieures" et que tu ne fais pas partie des classes "supérieures" ! Tu n'es qu'un riche étranger qui se trouve habiter ici. Nul ne devrait siéger au Parlement s'il n'a pas vécu à la campagne, mettons… une grande partie de sa vie. Tu sais, mon vieux P'pa, quand il se décide à parler à la Chambre des Lords, sait bien mieux ce qu'il dit que toi.

— Mais j'ai vécu à la campagne, fit Tony. Range-moi cette marmotte : les gens te regardent. »

Il ne se mettait jamais en colère, il était bien trop suffisant pour cela.

« Tu as vécu dans le Surrey ! fit Linda avec un mépris infini.

— De toute manière, la dernière fois que ton père a fait un discours sur les droits civiques des Pairesses, il n'a trouvé qu'un argument pour les empêcher d'entrer au Parlement : il a dit que, si elles y entraient, elles risqueraient de se servir des cabinets des Pairs !

— N'est-ce pas qu'il est un amour ? dit Linda. Tu sais, c'est ce qu'ils pensaient tous, mais lui seul a osé le dire.

— C'est bien ce que je reproche à la Chambre des Lords, dit Tony. Ces défricheurs de forêts y vont quand ça leur chante et jettent le discrédit sur toute la Chambre, en faisant quelques remarques insensées, qui obtiennent une publicité énorme et donnent aux gens l'impression d'être gouvernés par un tas d'aliénés. Ces vieux Pairs devraient se rendre compte que leur devoir est de rester chez eux et de se tenir tranquilles. Le travail véritable, solide, nécessaire, qui se fait à la Chambre des Lords, est parfait, mais reste inconnu de l'homme de la rue. »

Sir Leicester espérait devenir prochainement un Pair du Royaume, aussi le sujet tenait-il au cœur de Tony. Il estimait, dans l'ensemble, que l'« homme de la rue » devait être tenu sous la menace constante des mitrailleuses ; la chose étant rendue impossible par la faiblesse traditionnelle des grandes familles libérales, il fallait le soumettre, en le dopant avec le mirage des réformes colossales et imminentes, dues au parti conservateur. Comme ça on le tiendrait coi indéfiniment. Tant qu'il n'y aurait pas de guerre. La guerre unit les hommes et leur ouvre les yeux. Il faut l'éviter à tout prix, et en particulier la guerre avec l'Allemagne, où les Krœsig ont des intérêts financiers et beaucoup de famille. (À l'origine, ils étaient une famille de Junkers et snobaient leurs parents prussiens, autant que ceux-ci les méprisaient d'être dans les affaires.)

Tant Sir Leicester que son fils étaient de grands admirateurs de Herr Hitler. Sir Leicester était allé le voir lors d'un voyage en Allemagne, et le docteur Schacht l'avait promené dans sa Mercedes-Benz.

Linda ne s'intéressait pas à la politique, mais d'instinct et sans raisonnements elle était profondément anglaise. Elle était assurée qu'un seul Anglais valait cent étrangers, tandis que Tony pensait qu'un seul capitaliste valait cent ouvriers. Leurs points de vue sur ce sujet, comme sur la plupart des autres, étaient fondamentalement divergents.

XI

Par une curieuse ironie du sort, ce fut dans la propriété de son beau-père, dans le Surrey, que Linda fit la connaissance de Christian Talbot. La petite Moïra, qui avait six ans, était maintenant aux *Plaines* en permanence. Un tel arrangement paraissait commode : il évitait à Linda – qui avait horreur de s'occuper d'une maison – d'avoir la corvée de deux installations, tout en assurant à Moïra l'air et la nourriture de la campagne. Linda et Tony étaient censés y passer une ou deux nuits par semaine, et c'est ce que Tony faisait en général. Linda, pour sa part, y allait environ une fois par mois.

Les Plaines était une maison très laide. C'était plutôt un « cottage » qui avait trop grandi. Les chambres, quoique spacieuses, avaient tous les inconvénients d'une maison paysanne : plafonds bas, petites vitres en losanges, parquets irréguliers et partout du bois naturel plein de nœuds. Elle n'était meublée ni avec bon goût ni avec mauvais goût, mais simplement sans aucune recherche, et n'était même pas très confortable. Le jardin qui l'entourait était un paradis pour dames aquarellistes : bordures fleuries, rocailles et pièces d'eau rivalisant de vulgarité. Il y avait un étalage de fleurs aussi énormes que laides, chacune semblant deux fois plus grande et trois fois plus éclatante qu'elle n'aurait dû l'être, et autant que possible totalement différente de la couleur que lui avait octroyée la nature. Il était difficile de dire en quelle saison ce jardin était plus laid, plus semblable à un somptueux film en *technicolor*. Au cœur de l'hiver seulement, recouvert par une neige charitable, il se fondait dans le paysage et devenait supportable.

Par une matinée d'avril de l'année 1937, Linda, chez qui je logeais à Londres, m'emmena passer une nuit là-bas, comme cela arrivait parfois. Je crois qu'il lui plaisait d'avoir un tampon entre elle et les Krœsig, peut-être surtout entre elle et Moïra. Les vieux Krœsig s'étaient pris d'amitié pour moi et Sir Leicester m'emmenait quelquefois faire une promenade et me faisait comprendre à mots couverts qu'il regrettait que je ne fusse pas l'épouse de Tony, moi « si sérieuse, si bien élevée, si bonne mère et épouse ».

Comme nous traversions en auto des arpents d'arbres en fleur, Linda me dit : « La grande différence entre le Surrey et la vraie campagne, c'est que dans le Surrey les arbres en fleur ne signifient pas qu'il y aura des fruits. Songe à notre vallée d'Evesham, puis regarde ces choses roses et inutiles. Ça n'a pas de rapport. Le jardin des *Plaines* n'est qu'un tumulte stérile, tu vas voir. »

C'était vrai. On y pouvait à peine distinguer la merveilleuse verdure printanière, claire, brillante, jaune-vert. Chaque arbre semblait entièrement recouvert d'une masse mouvante de papier de soie rose ou mauve. Les jonquilles formaient un amas si compact qu'elles dissimulaient l'herbe. Elles étaient d'une nouvelle variété. Les fleurs, de taille terrifiante, étaient d'un blanc cadavérique ou d'un jaune foncé ; elles paraissaient épaisses et charnues, et ne ressemblaient guère aux frêles amies de notre enfance. Le tout avait des effets d'opérette et convenait fort bien à Sir Leicester qui, quand il était à la campagne, jouait avec une étonnante exactitude le rôle du vieux châtelain anglais. « Pittoresque ! » « Charmant ! »

Quand nous arrivâmes, il trottinait dans son jardin. Son vieux pantalon de velours côtelé voulait tellement paraître usagé qu'on se demandait s'il avait jamais été neuf, et le veston de tweed était du même acabit. Il avait un sécateur à la main, un chien mélancolique à ses talons, et un doux sourire sur son visage.

« Ah, vous voici ! fit-il avec cordialité. (Comme sur un dessin publicitaire, on imaginait une bulle sortant de sa tête et portant ses pensées : "Vous n'êtes pas une belle-fille bien recommandable, mais à qui la faute ? Nous vous réservons cependant un bon accueil et un sourire !") La voiture a bien marché, j'espère ? Tony et Moïra sont allés faire une promenade à cheval. Vous ne les avez pas croisés ? N'est-ce pas que le jardin est somptueux en ce moment ? Il m'est très dur d'aller à Londres en laissant toute cette beauté dont personne ne profite. Venez faire un tour avant le déjeuner. Foster va vérifier votre embrayage. Voulez-vous presser la sonnette de l'entrée, Fanny ? Il n'a peut-être pas entendu venir l'auto. »

Il nous entraîna vers le pays de madame Butterfly.

« Il faut que je vous prévienne, nous dit-il, que nous allons avoir un convive qui est un drôle de numéro. Je ne sais si vous connaissez le vieux professeur Talbot, qui vit dans le village ? Eh bien ! c'est son fils, Christian. Il a une tendance à être communiste. Un garçon intelligent qui a mal tourné et qui travaille comme journaliste dans je ne sais quelle feuille de chou. Tony ne peut le souffrir : c'était déjà le cas quand ils étaient petits garçons, et il est furieux que je l'aie invité aujourd'hui. Moi, je trouve qu'il est toujours bon de connaître un peu ces individus de gauche. Si des gens tels que nous sont gentils avec eux, on arrivera très bien à les apprivoiser. »

Il avait dit cela du ton d'un homme qui aurait sauvé la vie d'un communiste à la guerre et en aurait fait, par pure gratitude, un Tory pur sang. Or, lors de la Première Guerre mondiale, Sir Leicester avait trouvé dommage de gâcher un cerveau si remarquable en en faisant de la chair à canon, et s'était établi au Caire. Il ne sauva pas plus de vies qu'il n'en trancha et ne risqua point la sienne, mais se fit des relations d'affaires précieuses, fut promu commandant, fut décoré de l'Ordre de l'Empire britannique et n'eut que des satisfactions sur toute la ligne.

Christian vint donc déjeuner et se comporta avec la plus grandc intransigeance. C'était un jeune homme étonnamment beau, grand et blond, mais très différent de Tony, car il était mince et très anglais. Il était habillé de façon invraisemblable. Son pantalon, réellement vieux, était criblé de trous de mites aux endroits les plus gênants. Il ne portait pas de veste, et l'une des manches de sa chemise de flanelle était déchirée du poignet au coude.

« Votre père écrit-il quelque chose en ce moment ? lui demanda Lady Krœsig, comme nous nous mettions à table.

— Je le suppose, répondit Christian, puisque c'est sa profession. Je ne puis dire que je l'aie questionné à ce sujet, mais ce sont des choses que l'on présuppose, tout comme on peut présumer que Tony a fait des affaires ces temps-ci ! »

Puis, passant son coude nu à travers la fente de sa manche, il le planta sur la table entre lui et Lady Krœsig, vira vers Linda assise de l'autre côté, et lui parla longuement et avec force détails de la représentation d'*Hamlet* à laquelle il avait récemment assisté à Moscou. Les Krœsig, en gens cultivés, l'écoutèrent avec attention, en plaçant de temps en temps un commentaire destiné à prouver qu'ils connaissaient bien *Hamlet*. Par exemple : « Ce n'est pas l'idée que je me fais d'Ophélie », ou bien « Mais Polonius était un vieillard ! » À toutes leurs remarques, Christian faisait la sourde oreille et, le coude collé à la table, il enfournait les aliments d'une main, tout en ne quittant pas Linda des yeux. Après le déjeuner il lui dit : « Venez chez moi prendre le thé avec mon père. Il vous plaira. » Et ils s'en allèrent ensemble, laissant les Krœsig se conduire tout l'après-midi comme des poules qui ont vu le renard.

Sir Leicester m'emmena pour me faire admirer un bassin entouré d'énormes myosotis roses et de gros iris bruns. Il me dit :

« C'est vraiment très mal de la part de Linda. La petite Moïra se faisait une joie de lui montrer ses poneys. Cette enfant idolâtre sa mère. »

En réalité c'était absolument faux. Moïra aimait Tony, mais Linda lui était tout à fait indifférente. Calme et lourdaude, elle n'était nullement portée à l'idolâtrie, mais, selon le credo des Krœsig, les enfants devaient idolâtrer leur mère.

« Connaissez-vous Pixie Townsend ? me demanda-t-il à brûle-pourpoint.

— Non », fis-je, ce qui était vrai. Je n'en avais jamais entendu parler. « Qui est-ce ?

— Une délicieuse personne. » Il changea de sujet.

Linda rentra juste à temps pour s'habiller pour le dîner. Elle était très belle. Elle me demanda de venir bavarder avec elle pendant qu'elle prenait son bain. Tony faisait la lecture à Moïra dans la chambre d'enfants, à l'étage supérieur. Linda était absolument enchantée de son escapade. Le père de Christian, me raconta-t-elle, vivait dans une maison minuscule, c'en était incroyable ; un contraste absolu avec ce que Christian surnommait le « Krœsighoff ». La maisonnette, pour être des plus réduites, n'avait rien d'un cottage. Elle était d'un beau style et regorgeait de livres. Pas un endroit du mur qui ne fût tapissé de rayons, et les livres traînaient aussi sur les tables, sur les chaises, et s'empilaient sur le plancher. M. Talbot était tout le contraire de Sir Leicester : il n'avait rien de pittoresque, rien qui indiquât son érudition, mais des manières brusques et décidées. Il avait fait quelques plaisanteries fort drôles sur Davey qu'il connaissait bien. « Il est absolument angélique », ne cessait de répéter Linda. Je vis trop clairement qu'elle voulait dire : « *Christian* est absolument angélique. » Elle en était éblouie. Il avait, paraît-il, parlé sans arrêt et sa conversation consistait en variations sur un même thème : l'amélioration du monde par une transformation politique. Depuis son mariage, elle avait continuellement entendu parler politique par Tony et ses amis, mais ce genre de politique se rapportait toujours à des « personnalités » et à leurs situations. Comme ces personnalités étaient, aux yeux de Linda, très vieilles et très ennuyeuses, elle se moquait pas mal de leurs situations et cataloguait la politique parmi les questions assommantes. Quand on en discutait devant elle, elle s'absorbait dans ses rêveries. La politique de Christian, elle, ne l'avait pas ennuyée. En rentrant ce soir-là de chez son père, il lui avait fait faire le tour du monde. Il lui avait montré le fascisme en Italie, le nazisme en Allemagne, la guerre civile en Espagne, le socialisme défaillant de la France, la tyrannie en Afrique, la famine en Asie, la réaction en Amérique et la plaie de l'Angleterre : les partis de droite. Seuls l'URSS, la Norvège et le Mexique avaient l'heur de satisfaire Christian.

Linda avait été comme une prune mûre prête à tomber. Quelqu'un avait secoué l'arbre, et la voilà par terre ! Intelligente, énergique, mais ne trouvant aucun exutoire à son énergie, malheureuse en ménage, détachée de son enfant, oppressée au fond d'elle-même par le sentiment de son inutilité, elle était prédisposée à se dévouer à une cause ou à se jeter dans une équipée amoureuse. Une cause lui ayant été présentée par un jeune homme séduisant, elle ne savait résister ni à l'une ni à l'autre…

XII

Il échut alors aux pauvres Radlett de se trouver devant une crise simultanée dans la vie de trois de leurs enfants : Linda quitta Tony, Jassy se sauva de chez elle et Matt s'échappa d'Eton ! Comme tous les parents tôt ou tard, ils furent bien obligés de voir la réalité en face : leurs enfants s'étaient libérés de leur férule et avaient décidé de vivre leur vie. Ils étaient aux cent coups, furieux, angoissés, mais que pouvaient-ils faire ? Ils étaient devenus simples spectateurs d'une représentation qui ne leur plaisait pas le moins du monde. Cette année-là, les parents de nos contemporains dont les enfants ne donnaient pas entière satisfaction se consolaient en se disant : « Il ne faut pas nous inquiéter… quand on pense à ces pauvres Radlett ! »

Linda jeta aux quatre vents tout discernement et le peu de sagesse qu'elle avait pu glaner pendant ses années dans la société londonienne. Elle devint une communiste enragée. Elle fatigua et gêna tous ses amis et connaissances en leur prêchant la doctrine nouvellement reçue, non seulement dans les dîners, mais du haut de caisses à savon ou autres tribunes sordides de Hyde Park. Enfin, à l'immense soulagement de toute la famille Krœsig, elle alla vivre avec Christian. Tony entama la procédure du divorce. Ce fut un coup terrible pour ma tante et mon oncle. Il est vrai qu'ils n'avaient jamais aimé Tony, mais ils avaient des idées extrêmement démodées. Selon eux, le mariage était une chose sérieuse et l'adultère un péché. Tante Sadie, en particulier, fut profondément choquée par la façon détachée dont Linda avait abandonné la petite Moïra. Je crois que tout cela lui rappelait un peu trop ma mère, et qu'elle voyait désormais l'avenir de Linda sous la forme d'une série d'escapades effrénées.

Linda vint me voir à Oxford. Elle rentrait à Londres après avoir appris la nouvelle à ses parents. Je trouvai qu'elle avait eu beaucoup de courage de le faire elle-même. En arrivant chez moi, la première chose qu'elle me demanda – cela ne lui ressemblait guère – fut de lui donner à boire. Elle était complètement démontée.

« Seigneur ! dit-elle. J'avais complètement oublié combien P'pa pouvait être terrifiant ! Oui, même maintenant qu'il n'a plus pouvoir sur moi ! Tout s'est passé comme jadis, lors du déjeuner chez Tony. Comme l'autre fois, il m'a emmenée dans son cabinet de travail et a hurlé à tue-tête, et ma pauvre Maman avait un air pitoyable, mais elle était bien fâchée aussi, et tu sais combien elle peut être sarcastique ! Enfin, voilà qui est fait. Chérie, comme c'est bon de te retrouver ! »

Je ne l'avais pas revue depuis ce fameux dimanche aux *Plaines* où elle avait fait la connaissance de Christian, aussi avais-je envie de tout connaître de sa vie.

« Eh bien ! me dit-elle, je vis avec Christian dans son appartement mais c'est très réduit, je dois le dire. Peut-être est-ce mieux ainsi, car j'y fais le ménage et je crois que je ne sais pas très bien m'y prendre. Heureusement qu'il s'y connaît mieux que moi.

— Ce n'est pas difficile ! » dis-je.

Linda était célèbre dans la famille pour sa maladresse. Elle ne savait même pas nouer sa cravate de chasse et c'était toujours Oncle Matthew ou Josh qui étaient obligés de le faire quand elle chassait. (Je la revois devant le miroir du hall, tandis qu'Oncle Matthew lui fait son nœud : tous deux ont un air profondément absorbé. Linda dit : « Enfin, j'ai compris. La prochaine fois, je pourrai y arriver toute seule ! »)

Comme de sa vie elle n'avait même jamais fait son lit, je songeai que l'appartement de Christian ne devait pas être très bien tenu ni très habitable, si c'était elle qui s'en occupait !

« Tu es méchante ! Mais c'est vraiment abominable. De faire la cuisine, veux-je dire. Ce four ! Christian y met quelque chose et dit : "Tu l'enlèveras dans une demi-heure." Je n'ose lui avouer combien cela m'affole, et au bout d'une demi-heure je ramasse tout mon courage et j'ouvre la porte du four : un souffle brûlant me fouette le visage. Je comprends que des gens y mettent leur tête pour se suicider parce qu'ils sont trop déprimés ! Mon Dieu ! Et tu aurais dû voir l'aspirateur l'autre jour qui ne voulait pas m'obéir. Il a pris le mors aux dents, a filé vers la cage de l'ascenseur ! Ce que j'ai pu crier ! Christian n'a eu que le temps de me sauver. Je trouve le ménage bien plus fatigant et effrayant que la chasse à courre, il n'y a pas de comparaison ! Pourtant, après la chasse, on nous donnait un gros goûter et on nous faisait nous reposer pendant des heures, mais, quand on a fait le ménage, les gens trouvent qu'on n'a qu'à faire comme si de rien n'était. » Elle soupira.

« Christian est très fort, dit-elle, et très courageux. Il n'aime pas que je pousse des cris. »

Elle semblait fatiguée et préoccupée et je cherchai en vain les signes d'un grand bonheur ou d'un grand amour.

« Et Tony ? Comment a-t-il pris les choses ?

— Oh ! en fait, il est enchanté, parce que maintenant il peut épouser sa maîtresse sans qu'il y ait scandale, sans avoir le divorce à ses torts et sans bouleverser les conservateurs. »

C'était caractéristique de Linda de n'avoir jamais fait allusion, même devant moi, à la liaison de Tony.

« Qui est-ce ? demandai-je.

— Une nommée Pixie Townsend. Tu connais ce genre-là : un visage jeune avec des cheveux blancs passés au bleu. Elle adore Moïra, habite près des *Plaines*, et l'emmène se promener à cheval tous les jours. C'est une terrible *Contre*, mais je ne suis que trop heureuse qu'elle existe, parce que, comme ça, je n'ai pas de remords. Ils se passent tous si bien de moi !

— Est-elle mariée ?

— Elle l'a été et a divorcé depuis longtemps. Elle s'y connaît admirablement dans tout ce qui intéresse ce pauvre Tony : le golf et les affaires et le parti conservateur. Enfin elle est tout ce que je ne suis pas et Sir Leicester la trouve parfaite. Pour être heureux, ils seront heureux !

— Bon, maintenant, je veux en savoir davantage sur Christian.

— Eh bien ! il est angélique. C'est un homme terriblement sérieux, tu sais, un communiste, et je le suis aussi maintenant. Et nous sommes entourés de camarades toute la journée, qui sont des *Honorables formidables* : et il y a même un anarchiste ! Les camarades n'aiment pas les anarchistes, c'est drôle, n'est-ce pas ? Moi qui croyais que c'était la même chose ! Mais Christian aime beaucoup un certain anarchiste, parce qu'il a jeté une bombe sur le roi d'Espagne. Tu avoueras que c'est romanesque ! Il s'appelle Ramon. Il reste assis tout le jour et se tourmente pour les mineurs d'Oviedo, parce que son frère en est un.

— Oui, mon chou, mais Christian ?

— Oh, il est angélique ! Il faut que tu viennes loger chez nous. Non, ce ne serait peut-être pas très confortable. Viens nous faire une petite visite. Tu ne peux imaginer à quel point c'est un homme extraordinaire. Il est si détaché des autres êtres humains qu'il ne s'aperçoit même pas de leur présence. Il ne s'intéresse qu'aux idées.

— J'espère qu'il s'intéresse à toi ?

— Oui, je le crois, mais il est très étrange et très distrait. Il faut que je te raconte : le soir qui précéda celui où je m'enfuis avec lui — je n'ai eu qu'à prendre un taxi pour Pimlico, mais ça fait plus romantique de dire qu'on s'est sauvée –, ce soir-là, donc, il dînait avec son frère ; alors, naturellement, je croyais qu'ils allaient parler de moi et discuter de notre histoire. Je n'ai pas pu m'empêcher de lui téléphoner vers minuit pour lui dire : "Allô, chéri, as-tu passé une bonne soirée ? De quoi avez-vous parlé ?" Et il a répondu : "Je ne sais plus. Oh si ! je crois qu'on a parlé de la guerre de guérillas."

— Son frère est un communiste aussi ?

— Oh, non ! il est au ministère des Affaires étrangères ! Il est terriblement important et a l'air d'un monstre marin, tu me comprends ?

— Ah ! ce Talbot-là ? Oui, je vois qui c'est. Je n'avais pas fait le rapport. Eh bien ! quels sont vos projets ?

— Ma foi, il dit qu'il va m'épouser quand j'aurai mon divorce. Je trouve ça un peu bête. Je suis de l'avis de maman : une expérience matrimoniale est bien suffisante. Mais il assure que je suis le genre de personne qu'on épouse si l'on vit ensemble, et puis ce serait un bonheur de ne plus s'appeler Krœsig. Enfin, on verra bien.

— Mais quelle vie mènes-tu ? Je pense que les soirées et tout ça, c'est fini ?

— Chérie, je vais à des soirées si comiques, tu n'as pas idée ! Il ne veut pas que nous assistions à des réceptions ordinaires. Grandi a donné une soirée dansante la semaine passée, et il m'a téléphoné personnellement et m'a demandé de venir avec Christian. J'ai trouvé qu'en somme c'était très gentil de sa part – il a toujours été charmant avec moi, du reste. Mais Christian s'est mis en colère et m'a dit que, si je ne comprenais pas que je ne devais pas y aller, je n'avais qu'à y aller, mais qu'il n'y mettrait pas les pieds. Naturellement, pour finir nous n'y sommes allés ni l'un ni l'autre et j'ai appris depuis qu'on s'y était follement amusé ! Et nous ne devons pas aller chez les Ribbentrop, ni chez les… (ici elle cita plusieurs familles connues autant pour leur hospitalité que pour leurs convictions réactionnaires). L'ennuyeux d'être communiste, c'est que les soirées où l'on va sont… eh bien ! très curieuses et touchantes… mais pas très gaies, et ont toujours lieu dans des endroits sinistres. La semaine prochaine, par exemple, nous en avons trois : l'une chez des Tchèques à la salle Sacco et Vanzetti à Golders Green, la seconde chez des Éthiopiens à l'établissement thermal de Paddington et enfin chez les Scottsboro, dans je ne sais quelle vieille salle affreuse. Tu vois bien.

— Les Scottsboro[1] ? fis-je. Ils existent encore ? Ils ne doivent plus être tout jeunes ?

— Oui, mais ils ont dégringolé l'échelle sociale, fit Linda en riant. Je me souviens très bien de la soirée merveilleuse que Brian avait donnée en leur honneur. C'était la première soirée où m'ait emmenée Lord Merlin, alors je me la rappelle très bien. Ô mon Dieu ! ce que je m'y suis amusée ! Mais jeudi prochain ce ne sera pas pareil du tout. (Chérie, je ne suis pas très loyale, n'est-ce pas ? Mais c'est divin de bavarder avec toi après tant de mois ! Les camarades sont exquis, mais guère bavards : ils font des discours sans arrêt.) Pourtant je ne cesse de dire à Christian que ses copains devraient faire des soirées plus gaies ou ne pas en faire du tout, parce que je ne comprends pas la raison d'être d'une soirée où l'on s'ennuie, et toi ? Et les gens de gauche sont toujours tristes, parce qu'ils se font beaucoup de souci pour leurs causes et celles-ci vont toujours mal. Je parie que les Scottsboro se feront exécuter pour finir, à moins qu'ils ne meurent de vieillesse auparavant. On a beau se sentir de leur côté, ça ne sert à rien, parce que des gens comme Sir Leicester finissent toujours par gagner, alors à quoi bon ? Pourtant les camarades n'ont pas l'air de s'en rendre compte, et comme, heureusement pour eux, ils ne connaissent pas

1. Noirs qui avaient été compromis dans un crime monté par des provocateurs, et dont le procès avait été révisé sur l'intervention des partis de gauche. (*N.d.T.*)

Sir Leicester, ils ne pensent qu'à donner des réceptions mélancoliques.

— Comment t'habilles-tu pour y aller ? demandai-je avec quelque curiosité. (Je me disais que Linda, avec ses robes coûteuses, devait paraître fort déplacée dans ces établissements et salles populaires.)

— Tu sais, c'était toute une affaire au début et ça m'a donné bien du souci, mais j'ai découvert que, si l'on porte de la laine ou du coton, tout va bien. Ce serait une gaffe de porter de la soie ou du satin. Mais, au fond, je ne porte jamais que de la laine et du coton, alors je suis dans la note. Pas de bijoux, bien sûr, mais je les ai tous laissés à Bryanston Square. C'est une question d'éducation, mais je dois avouer que cela m'a donné un coup. Christian n'y connaît rien en bijoux. Je lui ai dit ce que j'avais fait, pensant qu'il serait content que je les aie abandonnés pour lui, mais il m'a dit simplement : "Eh bien ! mais il y a toujours les *bijoux Burma !*" Mon Dieu ! c'est un drôle de corps. Il faut que tu le revoies bientôt. Je dois partir, chérie. Cela m'a bien remontée de te voir. »

Je ne saurais dire pourquoi, mais j'avais la vague impression que Linda avait été une fois de plus déçue dans ses sentiments et que cette exploratrice, perdue dans le désert, avait de nouveau aperçu un mirage. Elle avait vu l'eau, les palmiers, les chameaux assoiffés qui au soir se désaltèrent. Hélas ! quelques pas de plus et de nouveau il n'y aurait plus qu'espaces désertiques et poussière…

Quelques minutes seulement après que Linda m'eut quittée pour aller vers Londres, vers Christian et vers les « camarades », je reçus un nouveau visiteur. Cette fois, c'était Lord Merlin. Je l'aimais beaucoup, je l'admirais, j'étais remplie de bonnes intentions à son égard, mais n'étais nullement aussi intime avec lui que Linda. À dire vrai, il me faisait peur. Je sentais qu'en ma compagnie l'ennui le guettait à tout instant et que, de toute manière, je n'étais à ses yeux qu'une chose appartenant à Linda et n'existant nullement par moi-même : l'ennuyeuse petite femme d'un quelconque maître de conférences. Mon rôle était celui de la confidente vêtue de lin blanc.

« Sale affaire ! fit-il à brûle-pourpoint et sans préambule, bien que nous ne nous soyons vus depuis des années. Je rentre de Rome et qu'est-ce que j'apprends ? Linda et Christian Talbot ! C'est extraordinaire que je ne puisse jamais quitter l'Angleterre sans que Linda se compromette avec un individu peu recommandable. C'est un désastre ! Où en sont-ils ? Peut-on faire quelque chose ? »

Je lui appris qu'il avait manqué Linda de peu et dis quelques mots au sujet de son mariage malheureux avec Tony. Lord Merlin balaya ma remarque de la main, geste déconcertant qui me donna l'impression d'être une imbécile.

« Bien entendu, elle ne serait jamais restée avec Tony, personne ne s'y attendait. Ce qui compte, c'est qu'elle passe de Charybde en Scylla ! Ça dure depuis combien de temps ? »

Je lui dis qu'elle avait surtout été séduite par le communisme.

« Linda a toujours besoin de se rallier à une cause ! fis-je.

— Une cause ! fit-il avec mépris. Ma chère Fanny, je crois que vous confondez cause et effet. Mais non ! Christian est un garçon séduisant et je comprends fort bien qu'il représente pour elle l'antithèse de Tony. Mais c'est un désastre. Si elle l'aime, il la rendra très malheureuse et, si elle ne l'aime pas, cela signifie qu'elle s'embarque dans une existence semblable à celle de votre mère, ce qui serait pour Linda une chose déplorable. Je ne trouve de réconfort d'aucun côté. Pas d'argent non plus, naturellement ? Or elle a besoin d'argent, il faut qu'elle en ait. »

Il alla à la fenêtre et contempla l'église du Christ que doraient les rayons du soleil couchant.

« J'ai connu Christian, dit-il, quand il était tout petit. Son père est un grand ami. Christian marche dans l'existence sans s'attacher à qui que ce soit. Les êtres humains ne sont rien dans sa vie. Les femmes qui l'ont aimé ont souffert amèrement parce qu'il ne s'apercevait même pas de leur présence. Il a sans doute à peine remarqué que Linda était venue vivre chez lui ! Il est dans la lune et il court toujours après quelque idée nouvelle.

— C'est presque exactement ce que vient de me dire Linda.

— Ah ? Elle s'en est déjà aperçue ? Eh bien ! mais elle n'est pas bête. Je pense qu'au début il ne lui en paraît que plus séduisant ? Je me rends compte que, quand il n'est pas dans la lune, il est irrésistible. Mais pourront-ils jamais s'installer ? Christian n'a de sa vie eu un foyer, et n'en a jamais éprouvé le besoin. Il ne saurait qu'en faire, cela lui pèserait. Jamais il ne s'assoira tranquillement pour bavarder avec Linda, il ne se consacrera pas à elle, or c'est une femme qui a besoin qu'on se consacre beaucoup à elle. Quelle malchance que je me sois trouvé à l'étranger quand tout cela est arrivé ! Je suis sûr que j'aurais su l'empêcher. Maintenant, bien entendu, personne n'y peut rien. »

Il se détourna de la fenêtre et me regarda avec tant de colère que je me sentis responsable. En fait, je crois qu'il était inconscient de ma présence.

« De quoi vivent-ils ? demanda-t-il.

— De peu. Je crois qu'Oncle Matthew sert une toute petite pension à Linda et je pense que Christian gagne un peu avec ses articles. On me dit que les Krœsig répètent à tout venant qu'il y a au moins une bonne chose, c'est que Linda va mourir de faim.

— Ah ! ils disent ça ? En vérité ? fit Lord Merlin qui sortit un carnet de sa poche. Voulez-vous me donner l'adresse de Linda ? Je suis en route pour Londres actuellement. »

Alfred entra, inconscient comme d'habitude des événements extérieurs, et plongé dans quelque pamphlet qu'il était en train d'écrire.

« Vous ne savez pas, par hasard, demanda-t-il à Lord Merlin, quelle est la consommation quotidienne de lait à la Cité du Vatican ?

— Bien sûr que non ! fit Lord Merlin, furieux. Demandez ça à Tony Krœsig, il le saura certainement… Allons, au revoir, Fanny. Je vais voir ce que je puis faire. »

Ce qu'il fit ? Il offrit à Linda une minuscule maison au fond de Cheyne Walk. C'était la plus ravissante maison de poupée qu'on ait jamais vue et située dans cette anse de la Tamise où avait habité Whistler. Toutes les pièces étaient pleines de reflets d'eau et de soleil à midi et le soir. Il y avait une vigne vierge et un balcon en fer forgé. Linda en était folle. La maison de Bryanston Square, orientée à l'est, avait été à l'origine sombre, froide et pompeuse. Quand un décorateur, ami de Linda, l'avait réinstallée, elle était devenue blanche, froide et sépulcrale. La seule belle chose qu'ait possédée Linda était une peinture représentant une grosse baigneuse couleur tomate, que Lord Merlin lui avait donnée pour agacer les Krœsig. Ils en avaient été effectivement fort effarés. Dans la maison de Cheyne Walk, le tableau ressortait magnifiquement. On pouvait à peine distinguer entre les reflets de la Tamise et ceux du Renoir. Linda eut tant de joie de sa nouvelle habitation, elle fut si soulagée d'être à tout jamais débarrassée des Krœsig qu'elle inscrivit ce bonheur au mérite de Christian. Il lui semblait venir de lui. Aussi ne découvrit-elle pas avant longtemps que le vrai amour et le vrai bonheur s'étaient, une fois de plus dérobés.

XIII

Si choqués et épouvantés que fussent les Radlett par toute l'affaire Linda, ils se devaient à leurs autres enfants. Ils étaient justement en train de faire des plans pour l'entrée dans le monde de Jassy, qui était jolie comme un cœur. Elle, du moins ils l'espéraient, allait les dédommager de la déception que leur avait causée Linda. Quant à Louisa, mariée selon leurs vœux, épouse fidèle et mère féconde (puisqu'elle avait cinq enfants), elle semblait ne plus compter pour eux, ce qui était très injuste mais bien typique des Radlett. En réalité, elle les ennuyait !

À la fin de la saison de Londres, après que Linda eut quitté Tony, Sadie conduisit Jassy à quelques bals. On la trouvait un peu délicate de santé, et Tante Sadie trouvait préférable de ne la sortir qu'à l'automne, saison moins chargée en réceptions. Elle loua donc en octobre une petite maison à Londres et se prépara à s'y installer avec quelques domestiques, en laissant Oncle Matthew à la campagne, où il préférait passer son temps à occire oiseaux et bêtes. Jassy se plaignait beaucoup que les jeunes gens qu'elle avait déjà rencontrés fussent mornes et laids, mais Tante Sadie la laissait dire, assurant que toutes les jeunes filles pensaient ainsi jusqu'au jour où elles devenaient amoureuses.

Quelques jours avant de s'installer à Londres, Jassy se sauva. Il avait été entendu qu'elle irait passer quinze jours en Écosse, chez Louisa. Elle s'était décommandée sans prévenir Tante Sadie, avait retiré ses économies de la caisse d'épargne, et, avant qu'on ait eu le temps de découvrir sa fugue, elle était déjà en Amérique. La pauvre Tante Sadie reçut, de but en blanc, un télégramme ainsi libellé : *En route pour Hollywood. Soyez sans inquiétude.* – JASSY.

D'abord on crut à une mystification. Jassy n'avait jamais montré le moindre intérêt pour le théâtre ou le cinéma. Ses parents étaient certains qu'elle n'avait aucun désir de devenir une « star ». Mais, alors, pourquoi Hollywood ? Ils se dirent soudain que Matt savait peut-être quelque chose, lui et Jassy ayant toujours été les deux inséparables de la famille. Tante Sadie sauta dans la Daimler et partit pour Eton. Matt sut tout expliquer. Il raconta à Tante Sadie que Jassy était folle d'un artiste de cinéma qui s'appelait Gary Loon (ou Lary Goon, il ne savait plus) et qu'elle lui avait écrit à Hollywood pour lui demander s'il était marié. Elle avait dit à Matt que, si l'acteur était célibataire, elle irait tout droit à Hollywood pour l'épouser. Matt, de sa voix chevrotante, mi-adulte, mi-enfantine, raconta toute cette histoire comme s'il s'agissait de la chose la plus normale du monde.

« Je suppose donc, termina-t-il, qu'elle a reçu une lettre lui apprenant qu'il n'était pas marié et qu'elle est partie aussitôt. Quelle veine qu'elle ait eu toutes ses économies ! Dis, M'man, si on goûtait ? »

Si profondément préoccupée que fût Tante Sadie, elle connaissait les usages et savait ce qu'on attendait d'elle. Aussi resta-t-elle pour voir Matt s'empiffrer de saucisses, de crevettes, d'œufs au bacon, de sole frite, de bananes et de glace au chocolat.

Comme ils le faisaient toujours en cas de crise, les Radlett firent venir Davey, et comme toujours Davey prouva sa parfaite compétence à prendre la situation en main. Il ne mit pas longtemps à découvrir que Gary Loon était un acteur de second plan, que Jassy avait dû voir sur l'écran pendant qu'elle était à Londres pour la saison des bals. À ce moment-là, il jouait dans un film intitulé *L'Heure splendide*. Davey se procura le film et Lord Merlin le projeta dans son cinéma privé, pour rendre service à la famille. C'était une histoire de pirates, et Gary Loon n'en était même pas le héros ! Il était un quelconque pirate et ne payait guère de mine : il n'avait ni beauté, ni talent, ni séduction apparente, mais se montrait fort habile à grimper et à glisser sur les cordages. Il tuait aussi un homme avec une arme qui avait quelque chose de la fameuse pelle-pioche, et nous pensâmes que cela avait peut-être éveillé dans le cœur de Jassy quelque émotion atavique. Le film lui-même était de ceux qu'un spectateur anglais ordinaire, opposé au fanatique américain, trouve complètement décousus. Au surplus, chaque fois que Gary Loon apparaissait sur l'écran, Oncle Matthew exigeait qu'on reprenne au début, car il était décidé à ne perdre aucun détail de l'acteur. Il identifiait totalement celui-ci avec son rôle et ne cessait de répéter :

« Pourquoi diable ce type fait-il une chose pareille ? Crétin ! Il aurait dû flairer le piège ! Je n'ai pas saisi un mot de ce qu'il vient de dire. Reprenez cette scène, Merlin. »

À la fin il déclara que cet olibrius ne lui disait rien qui vaille, car il paraissait indiscipliné et insolent envers son officier supérieur. « Il a besoin de se faire couper les cheveux, et ça ne m'étonnerait pas qu'il boive. »

Oncle Matthew dit bonjour et au revoir à Lord Merlin de façon fort civile. Il semblait s'adoucir avec l'âge et les ennuis.

Après de grands colloques, il fut décidé qu'un membre de la famille (ni Oncle Matthew ni Tante Sadie) serait obligé d'aller à Hollywood et d'en ramener Jassy. Mais qui ? Linda eût été tout indiquée, mais on lui faisait grise mine, et de plus elle était accaparée par sa vie personnelle. Inutile d'envoyer une *trotteuse* en chercher une autre. Pourtant il fallait trouver quelqu'un. À la fin, à force de persuasion, on décida Davey. (« Ça me dérange horriblement ; je viens justement de commencer une série de piqûres. ») Il consentit à partir avec Louisa, la bonne, la raisonnable Louisa.

Mais, pendant qu'on se décidait, Jassy était déjà parvenue à Hollywood, d'où elle avait radiodiffusé, pour qui voulait l'entendre, ses projets matrimoniaux. Toute l'histoire parut dans les journaux, qui lui consacrèrent des pages et des pages, et comme c'était un moment creux où rien d'autre n'occupait l'esprit des lecteurs, l'aventure de Jassy fut publiée sous forme de feuilleton. Alconleigh subit alors l'état de siège. Les journalistes bravèrent les fouets de chasse d'Oncle Matthew, ses limiers, le terrifiant éclat bleu de ses yeux et déambulèrent dans le village, pénétrant même dans la maison en quête de couleur locale. Leurs chroniques étaient une joie quotidienne. Oncle Matthew y apparaissait sous les traits combinés de Heathcliff des *Hauts de Hurlevent*, du vampire Dracula et du terrible comte de Dorincourt. Alconleigh était à la fois *L'Abbaye du Cauchemar et La Maison Usher*[1] et Tante Sadie avait quelque chose de la mère de *David Copperfield*. Ces reporters firent preuve de tant de courage, d'ingéniosité et d'entêtement, que nous ne fûmes nullement étonnés, plus tard, de les voir réussir si bien comme correspondants de guerre. Et quand, par la suite, il nous arriva de lire :... *de notre correspondant de guerre Untel...*, Oncle Matthew de s'écrier : « Mais c'est cette espèce d'ordure que j'avais trouvé caché sous mon lit ! »

Il s'amusa énormément de toute cette affaire. Voici donc enfin des adversaires dignes de lui, et non plus des caméristes ou des institutrices susceptibles ! Voici des jeunes hommes tenaces qui s'embarrassent peu des méthodes à employer, du moment qu'ils peuvent pénétrer dans la maison pour faire un reportage !

Il semblait aussi prendre un vif plaisir à lire ce qu'on disait de lui dans les journaux, et nous nous mîmes à le soupçonner d'avoir une passion pour la publicité. Tante

1. Respectivement un roman célèbre de Peacock et une « histoire extraordinaire » d'Edgar Poe. (*N.d.T.*)

Sadie, en revanche, trouvait tout cela fort peu de son goût.

Nous estimâmes qu'il était essentiel de cacher à la presse que Davey et Louisa partaient en équipe de sauvetage, car la surprise de les voir pouvait être un facteur important pour décider Jassy à revenir. Malheureusement, Davey ne pouvait envisager d'entreprendre un voyage si long et si éprouvant sans se commander une trousse de médicaments, spécialement conçue pour lui. Pendant qu'on la lui composait, ils manquèrent un bateau, et quand elle fut prête, les limiers étaient sur la piste. Cette malencontreuse trousse joua le même rôle que le nécessaire de Marie-Antoinette lors de la fuite de Varennes.

Plusieurs journalistes firent la traversée avec eux, mais ne glanèrent pas une belle récompense, car Louisa resta prostrée par le mal de mer et Davey passa son temps enfermé avec le médecin du bord qui, diagnostiquant des crampes intestinales, entreprit de les soigner avec des manipulations, des rayons, du régime, des exercices et des piqûres. Tous ces soins et le repos qu'ils imposaient occupèrent entièrement les journées de Davey.

Toutefois, à leur arrivée à New York, ils furent presque mis en pièces et nous pûmes, ainsi que tous les pays de langue anglaise, les suivre pas à pas. Ils parurent même dans les « Actualités » ayant un air préoccupé, et essayant de cacher leur visage derrière un livre. Leur expédition s'avéra inutile. Deux jours après leur arrivée à Hollywood, Jassy devint Mrs Gary Loon. Louisa télégraphia la nouvelle à la famille en y ajoutant : *Gary est un Honorable Formidable !*

Il n'y eut qu'une consolation : le mariage mit fin aux reportages.

« Il est absolument exquis, déclarait Davey à son retour. Un petit homme haut comme trois pommes. Je suis sûr que Jassy va être follement heureuse avec lui. »

Tante Sadie, néanmoins, n'en fut ni rassurée ni consolée. Elle trouvait dommage d'avoir élevé cet amour de petite fille pour qu'elle épousât un petit homme haut comme trois pommes et qu'elle s'en allât vivre à des milliers de kilomètres. On dénonça la location de la maison de Londres et les Radlett s'abandonnèrent à une si morne dépression que le coup suivant fut reçu avec une sorte de fatalisme.

Matt, âgé de seize ans, se sauva d'Eton, entouré lui aussi d'une auréole de publicité journalistique, pour aller guerroyer en Espagne. Tante Sadie en fut profondément affectée, mais pas Oncle Matthew, me semble-t-il. Le désir de se battre lui semblait absolument légitime, mais il fut naturellement navré que son fils se battît pour des étrangers. Il n'en voulait pas particulièrement aux Espagnols « rouges ». C'étaient « des garçons courageux qui avaient assez de bon sens pour s'en prendre à des moines, nonnes et prêtres idolâtres ». Il approuvait leurs procédés. Pourtant, quel dommage de se battre dans « une guerre de second ordre » quand bientôt en éclaterait une de premier ordre ! Il fut décidé de ne rien entreprendre pour récupérer Matt.

Noël à Alconleigh fut bien mélancolique cette année-là. Les enfants semblaient fondre un à un, comme les *Dix petits nègres* de la chanson. Ni Bob et Louisa, qui n'avaient jamais donné le moindre souci à leurs parents, ni John Fort-William, aussi ennuyeux que possible, ni les enfants de Louisa, sages et beaux mais dépourvus de toute originalité, ne pouvaient faire oublier l'absence de Linda, de Matt et de Jassy. Quant à Robin et Victoria, gais et pleins d'esprit, ils se sentaient submergés par l'atmosphère ambiante et restaient le plus possible en tête à tête dans le placard des *Honorables*.

Linda se maria à la mairie de Caxton dès qu'elle eut obtenu son divorce. Ce mariage fut aussi différent du premier que le sont les partis de gauche des autres. On ne peut dire que la cérémonie fut triste, mais plutôt morne et lugubre, et dénuée de toute impression de bonheur. Y assistaient peu d'amis de Linda et aucun membre de sa famille, Davey et moi exceptés. Lord Merlin envoya deux tapis d'Aubusson et quelques orchidées, mais ne vint pas en personne. Les bavards qui, avant l'ère de Christian, avaient entouré Linda étaient sortis de sa vie et, découragés, se lamentaient bien haut du vide qu'elle avait laissé dans la leur.

Christian arriva en retard et entra précipitamment, suivi de plusieurs camarades.

« Je dois dire qu'il est magnifique à voir, souffla Davey dans mon oreille, mais… oh ! quel ennui que tout cela… »

Il n'y eut pas de lunch de mariage et Linda et Christian, après avoir traînassé dans la rue d'un air embarrassé, s'en retournèrent chez eux. Je passai la journée à Londres, mais je me sentais une petite provinciale. J'avais décidé de m'amuser un peu et avais poussé Davey à m'inviter au *Ritz* pour le déjeuner. Ce repas acheva de me déprimer. Mes jolis vêtements, bien adaptés à Oxford, objets d'envie pour les épouses des professeurs – « Chère amie, où avez-vous trouvé ce tweed merveilleux ? » –, avaient soudain l'air démodés et bizarres. C'était la vieille histoire des pans flottants qui recommençait ! Je me mis à penser à mes chers bébés bruns – il y en avait trois – dans leur chambre d'enfants, et à mon cher Alfred dans son cabinet de travail, mais, pour l'heure, ces pensées ne me consolaient pas ! J'avais une envie folle d'une petite toque en fourrure ou en plumes comme en portaient les dames à la table voisine. Je désirais passionnément une petite robe noire toute simple, des clips en diamants, un manteau de vison sombre, des bottillons, de longs gants froncés en suède noir et des cheveux noirs, lisses et brillants. Quand je tentai d'expliquer tout cela à Davey, il me dit d'un air distrait :

« Oui, mais pour toi, Fanny, cela n'a pas d'importance. Et après tout, comment aurais-tu le temps pour *les petits soins de ta personne*[1], quand tu as tant d'autres choses en tête, et bien plus essentielles ? »

Il pensait sans doute me remonter le moral !

1. En français dans le texte. (*N.d.T.*)

Peu après le mariage de Linda, ses parents lui rouvrirent les bras. Ils ne reconnaissaient pas un remariage quand on était divorcée et avaient sévèrement réprimandé Victoria, qui avait annoncé les « fiançailles » de Linda avec Christian.

« On ne se fiance pas quand on est déjà mariée ! »

Ce n'était donc pas une cérémonie qui les avait radoucis, car à leurs yeux Linda vivait désormais en état d'adultère, mais ils avaient trop besoin d'elle pour pouvoir continuer à la bouder. Tante Sadie commença à « mettre le doigt dans l'engrenage » en invitant Linda à déjeuner au restaurant, et bientôt tout s'arrangea entre elles. Linda alla souvent à Alconleigh, bien qu'elle n'y emmenât jamais Christian, comprenant que cela ne ferait de bien à personne.

Linda et Christian vivaient dans la petite maison de Cheyne Walk et, si Linda n'était pas aussi heureuse qu'elle l'avait espéré, elle présentait, comme d'habitude, une façade parfaite. Sans doute Christian l'aimait-il beaucoup et essayait-il, à sa façon, d'être gentil, mais, comme l'avait prévu Lord Merlin, il était bien trop détaché pour faire le bonheur d'une femme normale. Pendant des semaines d'affilée il semblait à peine s'apercevoir de sa présence. À d'autres moments, il disparaissait et elle ne le revoyait pas pendant de longs jours, au cours desquels il était bien trop absorbé par ses occupations pour lui faire savoir où il était, et quand elle pouvait compter le revoir. Il mangeait et dormait où il se trouvait, parfois sur un banc de la gare de Saint-Pancras, parfois même sur le seuil de quelque maison abandonnée. La demeure de Cheyne Walk était toujours pleine de « camarades ». Ils ne bavardaient pas avec Linda, mais discouraient entre eux, erraient nerveusement de place en place, téléphonaient, tapaient à la machine, buvaient, parfois se déchaussaient et dormaient tout habillés sur le divan du salon de Linda.

Les ennuis d'argent allaient croissant. Christian semblait ne jamais en dépenser, mais il avait une façon déroutante de le gaspiller. Il avait peu de distractions, mais elles étaient onéreuses. Il aimait, par exemple, appeler au téléphone des chefs nazis à Berlin, ou d'autres personnalités politiques européennes, et leur tenir de longs discours agaçants, à tant de livres sterling la minute. « Ils ne peuvent jamais résister à une communication avec Londres ! » disait-il. Hélas ! c'était vrai ! Enfin, au grand soulagement de Linda, le téléphone fut coupé parce qu'ils ne pouvaient payer la facture.

Je dois reconnaître qu'Alfred et moi avions beaucoup d'affection pour Christian. Nous étions des intellectuels assez « à gauche » et partisans enthousiastes des vues politiques du *New Statesman*. Certes Christian avait des opinions bien plus avancées que nous, mais fondées sur le même idéal d'humanité civilisée, et il nous semblait être un progrès sur Tony. N'empêche qu'il n'était guère un mari pour Linda. Elle avait soif d'un amour personnel, exclusif, centré sur elle. Un amour plus universel, englobant les pauvres, les déshérités, les tristes, ne touchait pas son cœur, si fort qu'elle essayât de croire le contraire. Plus je voyais Linda à cette époque, et plus j'étais certaine qu'elle ne tarderait pas à s'échapper de nouveau.

Deux fois par semaine, Linda travaillait dans une librairie communiste tenue par un camarade corpulent et absolument silencieux, prénommé Boris. Boris s'enivrait du jeudi – jour de fermeture – jusqu'au lundi matin, et Linda s'occupait de la librairie le vendredi et le samedi. Une stupéfiante transformation avait lieu ces jours-là. Les livres et les tracts, qui, mois après mois, moisissaient sur leurs rayons jusqu'au moment où ils étaient si humides et si sales qu'il fallait les jeter, étaient mis au rancart et remplacés par les livres favoris de Linda. Ainsi *Le Tour du monde en quatre-vingts jours* prenait la place de *Utilisation de nos lignes aériennes* ; *Karl Marx* cédait le pas à *Jane Eyre ; Formation des cadres* était remplacé par *Éducation de Prince*, et *Défi aux propriétaires des mines*, par *Le Maître de Forges* !

Linda n'était pas plus tôt arrivée, n'avait pas plus tôt ôté les volets que la petite rue pouilleuse s'emplissait d'automobiles, le coupé électrique de Lord Merlin en tête. Ce dernier faisait une grande propagande pour la boutique, assurant que Linda était la seule personne qui ait réussi à lui procurer *La Petite Sœur de Trott* et *Le Père Goriot* ! Les bavards de jadis revinrent en masse, ravis de retrouver une Linda accessible et pas trace de Christian, mais ils connurent des moments d'embarras quand ils se trouvaient nez à nez avec des « camarades ». En pareils cas, ils achetaient un livre et battaient précipitamment en retraite, tous, excepté Lord Merlin, qui de sa vie ne s'était jamais senti embarrassé. Il adoptait à l'égard des « camarades » une attitude des plus fermes.

« Et comment allez-vous ce matin ? » disait-il avec emphase, après quoi il les regardait fixement jusqu'à ce qu'ils quittassent la boutique.

Tout cela avait les plus heureux effets sur la situation financière de la librairie. Au lieu d'enregistrer, semaine après semaine, d'énormes déficits, comblés on devinait par qui, la boutique devint la seule librairie « rouge » d'Angleterre qui fît des bénéfices. Les chefs de Boris le louaient hautement, la boutique reçut une médaille qu'on accrocha sur l'enseigne, et tous les camarades répétèrent que Linda était une bonne fille qui faisait honneur au Parti.

Le reste de son temps, elle l'employait à s'occuper du ménage de Christian et des camarades. Cette occupation entraînait la nécessité de décider des bonnes successives à rester, puis à faire des efforts sincères, mais tristement stériles, pour faire leur travail quand elles partaient. (En général, c'était au bout d'une semaine.) Les camarades n'étaient ni aimables ni prévenants pour les bonnes.

« Tu sais, me dit Linda, un jour qu'elle était en veine de confidences et exceptionnellement franche au sujet de sa vie, c'est bien plus reposant d'être conservateur, tout en se rappelant que c'est une mauvaise cause et non une bonne. Mais enfin, cela se passe à certaines heures, après quoi, c'est fini. Tandis que le communisme semble dévorer toute votre vie et toute votre énergie. Certes, les camarades sont des *Honorables Formidables*, mais parfois ils me mettent hors de moi, tout comme Tony me faisait sortir de mes gonds quand il parlait des travailleurs. J'ai souvent la même impression quand ils parlent de vous. Vois-tu, c'est comme Tony : ils ont des idées fausses. Je suis tout à fait d'accord avec eux pour pendre Sir Leicester, mais s'ils s'en prenaient à Tante Emily ou à Davey, ou même à P'pa, je ne crois pas que je pourrais rester sans protester ! Sans doute ne suis-je ni chair ni poisson, pas même un vrai rouget ! C'est ça le terrible.

— Mais il existe une différence, dis-je, entre Sir Leicester et Oncle Matthew !

— C'est justement ce que j'essaie toujours de leur expliquer. Sir Leicester déniche son argent à Londres, Dieu sait comment, mais P'pa le reçoit de sa terre et lui en rend une grosse partie. Il n'y met pas que son argent, mais son travail aussi. Et regarde tout ce qu'il fait gratuitement, toutes ces réunions assommantes, et le conseil du Comté, et la justice de paix, etc. C'est un bon propriétaire qui paie de sa personne. Vois-tu, les camarades ne connaissent pas la campagne. Ils ignoraient qu'on puisse avoir une merveilleuse maisonnette avec un immense jardin pour un loyer modeste. C'est moi qui le leur ai appris la semaine dernière, et ils avaient du mal à le croire. Christian, lui, le sait bien, mais il assure que tout le système est défectueux et sans doute a-t-il raison.

— Que fait Christian, au juste ? demandai-je.

— Oh ! tout ce qu'on peut imaginer. En ce moment précis, il écrit un livre sur la famine. Seigneur, c'est d'une tristesse ! Et il y a un amour de petit camarade chinois qui vient lui expliquer ce que c'est que la disette, mais je n'ai de ma vie vu d'homme aussi gras ! »

Cela me fit rire. Se sentant coupable, Linda se hâta d'ajouter : « J'ai peut-être l'air de me moquer des camarades, mais au moins on sait qu'ils ne font pas de mal et ne vivent pas de l'esclavage des autres, comme Sir Leicester. Et au fond, tu sais, je les aime de tout mon cœur, tout en souhaitant parfois qu'ils soient un peu plus bavards et un peu moins tristes, moins sérieux et moins montés contre tout le monde. »

XIV

Tout au début de 1938, la population de la Catalogne, passant les Pyrénées, s'écoula dans le Roussillon, province française pauvre et peu connue, qui, en quelques jours, se trouva peuplée de plus d'Espagnols que de Français. Semblables à ces rats de Norvège qui, opérant un suicide collectif, se jettent subitement à la mer sans savoir d'où ils viennent ni où ils vont, si grande est la poussée qui les projette dans l'Atlantique, un demi-million d'hommes, de femmes et d'enfants se ruèrent vers l'âpre température des montagnes sans s'arrêter pour réfléchir. Jamais on n'avait vu en un si court laps de temps un tel mouvement de population. Par-delà les montagnes, ils ne trouvèrent aucune terre promise. Le gouvernement français à la politique oscillante ne les refoula pas avec des mitrailleuses, mais ne les accueillit pas comme des frères d'armes contre le fascisme. Il les envoya comme du bétail vers les cruels marais salants de la côte, et comme du bétail les parqua derrière des barbelés, puis les oublia.

Christian, qui, me semble-t-il, se sentait assez coupable de n'avoir pas combattu en Espagne, courut aussitôt à Perpignan pour voir ce qui s'y passait et ce qu'il y avait moyen de faire. Il écrivit une interminable série de rapports, de mémoires, d'articles et de lettres privées sur les conditions qu'il avait constatées dans les camps. Puis il se mit au travail dans un bureau financé par quelques Anglais à tendances humanitaires, dans le but d'améliorer les camps, d'établir des contacts avec les réfugiés et leurs familles, et d'en sortir de France le plus grand nombre possible. Ce bureau était dirigé par un jeune homme nommé Robert Parker, qui avait passé de nombreuses années en Espagne. Dès qu'on fut sûr qu'il n'y aurait pas, comme on l'avait craint, d'épidémie de typhus, Christian engagea Linda à le rejoindre à Perpignan.

Il se trouvait que Linda n'était, de sa vie, allée à l'étranger. Tony avait trouvé en Angleterre tous ses plaisirs : la chasse et le golf, et ne voulait pas perdre en déplacements des journées de vacances. Quant aux Radlett, l'idée ne leur serait jamais venue d'aller sur le Continent pour autre chose que pour s'y battre. Les quatre années qu'Oncle Matthew avait passées en France et en Italie durant la guerre de 1914-1918 ne lui avaient pas donné une haute opinion des étrangers :

« Les "grenouilles", avait-il coutume de déclarer, sont un peu mieux que les boches et les "macaronis", mais les pays étrangers sont infects et les étrangers, des immondes. »

L'« infection » des pays d'outre-Manche et l'« immondice » de leurs habitants avaient fini par devenir un vrai dogme dans la famille, si bien que Linda partit pour son voyage avec une forte appréhension. Je l'accompagnai à la gare Victoria. Elle avait l'air bien anglais avec son manteau très long en vison blond, un magazine sous le bras, et à la main, protégé par une housse de toile, le nécessaire en maroquin offert jadis par Lord Merlin.

« J'espère que tu as mis tes bijoux à la banque ? demandai-je.

— Oh ! chérie, tu veux rire ! Tu sais bien que je n'en ai plus ! Mais mon argent, ajouta-t-elle avec un sourire contraint, est cousu dans ma ceinture. P'pa m'a téléphoné pour me supplier de le faire, et je dois dire que je trouve l'idée excellente. Quel dommage que tu ne viennes pas. Je suis terrifiée, vraiment. Songe donc : je vais dormir dans un train, et toute seule !

— Peut-être pas, dis-je. Les étrangers, m'assure-t-on, ont une forte propension au viol !

— Ça serait bien, à condition qu'ils ne découvrent pas ma ceinture ! Mais nous partons. Au revoir, ma chérie, pense à moi. Promis ? »

Puis, serrant son poing gainé de daim, elle fit à la portière le salut communiste.

Il faut que j'explique que, si je ne devais pas revoir Linda pendant un an, je sais par le menu tout ce qui lui arriva, parce que, comme je le dirai plus tard, nous passâmes par la suite un très long temps ensemble. Elle ne cessa alors de me redire ses aventures. C'était sa façon de revivre son bonheur.

Naturellement, le voyage fut pour elle un enchantement. Les porteurs en blouse bleue, les conversations bruyantes dont elle ne comprenait pas un mot tout en sachant très bien le français, la chaleur d'étuve et l'odeur alliacée des trains français, la bonne chère à laquelle la conviait une petite sonnette pressée, tout était pour elle comme d'un autre univers, tout était comme un rêve.

Par la fenêtre ouverte, elle vit des châteaux et des allées de tilleuls, des étangs et des villages exactement pareils à ceux de la Bibliothèque Rose. Elle pensait à tout moment voir Sophie, en robe blanche et minuscules bottines noires, découper des poissons rouges, se gaver de pain bis et de crème fraîche, ou griffer le visage de Paul, son cousin bon et endurant. Le français que parlait Linda, très compassé, très anglais, lui permit néanmoins de traverser Paris et de monter dans le train de Perpignan sans anicroche. Par la fenêtre, elle contempla les rues crépusculaires où s'allumaient les reverbères et songea que nulle ville ne pouvait avoir cette beauté obsédante. Elle pensa – idée fugace, étrange – qu'elle reviendrait là un jour et qu'elle y serait très heureuse… Mais elle savait que c'était improbable, car jamais Christian ne voudrait vivre à Paris. À cette époque, le bonheur et Christian étaient encore étroitement liés dans son esprit.

Elle le trouva à Perpignan, pris dans un tourbillon de travail. On avait trouvé des fonds, on avait frêté un bateau et on tirait des plans pour envoyer au Mexique six mille Espagnols des camps. Il fallait pour cela fournir un énorme travail de bureau : aucun Espagnol ne pouvait envisager de s'en aller sans sa famille au complet ! On devait donc rassembler les membres dispersés dans les divers camps, les regrouper dans un nouveau camp à Perpignan, les transporter par train jusqu'à Sète, où finalement on les embarquerait. Le travail se trouvait compliqué du fait que les époux espagnols ne portaient pas le même nom de famille. Christian expliqua toutes ces choses à Linda, avant même qu'elle fût descendue du train. Il déposa sur son front un baiser distrait et l'emmena dans son bureau. Il lui donna à peine le temps, en passant, de laisser ses valises à l'hôtel et se récria à l'idée d'un bain. Il ne lui demanda ni comment elle allait ni si elle avait fait bon voyage. Christian présumait toujours qu'on se portait bien, à moins qu'on ne l'assurât du contraire, ce qui, du reste, ne le touchait aucunement s'il ne s'agissait pas d'étrangers jaunes, noirs, opprimés, lépreux, ou autrement repoussants. Seul le malheur collectif l'intéressait et il se souciait peu ou prou des cas individuels, si vraie que fût leur détresse. Et il trouvait absolument absurde d'imaginer qu'on puisse faire trois repas par jour, posséder un toit et pourtant être malheureux ou malade !

Le bureau, c'était une vaste remise entourée d'une cour. Celle-ci était toujours bondée de réfugiés nantis de montagnes de bagages et de quantités d'enfants, de chiens, d'ânes, de chèvres et autres possessions. Ces gens, qui venaient de franchir les montagnes pour fuir le fascisme, espéraient que les Anglais pourraient leur éviter d'être mis dans un camp. À certains d'entre eux on pouvait prêter de l'argent, à d'autres remettre un billet de chemin de fer leur permettant de rejoindre des parents en France ou au Maroc français, mais la grande majorité attendaient durant des heures d'être reçus, pour s'entendre dire qu'il n'y avait aucun espoir pour eux. Alors, avec une politesse parfaite et déchirante, ils s'excusaient d'avoir été importuns et se retiraient. Les Espagnols ont un sens très développé de la dignité humaine.

Linda fut présentée à Robert Parker et à Randolph Pane, un jeune écrivain qui, après avoir mené une vie de plaisirs dans le Midi de la France, était allé se battre en Espagne et travaillait maintenant à Perpignan, se sentant assez responsable envers ceux qui avaient été naguère ses compagnons d'armes. Les deux Anglais semblèrent contents de l'arrivée de Linda. Ils furent extrêmement amicaux, accueillants, et déclarèrent que c'était bon de voir une figure nouvelle.

« Il faut que vous me donniez du travail, dit Linda.

— Bien sûr. Voyons, qu'allons-nous pouvoir vous trouver ? dit Robert. Il y a beaucoup à faire, soyez sans crainte. C'est une simple question de découvrir ce qui vous convient. Parlez-vous l'espagnol ?

— Non.

— Ah ? Vous vous y mettrez vite.

— Je suis bien sûre que non ! fit Linda d'un air de doute.

— Que savez-vous de l'assistance sociale ?

— Mon Dieu ! suis-je bête ! Je n'y connais rien !

— Lavender va lui trouver du boulot, dit Christian qui s'était installé à son bureau et feuilletait un fichier.

— Lavender ?

— Une fille qui s'appelle Lavender Davis.

— Non ? Mais je la connais très bien ! Elle habitait près de chez nous à la campagne. Elle a même été l'une de mes demoiselles d'honneur !

— C'est bien elle, fit Robert. Elle a dit vous connaître. Je l'avais oublié. Elle est épatante. En réalité, elle travaille avec les quakers dans les camps, mais elle nous aide aussi énormément. Elle connaît tout ce qu'il y a à connaître en matière de calories, de layettes et de femmes enceintes, etc. Et c'est la travailleuse la plus acharnée que j'aie jamais rencontrée.

— Je vais vous dire ce que vous pourriez faire, dit Randolph Pane. Il y a un travail qui n'attend que vous : il s'agit de faire la distribution de cabines sur le bateau qui part la semaine prochaine.

— Bien sûr, dit Robert, juste ce qu'il lui faut ! Elle peut se mettre à cette table et commencer tout de suite.

— Regardez, dit Randolph, je vais vous montrer. (Quel délicieux parfum ! *Après l'Ondée* ! C'est ce que je pensais.) Voici un plan du bateau. Voyez : les plus belles cabines, les cabines moins belles, les moches et les places à fond de cale. Et voici la liste des familles qui s'embarquent. Tout ce que vous avez à faire, c'est d'attribuer à chaque famille sa cabine. Quand vous avez décidé, vous inscrivez le numéro de la cabine en face du nom de la famille – ici – vous voyez ? Puis le numéro de la famille en face de la cabine – ici – comme ça. Très simple, mais cela prend du temps. Et il faut que ce soit fait, de façon qu'ils sachent exactement où se mettre avec leurs bagages, dès qu'ils arriveront à bord.

— Mais comment décider de ceux qui doivent avoir les bonnes cabines et de ceux qui iront à fond de cale ? C'est plutôt délicat, non ?

— Pas tant que ça. Vous comprenez, c'est un bateau strictement démocratique, organisé d'après les principes républicains. La question de classe ne joue pas. À votre place, je donnerais les bonnes cabines aux gens qui ont des jeunes enfants ou des nourrissons. À part ça, faites comme il vous plaira. Pointez au hasard avec une épingle si vous voulez. La seule chose qui compte, c'est que ce soit fait, autrement il y aura une bousculade pour avoir les meilleures places dès l'arrivée sur le bateau. »

Linda parcourut la liste des familles : c'était un fichier où chaque chef de famille avait sa fiche, sur laquelle étaient inscrits le nom et le nombre de personnes dépendant de lui.

« Les âges ne sont pas mentionnés, dit Linda. Comment savoir s'il y a des bébés ?

— Tiens, c'est vrai ! fit Robert. Comment va-t-elle faire ?

— C'est tout simple, dit Christian. Avec les Espagnols, on peut toujours savoir. Avant la guerre ils étaient tous prénommés d'après des saints ou d'après les épisodes de la vie de la Vierge : Anunciación, Asunción, Purificación, Concepción, etc. Depuis la guerre civile, on les nomme *Carlos* d'après Karl Marx, Federico d'après Friedrich Engels ou Estalina, nom très populaire jusqu'à ce que les Russes les laissent tomber. Ou encore on les nomme d'après de jolis slogans tels que Solidaredad-Obrera, Libertad, et ainsi de suite. Comme ça on sait que les enfants ont moins de trois ans. C'est on ne peut plus simple, vraiment. »

Là-dessus, Lavender Davis fit son apparition. Elle était restée pareille à elle-même : fagotée, saine et laide, et portait un costume de sport en tweed anglais et de lourdes chaussures. Ses cheveux châtains étaient coupés court et bouclaient sur sa tête. Elle n'était pas fardée. Elle aborda Linda d'un air enthousiaste, car la famille Davis s'était toujours imaginé que Lavender était l'amie intime de Linda. Linda fut ravie de la voir, car on est toujours heureux de retrouver à l'étranger une figure familière.

« Maintenant que nous voici tous réunis, fit Randolph, allons prendre un verre au *Palmarium.* »

Pendant les semaines suivantes, jusqu'à ce que sa vie privée commençât à l'occuper, Linda vécut dans une atmosphère de fascination et d'horreur alternées. Peu à peu, elle se prit d'affection pour la curieuse et ancienne petite ville de Perpignan, si différente de tout ce qu'elle avait jamais connu. La rivière aux larges quais, le réseau complexe des rues étroites, les platanes immenses à l'aspect sauvage, et tout alentour la plaine du Roussillon couverte de vignobles, dont les tons sombres se muaient, sous les yeux de Linda, en verdure printanière. Le printemps venait tardivement et avec lenteur, mais, une fois là, il tendait déjà la main à l'été, et, dans les villages, les paysans dansaient chaque soir sous les platanes. En fin de semaine, les Anglais, incapables d'extirper de leur vie cette coutume nationale, fermaient le bureau et gagnaient Collioure, sur la côte, où ils se baignaient, brunissaient au soleil et faisaient des pique-niques en montagne.

Mais tout cela n'avait aucun rapport avec la raison de leur présence dans ce pays charmant : les camps. Linda les visitait presque chaque jour et ils remplissaient son âme de désespoir. Comme elle ne pouvait rendre de grands services au bureau, ne parlant pas l'espagnol, ni s'occuper d'enfants, n'y connaissant rien en calories, on l'employa comme conductrice. Elle était toujours sur les routes au volant d'une Ford remplie de vivres ou de réfugiés, ou encore transportait des messages entre le bureau et les camps. Souvent elle restait assise dans son camion durant des heures, tandis qu'on cherchait untel ou untel et qu'on étudiait son cas. Elle était aussitôt entourée d'un essaim d'hommes qui lui parlaient un français lourd et guttural. Les camps commençaient enfin à s'organiser de façon convenable. Il y avait des rangées de baraques mornes mais ordonnées, et les hommes faisaient des repas réguliers qui, pour n'être guère appétissants, leur permettaient cependant de subsister. Mais le spectacle de ces milliers d'hommes jeunes et sains parqués derrière des barbelés, loin de leurs femmes et n'ayant rien à faire – jour morne après jour morne – était pour Linda un tourment perpétuel. Elle commençait à penser qu'Oncle Matthew avait eu raison : des pays étrangers où de telles choses pouvaient se passer étaient effectivement « infects » et les étrangers qui pouvaient s'infliger réciproquement ces horreurs devaient être des « immondes ».

Un jour qu'elle était assise dans son camion, et comme d'habitude entourée d'une foule d'Espagnols, une voix lui dit :

« Linda ! Que diable fais-tu par ici ? »

C'était Matt !

Il paraissait dix ans de plus que quand elle l'avait vu pour la dernière fois. Pour tout dire, il avait l'air d'un adulte et était extrêmement beau, avec ses yeux bleus bien Radlett dans un visage bronzé.

« Je t'ai aperçue plusieurs fois, dit-il, et je croyais qu'on t'avait envoyée pour me chercher, alors je me suis sauvé, mais ensuite j'ai appris que tu étais mariée à ce type, Christian. C'est pour aller avec lui que tu as quitté Tony ?

— Mais oui, dit Linda. Je ne me doutais de rien, Matt. J'étais persuadée que tu étais rentré en Angleterre.

— Ma foi, non, fit Matt. Tu vois : je suis officier. Je dois rester avec mes hommes.

— Maman sait-elle que tu es sain et sauf ?

— Oui, je le lui ai dit… du moins si Christian a posté la lettre que je lui ai confiée.

— Sûrement pas ! On ne l'a jamais vu poster une lettre de sa vie. Il est drôle : il aurait pu me prévenir !

— Il n'en savait rien. Je l'ai adressée à un ami qui devait la faire suivre. Je ne voulais pas que les Anglais me découvrent ici, de peur qu'ils n'essayent de me rapatrier.

— Pas Christian, dit Linda. Il veut que chacun fasse ce qui lui plaît dans la vie. Tu es bien maigre, Matt ! As-tu besoin de quelque chose ?

— Oui, dit Matt, de quelques cigarettes et d'un ou deux romans policiers. »

Après cela, Linda le vit presque chaque jour. Elle en parla à Christian qui se contenta de grogner en disant : « Il va falloir le sortir de là avant qu'éclate la guerre mondiale. Je vais m'en occuper. » Elle écrivit à ses parents pour les mettre au courant. Il en résulta un paquet de vêtements de la part de Tante Sadie, que Matt refusa d'accepter, et une caisse pleine de pilules vitaminées de la part de Davey, que Linda n'osa même pas montrer à Matt. Il était de bonne humeur, plaisantait beaucoup et avait un excellent moral ; mais enfin, comme le fit remarquer Christian, il y a une différence entre rester quelque part parce qu'on y est contraint, et y rester parce qu'on choisit de le faire. De toute façon, dans la famille Radlett, la bonne humeur n'était jamais bien loin.

La seule perspective agréable, c'était le départ du bateau. Il n'allait tirer de l'enfer que quelques milliers de réfugiés, fraction minime de la somme totale, mais enfin ceux-là seraient sauvés et conduits vers une vie meilleure, vers un avenir heureux et constructif.

Quand elle ne conduisait pas son camion, Linda travaillait à l'organisation des cabines, et finalement elle arriva à tout arranger et termina à temps pour l'embarquement.

Tous les Anglais, Linda exceptée, allèrent à Sète pour le grand jour, en emmenant avec eux deux membres du Parlement et une duchesse qui, de Londres, avaient participé à l'entreprise et étaient venus glaner les fruits de leur travail. Linda alla à Argelès en car pour voir Matt.

« Combien curieuses sont les classes supérieures en Espagne ! dit-elle. On n'y lève pas le petit doigt pour venir en aide à des compatriotes et on nous laisse tout le travail, à nous étrangers !

— Tu ne connais pas les fascistes ! fit Matt, l'air sombre.

— Je me disais hier, pendant que je faisais visiter le camp de Barcarès à la duchesse : “Pourquoi une duchesse anglaise ? Il n'y en a donc pas en Espagne ? Et après tout, pourquoi n'y a-t-il que des Anglais pour travailler à Perpignan ? J'ai connu plusieurs Espagnols à Londres. Pourquoi ne viennent-ils pas nous aider un peu ? Ils nous seraient bien utiles, car j'imagine qu'ils parlent l'espagnol.”

— P'pa avait bien raison de dire que les étrangers sont des immondes, dit Matt. Du moins ceux des classes supérieures. Tous mes hommes sont des *Honorables Formidables*, je dois dire.

— Je ne vois pas des Anglais laissant tomber leurs compatriotes comme ça, même s'ils sont de partis différents. Je trouve ça honteux ! »

Christian et Robert revinrent de Sète d'humeur joyeuse. L'organisation avait marché comme sur des roulettes. Un bébé était né une demi-heure après l'embarquement et avait été prénommé Embarcación. C'était un genre de plaisanterie que Christian prisait beaucoup.

Robert dit à Linda :

« Avez-vous travaillé selon un plan déterminé quand vous avez distribué les cabines, ou comment avez-vous procédé ?

— Pourquoi ? Quelque chose a cloché ?

— C'était parfait, au contraire ! Chacun, ayant sa place, s'y est précipité tout droit. Je me demandais seulement ce qui vous avait guidée dans l'attribution des meilleures cabines, c'est tout.

— Ma foi, dit Linda, j'ai simplement donné les plus belles aux gens dont la fiche portait le mot *labrador* parce que j'avais un chien labrador quand j'étais petite, et il était un *Hono*..., enfin un amour, vous savez.

— Ah ! ah ! fit Robert avec sérieux, tout s'explique ! Il se trouve que *labrador* en espagnol signifie "laboureur". Alors voyez-vous, grâce à votre combinaison excellente et tout à fait démocratique, les paysans se sont trouvés dans le luxe et les intellectuels dans la cale. Ça leur apprendra à faire les malins ! Vous avez très bien travaillé, Linda, et nous vous en sommes infiniment reconnaissants. »

Linda dit d'un air rêveur :

« Quel amour de chien c'était. J'aurais voulu que vous le connaissiez. Cela me manque tant de ne pas avoir un animal à choyer.

— Je ne comprends pas que vous ne fassiez pas une offre pour la sangsue ! »

L'une des curiosités de Perpignan était une sangsue dans un bocal, dans la vitrine d'un pharmacien. Sur le récipient, il y avait une étiquette dactylographiée portant ces mots : *Si la sangsue monte dans la bouteille, il fera beau temps. Si la sangsue descend, l'orage*[1].

« Ce pourrait être une idée, fit Linda. Mais je ne me vois pas très bien m'attachant à une sangsue ! Elle serait affairée par la température et toujours à monter et à descendre. Elle n'aurait pas de temps à me consacrer ! »

1. En français dans le texte. (*N.d.T.*)

XV

Linda ne put jamais se rappeler si elle avait vraiment eu du chagrin en apprenant que Christian était amoureux de Lavender Davis, ni si ce chagrin était profond. Elle ne se souvenait plus de ce qu'elle avait pu éprouver à cette époque. L'amour-propre blessé avait sans doute joué son rôle, mais moins peut-être pour Linda que pour d'autres femmes, car elle n'avait jamais été affligée d'un complexe d'infériorité. Certes, elle se rendait compte que les deux années écoulées, depuis qu'elle avait quitté Tony, ne comptaient pour rien, mais son cœur était-il blessé ? Aimait-elle encore Christian ? Souffrait-elle les affres habituelles de la jalousie ? J'en doute.

Cependant, le choix n'avait guère été flatteur pour elle ! Lavender avait, depuis sa tendre enfance, résumé tout ce que les Radlett considéraient comme le comble de la platitude : elle était éclaireuse, joueuse de hockey, chef de file à son école ; elle grimpait aux arbres et montait à califourchon. Jamais elle n'avait vécu dans un rêve d'amour. Ce sentiment était visiblement à mille lieues de ses préoccupations. Louisa et Linda, incapables d'imaginer un être dénué de la moindre parcelle d'amour, avaient même inventé des romans pour Lavender, tantôt avec le professeur de gymnastique, tantôt avec le médecin de Merlinford, le docteur Simpson, à propos de qui Louisa avait écrit des vers de mirliton :

Monsieur le docteur,
Donnez-moi votre cœur,
Ô mon cher médecin
Je vous offre le mien !

Depuis cette époque, Lavender avait fait des études d'infirmière et d'assistante sociale, avait suivi des cours de droit et d'économie politique. Tout cela – Linda le voyait clairement – la désignait comme un fait exprès à devenir la compagne tout indiquée de Christian. Si bien que, dans l'ambiance où ils vivaient, Lavender, avec son calme, son assurance, sa confiance en ses capacités, éclipsa facilement Linda. Il n'y eut aucune concurrence : la victoire fut gagnée sans combat.

Linda ne découvrit pas leur amour de quelque manière triviale, en surprenant un baiser dérobé ou en les trouvant couchés ensemble. Cela se passa de façon plus subtile, plus dangereuse. Elle fut pénétrée semaine après semaine par le bonheur absolu qu'ils trouvaient à être ensemble. Christian cherchait en Lavender seule tout l'appui, tout le secours moral dont il avait besoin pour sa tâche. Comme son travail l'absorbait totalement, comme il ne pensait à rien d'autre et ne prenait pas un instant de détente, l'aide que lui apportait Lavender signifiait l'exclusion complète de Linda. Celle-ci ne savait quel parti prendre. Elle ne pouvait s'expliquer avec Christian. Il n'y avait rien de tangible à lui reprocher et de toute manière un tel procédé était absolument étranger au caractère de Linda. Elle redoutait plus que tout au monde les scènes et les disputes et n'avait aucune illusion sur ce que Christian pensait d'elle. Elle sentait qu'au fond il la méprisait d'avoir si aisément quitté Tony et l'enfant, et qu'il lui trouvait une attitude sotte, légère et superficielle devant la vie. Il aimait les femmes sérieuses, cultivées, en particulier celles qui étudiaient les questions sociales, et, parmi celles-ci, Lavender plus que quiconque. Linda n'avait aucune envie de s'entendre dire tout cela. D'autre part, elle commençait à songer qu'il vaudrait mieux quitter Perpignan avant que Christian et Lavender en partissent ensemble, ce qui semblait probable. Ils s'en iraient la main dans la main en quête de nouvelles misères à soulager. Déjà elle se sentait gênée en présence de Robert et de Randolph, qui visiblement la plaignaient beaucoup et imaginaient des petites manœuvres pour l'empêcher de remarquer que Christian passait tous ses instants avec Lavender.

Une après-midi, tandis qu'elle flânait à la fenêtre de sa chambre d'hôtel, elle les vit qui remontaient ensemble le quai Sadi-Carnot. Ils étaient complètement absorbés l'un par l'autre, totalement heureux d'être ensemble et ils rayonnaient de bonheur. Linda fut saisie d'une impulsion qui la poussa à agir. Elle emballa ses affaires et écrivit à Christian un billet hâtif, lui annonçant qu'elle le quittait pour de bon, s'étant rendu compte que leur mariage était un échec. Elle le priait de veiller sur Matt. Puis elle brûla ses vaisseaux en ajoutant un post-scriptum – fatale manie féminine – : « Je crois que tu ferais bien mieux d'épouser Lavender. » Elle s'engouffra avec ses valises dans un taxi et prit le train de nuit pour Paris.

Le voyage, cette fois, fut horrible. Elle était, somme toute, très attachée à Christian, et dès que le train eut quitté la gare, elle commença à se demander si elle n'avait pas agi inconsidérément et fort mal. Christian avait sans doute eu pour Lavender une fantaisie passagère basée sur leurs intérêts communs, mais qui s'évanouirait dès le retour à Londres. Ce n'était même pas ça, peut-être, et était-il simplement, de par son travail, forcé d'être sans cesse avec Lavender ? Son attitude distraite à l'égard de Linda n'était pas, après tout, une nouveauté, puisqu'il l'avait adoptée quasiment depuis le jour où elle était venue vivre sous son toit. Elle commença à sentir qu'elle avait commis une erreur en écrivant cette lettre.

Elle possédait un billet de retour, mais fort peu d'argent. Juste assez, avait-elle calculé, pour dîner dans le train et se nourrir le lendemain. Linda était toujours obligée de convertir ses francs en argent anglais avant de savoir ce qu'elle possédait au juste. Elle avait quelque dix-huit shillings et six pence, donc pas question de wagon-lit. C'était la première fois qu'elle voyageait de nuit assise, et cette expérience l'atterrait. C'était comme une terrible maladie à forte fièvre où les heures douloureuses se succèdent avec lenteur, chacune paraissant plus longue qu'une semaine. Ses pensées ne lui apportaient nul réconfort. Sa vie de ces deux dernières années, tout ce qu'elle avait pensé mettre dans son sentiment pour Christian, elle avait tout déchiré, tout jeté comme un tas de détritus. Si telle devait être l'issue, pourquoi avoir abandonné Tony, son véritable mari « pour le meilleur et pour le pire[1] », et son enfant ? Son devoir avait été là et non ailleurs, et elle le savait bien. Elle songea à ma mère et frémit. Était-il possible qu'elle, Linda, fût désormais condamnée à mener une vie qu'elle méprisait du fond de son être, la vie de la Trotteuse ?

Et à Londres, qu'allait-elle trouver ? Une petite maison déserte, envahie de poussière. Peut-être, se dit-elle, Christian allait-il lui courir après, venir l'assurer qu'elle était bien à lui ? Mais au fond de son cœur elle savait qu'il ne le ferait point, qu'elle n'était plus sienne et que tout était fini… Christian croyait sincèrement qu'il fallait laisser les gens faire ce qui leur plaît dans la vie et ne pas s'en mêler. Il aimait bien Linda, cela elle le savait, mais elle n'ignorait pas qu'elle l'avait déçu. Il n'aurait pas voulu faire le premier pas vers une séparation, mais n'allait pas regretter qu'elle ait pris les devants. Bientôt il concevrait un nouveau projet, quelque plan inédit pour venir en aide à l'humanité souffrante. (Peu importe quelle humanité ni où elle se trouve, du moment qu'il y a beaucoup de malheureux

1. Formule sacramentelle du mariage anglican. (*N.d.T.*)

et que leur misère est grande.) À ce moment-là il oublierait Linda, voire même Lavender, comme si elles n'eussent jamais existé. Christian n'était pas de ceux qui poursuivent passionnément l'amour et peu lui importait la femme qui se trouvait sur son chemin à un moment ou à un autre. Pourtant elle n'ignorait pas que sa nature contenait un certain degré de cynisme et sentait qu'il ne lui pardonnerait pas ce qu'elle avait fait, pas plus qu'il n'essayerait de la persuader de revenir là-dessus. Du reste, pourquoi l'aurait-il fait ?

On ne pouvait dire, songeait Linda, tandis que le train poursuivait sa route dans l'obscurité, que sa vie jusqu'alors eût été couronnée de succès ! Elle n'avait trouvé ni un grand amour ni un grand bonheur, et elle ne les avait apportés à personne. Son départ n'avait été un coup mortel pour aucun de ses deux maris et leur avait permis, au contraire, de se tourner avec soulagement vers une maîtresse qu'ils prisaient infiniment plus, et qui était en tous points mieux faite pour leur convenir. De quelque nom que s'appelle la qualité qui assure indéfiniment l'amour et l'attachement d'un homme, elle ne la possédait sûrement pas et se trouvait dorénavant condamnée à l'existence solitaire et traquée d'une femme belle, mais sans amarres. Où donc était-il, à présent, cet amour qui devait durer jusqu'à la tombe et bien au-delà ? Qu'avait-elle fait de sa jeunesse ? Des larmes se mirent à couler le long de ses joues, larmes versées sur ses espoirs, son idéal perdus, larmes de pitié pour elle-même, en somme. Les trois Français corpulents qui partageaient son compartiment dormaient en ronflant. Elle pleurait seule.

Si triste et si lasse qu'elle fût, Linda ne put manquer de percevoir la beauté de Paris par ce matin d'été, tandis qu'elle le traversait pour aller à la gare du Nord. Paris, au petit jour, a un air joyeux, affairé, une promesse de choses délicieuses à venir, une odeur précise de café et de croissants qui lui est particulière. Les Parisiens accueillent le jour nouveau comme s'ils étaient sûrs de l'aimer. Les boutiquiers remontent leurs stores avec sérénité, dans l'attente d'un commerce prospère ; les ouvriers partent au travail l'air content ; les gens qui ont passé la nuit dans des cabarets rentrent satisfaits ; l'orchestre des klaxons, des tramways cliquetants, des sifflets d'agents s'accorde pour sa symphonie quotidienne. Toute cette joie, cette vie, cette beauté ne faisaient qu'accentuer la lassitude et la mélancolie de la pauvre Linda. Elle les sentait mais n'y participait pas. Elle tourna ses pensées vers son vieux Londres familier. Par-dessus tout, elle aspirait à retrouver son lit. Elle était comme une bête blessée qui se traîne vers sa tanière. Elle ne voulait qu'une chose : dormir sans être dérangée, dans sa chambre à elle.

Or, quand elle présenta son billet à la gare du Nord, elle s'entendit déclarer sur un ton furieux, aigu et peu compatissant, qu'il était périmé :

« *Voyons, Madame, le 29 mai... C'est aujourd'hui le 30, n'est-ce pas ? Donc...*[1] » (Formidables haussements d'épaules.)

Linda fut paralysée d'horreur. Ses dix-huit shillings étaient réduits à six. À peine suffisant pour un seul repas. Elle ne connaissait personne à Paris. Elle ne savait absolument pas ce qu'elle devait faire. Elle était bien trop lasse et trop affamée pour réfléchir clairement. Elle restait là, la statue même du désespoir. Le porteur, fatigué d'attendre aux côtés d'une statue, déposa les valises à ses pieds et s'en alla en grommelant. Linda s'effondra sur ses bagages et se mit à pleurer. Jamais rien d'aussi terrible ne lui était arrivé. Elle pleurait amèrement et ne pouvait plus s'arrêter. Les gens allaient et venaient, comme si les dames en pleurs étaient un phénomène courant gare du Nord. « Tous des immondes, des immondes... » sanglotait-elle. Pourquoi n'avait-elle pas écouté son père ? Pourquoi était-elle venue dans cette infecte terre étrangère ? Qui pourrait la secourir ? Elle savait qu'à Londres il existait

1. À partir d'ici tous les dialogues en italique sont en français dans le texte. (*N.d.T.*)

une œuvre qui prenait en charge les jeunes personnes perdues dans les gares. Ici, sans nul doute, il y avait des œuvres qui se chargeraient de lui faire prendre le chemin de Buenos Aires ! À tout instant pouvait surgir quelque vieille femme à l'aspect engageant, qui lui ferait une piqûre ; après quoi Linda disparaîtrait à tout jamais…

Elle eut conscience que quelqu'un se tenait près d'elle. Pas une vieille dame, mais un Français petit, râblé et très brun, coiffé d'un chapeau mou noir. Il riait. Linda ne lui prêta aucune attention et continua à pleurer. Plus elle pleurait, plus il riait. Maintenant c'étaient des larmes de rage qu'elle versait et non plus d'attendrissement sur elle-même. Enfin, d'une voix qu'elle voulait impressionnante et chargée de colère, mais qui chevrotait et grinçait derrière son mouchoir, elle dit :

« *Allez-vous-en !* »

Pour toute réponse il lui prit la main et la fit lever.

« *Bonjour, bonjour*, dit-il.

— *Voulez-vous vous en aller ?* » répondit Linda, un peu moins sur ses gardes. Au moins voilà un être humain qui semblait s'intéresser à elle. Puis elle pensa à Buenos Aires, et elle dit : « *Il faut vous expliquer que je ne suis pas une esclave blanche. Je suis la fille d'un très important Lord anglais !* »

Le Français éclata d'un rire sonore. Dans l'anglais presque parfait de quelqu'un qui le parle depuis son enfance, il lui dit :

« Il ne faut pas être un Sherlock Holmes pour le deviner ! »

Linda se sentit vexée. Une Anglaise à l'étranger peut être fière de sa nationalité et de sa vertu, sans souhaiter qu'elles sautent aux yeux de tout le monde.

« Les dames françaises, poursuivit-il, *couvertes des marques extérieures de la richesse*, ne pleurent pas assises sur leur valise à la gare du Nord, au petit jour ! Quant aux *esclaves blanches*, elles ont toutes un “protecteur”. Or il est clair que pour l'instant vous n'êtes pas protégée. »

Cela rassura un peu Linda, qui mollit.

« Maintenant, dit-il, je vous invite à déjeuner avec moi, mais d'abord vous devez prendre un bain, vous reposer et mettre une compresse froide sur votre visage. »

Il ramassa ses bagages et se dirigea vers un taxi.

« Montez, je vous prie. »

Linda monta. Elle n'était plus si sûre de ne pas prendre le chemin de Buenos Aires, mais quelque chose la poussait à faire ce qu'il lui disait. Sa force de résistance était à bout et elle ne voyait vraiment pas d'alternative.

« Hôtel Montalembert, rue du Bac, dit-il au chauffeur. Je m'excuse, Madame, de ne pas vous conduire au Ritz, mais j'ai le sentiment que l'Hôtel Montalembert convient précisément à votre état d'âme de ce matin. »

Linda se tenait bien droite dans un coin du taxi, espérant qu'elle avait l'air très comme-il-faut. Ne trouvant rien de pertinent à dire, elle gardait le silence. Son compagnon fredonnait une petite chanson et semblait s'amuser prodigieusement. Quand ils arrivèrent à l'hôtel, il lui retint une chambre, dit au liftier de l'y conduire, commanda au concierge de lui faire monter un café complet, baisa la main de Linda et lui dit :

« *À tout à l'heure*. Je viendrai vous chercher un peu avant une heure et nous irons déjeuner. »

Linda prit son bain et son petit déjeuner et se mit au lit. Quand la sonnerie du téléphone retentit, elle dormait si profondément qu'elle dut lutter pour se réveiller.

« *Un Monsieur qui demande Madame*.

— *Je descends tout de suite* », dit Linda, mais il lui fallut une bonne demi-heure pour se préparer.

XVI

« Ah ! vous m'avez fait attendre, dit-il en lui baisant la main. (Du moins il fit le geste qui consiste à lever la main vers ses lèvres, puis à la laisser tomber un peu brusquement.) C'est très bon signe, ajouta-t-il.

— Signe de quoi ? » demanda Linda. Un cabriolet à deux places attendait devant l'hôtel et elle y monta. Elle commençait à se retrouver un peu.

« Oh ! un signe de ceci et de cela, dit-il en démarrant. C'est de bon augure pour notre roman : il sera heureux et durera longtemps. »

Linda se raidit, devint très anglaise, très gênée et dit d'un ton affecté :

« Il n'y a pas de roman !

— Je m'appelle Fabrice. Et vous, si j'ose vous le demander ?

— Linda.

— Linda ? *Comme c'est joli*. De mon côté, cela dure généralement cinq ans. »

Il la conduisit vers un restaurant où on les guida, avec une certaine déférence, vers une table de coin et une banquette de velours rouge. Il commanda le déjeuner et le vin, parlant ce français précipité que Linda n'arrivait absolument pas à suivre, puis, mettant ses mains sur les genoux, il se tourna vers elle et dit :

« Allons, racontez tout, Madame !

— *Raconter quoi ?*

— Mais votre histoire, bien entendu. Qui donc vous a abandonnée en larmes sur une valise ?

— Il ne m'a pas abandonnée. C'est moi qui l'ai quitté. C'est mon second mari et je l'ai laissé pour de bon parce qu'il s'est épris d'une autre femme – une assistante sociale ; mais vous ne savez sûrement pas ce que c'est : il ne doit pas y en avoir en France. Ça rend les choses plus dures, voilà tout.

— Raison bien étrange pour quitter son second mari ! Avec votre expérience en matière de maris, vous avez pourtant dû vous apercevoir qu'ils ont la manie de tomber amoureux d'autres femmes ? Enfin, le malheur des uns… et je ne m'en plains pas ! Mais pourquoi rester assise sur une valise ? Pourquoi ne pas monter dans le train pour aller retrouver monsieur votre père, l'important Lord anglais ?

— C'est ce que je comptais faire quand ils m'ont appris que mon billet de retour était périmé. Je n'avais que six shillings et trois pence et je ne connais personne à Paris ; j'étais affreusement lasse, alors j'ai pleuré.

— Votre second mari… pourquoi ne pas lui emprunter de l'argent ? Ou bien lui avez-vous laissé un mot sur son oreiller ? Je sais que les femmes ne savent jamais résister à ces petits essais littéraires qui rendent le retour difficile.

— De toute façon il est à Perpignan, alors je ne pouvais rien lui emprunter.

— Ah ! vous arriviez de Perpignan ? Et que faisiez-vous là-bas, au nom du ciel ?

— Au nom du ciel, précisément, nous essayions de vous empêcher, vous autres "grenouilles", d'ennuyer les pauvres Espagnols, dit Linda, assez énervée.

— Les Es-pa-gnols ? Alors nous les ennuyons ?

— Moins maintenant, mais terriblement au début.

— Que croyez-vous que nous aurions dû faire ? Nous ne les avons jamais invités à venir, vous savez !

— Vous les avez parqués dans des camps, sous un vent cruel, et les avez laissés sans abri pendant des semaines. Des centaines en sont morts !

— C'est toute une affaire de trouver tout à coup des abris pour un demi-million de personnes. Nous avons fait ce que nous avons pu. Nous les avons nourris. La preuve en est que la plupart sont toujours en vie.

— Mais toujours parqués dans des camps !

— Ma chère Linda, vous n'auriez pas voulu que nous les lâchions dans nos campagnes sans un sou ? Votre bon sens vous dira ce qui en serait résulté.

— Vous devriez les mobiliser pour combattre dans la guerre contre le fascisme qui va éclater n'importe quand.

— Si vous parliez de ce que vous connaissez, vous ne vous mettriez pas en colère. Nous n'avons déjà pas assez d'équipement pour nos hommes, en vue de la prochaine guerre contre l'Allemagne. Elle éclatera non pas “n'importe quand”, mais après la moisson, en août sans doute. Maintenant parlez-moi encore de vos maris. C'est bien plus intéressant.

— Il n'y en a eu que deux. Le premier était conservateur, le second est communiste.

— Je l'avais deviné : le premier est riche, le second est pauvre. J'ai vu que vous aviez eu un mari riche : le nécessaire de voyage et le manteau de fourrure ! Ce dernier est d'une couleur hideuse et, pour autant qu'on puisse en juger, puisque vous l'avez roulé sur votre bras, d'une forme hideuse aussi. Néanmoins, le vison indique habituellement qu'il y a quelque part un mari fortuné. Mais cet horrible tailleur de toile que vous portez est visiblement de la confection.

— Vous êtes un mufle ! Ce tailleur est ravissant…

— Et de l'année dernière ! Les vestes se portent plus longues, vous verrez. Je vous procurerai des vêtements. Si vous étiez bien habillée, vous seriez tout à fait bien, encore que vos yeux soient petits. D'un joli bleu, mais petits.

— En Angleterre, dit Linda, je passe pour être une beauté.

— Effectivement, vous avez quelque chose. »

Cette conversation absurde se poursuivit sur le même ton, mais ce n'était qu'un jeu. Linda éprouvait ce qu'elle n'avait jamais connu encore : une toute-puissante attirance physique pour cet homme. Elle en eut le vertige. Elle en fut effarée. Elle voyait bien que Fabrice était parfaitement sûr de l'issue, et, comme elle l'était également, elle avait peur. Comment elle, Linda, qui n'avait jamais éprouvé qu'horreur et mépris pour les aventures passagères, pouvait-elle se laisser ramasser par le premier venu, et, après l'avoir vu pendant une heure, désirer avec une folle ardeur se mettre au lit avec lui ? Il n'était même pas beau. Il était exactement pareil à des douzaines d'autres hommes bruns en chapeau mou que l'on voyait dans les rues de toutes les villes de France. Mais il y avait, dans la façon dont il la regardait, quelque chose qui lui faisait perdre son équilibre. Elle était profondément choquée et en même temps intensément émue.

Après le déjeuner, ils sortirent du restaurant et se trouvèrent sous un soleil éblouissant.

« Venez voir mon appartement, dit Fabrice.

— J'aimerais mieux voir Paris, dit Linda.

— Vous connaissez bien Paris ?

— C'est la première fois que j'y viens ! »

Fabrice fut franchement stupéfait.

« Vous n'y êtes jamais venue ? (Il n'arrivait pas à y croire.) Quel plaisir pour moi de tout vous montrer. Il y a tant à visiter. Il faudra des semaines.

— Malheureusement je pars pour l'Angleterre, dit Linda.

— Naturellement. Alors il faudra tout voir cet après-midi. »

Ils firent à petite allure le tour de quelques rues et places et ensuite allèrent se promener au Bois. Linda ne pouvait croire qu'elle venait seulement d'arriver, que c'était cette même journée qu'elle avait vue poindre si pleine de promesses, à travers ses larmes matinales.

« Quelle chance vous avez de vivre dans une telle ville, dit-elle à Fabrice. Il paraît impossible d'être malheureuse ici.

— Pas impossible, dit-il. À Paris, les émotions sont décuplées. On peut y être plus heureux, mais aussi plus malheureux que partout ailleurs. Mais c'est certainement une constante source de joie que d'habiter ici, et nul n'est plus malheureux qu'un Parisien en exil. Pour nous autres, le reste du monde paraît froid et triste et ne vaut guère que l'on y vive. »

Il parlait avec beaucoup d'émotion.

Après le goûter qu'ils prirent en plein air, au Bois, il la ramena dans Paris à petite allure. Il arrêta son auto devant une vieille maison de la rue Bonaparte et dit une fois de plus :

« Venez voir mon logis.

— Non, non, dit Linda. Le moment est venu pour moi de préciser que je suis une *femme sérieuse*. »

Fabrice éclata de son rire sonore.

« Oh ! fit-il, tout secoué d'hilarité, comme vous êtes drôle ! Quelle expression : *une femme sérieuse*. Où l'avez-vous dénichée ? Si sérieuse que cela ? Alors comment expliquez-vous votre second mari ?

— J'admets que j'ai mal agi, vraiment très mal, et que j'ai commis une grave erreur. Mais ce n'est pas une raison pour se laisser aller, pour descendre la pente, pour se laisser ramasser par un monsieur inconnu à la gare du Nord et pour le suivre aussitôt dans son appartement ! Et puis, soyez gentil : prêtez-moi de l'argent. Je veux prendre le train pour Londres, demain matin.

— Mais comment donc ! » fit Fabrice.

Il lui mit une liasse de billets de banque dans la main et la conduisit à l'Hôtel Montalembert. Le discours de Linda ne semblait pas l'avoir ébranlé, car il lui déclara qu'il viendrait la chercher à huit heures pour l'emmener dîner. La chambre de Linda était remplie de roses. Cela lui rappela la naissance de Moïra.

« Vraiment, se dit-elle en riant, c'est un séducteur de roman à quatre sous. Comment puis-je m'y laisser prendre ? »

Mais elle était pleine d'un bonheur étrange, sauvage, inconnu, et elle sut que c'était l'amour. Deux fois dans sa vie elle avait pris pour l'amour ce qui ne l'était pas. C'était comme d'apercevoir dans la rue quelqu'un qu'on prend pour un ami : vous sifflez, vous agitez la main, vous courez après lui. Non seulement ce n'est pas lui, mais il ne lui ressemble pas du tout ! Un peu plus tard surgit le vrai ami et alors vous vous demandez comment vous avez pu le confondre avec l'autre personne ! Voici que Linda contemplait le visage authentique de l'amour. Elle le savait, mais cela l'effrayait. Que les choses aient pu se passer par hasard, du fait d'une série d'accidents, voilà qui avait de quoi terrifier. Elle essayait de retrouver les sentiments qu'elle avait éprouvés quand elle avait été amoureuse de ses maris successifs. Elle avait dû ressentir une émotion forte, dominante. Pour les épouser, elle avait par deux fois bouleversé sa vie, peiné sans remords ses parents et ses amis. Mais elle ne pouvait plus se souvenir de tout cela. Elle savait seulement que jamais jusqu'alors – pas même en rêve, elle qui rêvait tant d'amour – elle n'avait éprouvé quelque chose d'approchant. Elle se redisait sans cesse qu'elle devait, dès le lendemain, repartir pour Londres, mais elle n'avait nullement l'intention de s'en aller, et le savait pertinemment.

Fabrice l'emmena dîner, puis dans une boîte de nuit où ils ne dansèrent pas, mais se parlèrent longuement. Elle lui raconta Oncle Matthew, Tante Sadie, Louisa, Jassy et Matt et il ne se lassait pas de l'écouter. Il la poussait à décrire jusqu'à l'exagération les membres de sa famille et leurs diverses marottes.

« Et Jassy ? Et Matt ? *Allons, racontez !* »

Et elle raconta pendant des heures.

Dans le taxi, en rentrant, elle refusa derechef d'aller chez lui ou de le laisser venir chez elle, à son hôtel. Il n'insista pas, n'essaya pas de lui tenir la main ni de la toucher. Il se contenta de dire :

« *C'est une résistance magnifique. Je vous en félicite de tout mon cœur, Madame !* »

Devant l'hôtel, elle lui tendit la main pour lui dire bonsoir. Il la prit dans ses deux mains et la baisa longuement.

« À demain », dit-il en remontant dans le taxi.

« Allô, allô !

— Hello ?

— Bonjour. Vous êtes en train de déjeuner ?

— Oui.

— Il m'a bien semblé entendre heurter une tasse. C'est bon ?

— Délicieux. Je dois m'arrêter tout le temps, de peur de finir trop vite ! Et vous, vous êtes en train de déjeuner aussi ?

— C'est fait. Je dois vous avouer que j'aime beaucoup au matin les très longues conversations, et je m'attends à vous entendre raconter des *petites histoires*.

— Comme Shéhérazade ?

— Exactement. Et je ne veux pas percevoir dans votre voix cette intonation très anglaise qui signifie : "Il faut que je raccroche."

— Quels Anglais connaissez-vous ?

— J'en connais quelques-uns. Je suis allé au collège en Angleterre et à Oxford.

— Non ? Quand ça ?

— En 1920.

— Quand j'avais neuf ans ! Songez donc : nous nous sommes peut-être vus dans la rue. Nous allions faire toutes nos emplettes à Oxford.

— Chez Elliston et Cavell ?

— Bien sûr, et chez Weber. »

Il y eut un silence.

« Continuez, dit-il.

— Continuer quoi ?

— Je veux dire : ne raccrochez pas. Racontez encore.

— Je ne vais pas raccrocher. En fait, j'adore bavarder. C'est mon occupation favorite et vous aurez sûrement envie de raccrocher bien avant moi. »

Ils eurent une conversation longue et très sotte, et à la fin Fabrice dit :

« À présent, levez-vous. Je viendrai vous chercher dans une heure et nous irons à Versailles. »

À Versailles, qui l'enchanta, Linda se souvint d'une histoire qu'elle avait lue jadis, sur deux Anglaises qui avaient vu le fantôme de Marie-Antoinette dans le jardin du Petit Trianon. Fabrice trouva l'histoire assommante et ne se gêna pas pour le dire.

« Les histoires, dit-il, n'ont d'intérêt que quand elles sont vraies ou quand on les invente dans le but de m'amuser. Les histoires de revenants inventées par quelque sinistre vierge anglaise ne sont ni vraies ni intéressantes. *Donc : plus d'histoires de revenants, Madame, s'il vous plaît !*

— C'est bien, fit Linda, furieuse. Je pensais vous faire plaisir. À vous de me raconter une histoire.

— C'est ce que je vais faire, et mon histoire est vraie. Ma grand-mère était fort belle et avait beaucoup d'amants, même quand elle était très vieille. Peu de temps avant sa mort, elle se trouvait à Venise avec ma mère, sa fille. Un jour qu'elles glissaient en gondole sur un canal, elles aperçurent un petit *palazzo* de marbre rose. Une chose exquise. Elles firent arrêter la gondole afin de mieux voir, et ma mère dit : "J'ai l'impression que personne n'y habite. Si nous essayions d'entrer ?" Elles sonnèrent donc et un vieux serviteur arriva, qui leur dit que personne n'avait vécu là depuis des années et des années et qu'il pouvait leur faire visiter si elles le désiraient. Elles entrèrent, montèrent l'escalier et pénétrèrent dans le grand salon, dont les trois fenêtres donnaient sur le canal et qui était de tons bleutés et avait des moulures du XVe siècle. C'était une pièce admirable. Ma grand-mère se sentit étrangement émue et resta debout longtemps, plongée dans un profond recueillement. Enfin elle s'adressa à ma mère : "Si dans le troisième tiroir de ce bureau, dit-elle, il y a une boîte en filigrane contenant une petite clé en or pendue à un ruban de velours noir, cette maison m'appartient." Ma mère regarda, la clé était là. L'un des amants de ma grand-mère lui avait donné ce palais il y avait bien, bien longtemps, quand elle était toute jeune, et elle l'avait complètement oublié.

— Seigneur ! dit Linda. Quelles vies fascinantes vous menez, vous autres étrangers !

— Et maintenant ce palais est à moi. »

Il posa sa main sur le front de Linda et repoussa une mèche de cheveux qui s'était défaite.

« Et je vous y conduirais demain si…

— Si quoi ?

— Il faut qu'on attende ici, voyez-vous. La guerre va venir.

— Oh ! je l'oublie tout le temps, dit Linda.

— C'est bien. Oublions-la. *Comme vous êtes mal coiffée, ma chère !*

— Si vous n'aimez ni mes vêtements ni mes cheveux, et si vous trouvez que mes yeux sont petits, je ne vois pas ce qui vous attire en moi !

— *Quand même, j'avoue qu'il y a quelque chose* », dit Fabrice.

De nouveau ils dînèrent ensemble. Linda lui demanda :

« Vous n'avez donc pas d'autres rendez-vous ?

— Si, bien sûr. Je les ai décommandés.

— Qui sont vos amis ?

— *Des gens du monde*. Et les vôtres ?

— Quand j'étais mariée à Tony – c'est mon premier mari –, j'allais dans le monde. C'était toute ma vie. En ce temps-là, j'adorais ça. Mais Christian pas. Il m'empêcha d'aller dans des soirées et fit fuir tous mes amis, car il les trouvait frivoles et idiots, et nous ne vîmes plus que des gens sérieux qui essayaient d'améliorer la condition du monde. Je me moquais d'eux et m'ennuyais un peu de mes amis, mais à présent je ne sais plus. Peut-être suis-je devenue un peu plus sérieuse depuis mon séjour à Perpignan ?

— Tout le monde devient plus sérieux. C'est ainsi que vont les choses. Mais quelles que soient vos opinions politiques, que vous soyez "de droite", "de gauche", fasciste ou communiste, *les gens du monde* sont les seuls amis possibles. Voyez-vous, ils ont fait un art des rapports personnels et de tout ce qui s'y rattache : les bonnes manières, les vêtements, les beaux intérieurs, la bonne chère, tout ce qui rend la vie agréable. Il serait absurde de ne pas en profiter. L'amitié est une chose édifiée peu à peu par des gens qui ont des loisirs. C'est un art. La nature n'y intervient pas. Vous ne devez pas mépriser la vie mondaine – celle de la haute société, veux-je dire. Elle a beau être artificielle, elle peut être très satisfaisante et elle vous absorbe entièrement. Si l'on excepte la vie intellectuelle et la vie religieuse contemplative, qui sont l'apanage d'un petit nombre, qu'est-ce qui distingue l'homme de l'animal, sinon sa vie mondaine ? Et qui donc, sinon *les gens du monde*, comprend la vie et vous la rend si douce et si amusante ? Mais on ne peut pas mener de front une vie mondaine et une intrigue amoureuse. Il faut être parfaitement disponible pour savourer celle-ci. Aussi ai-je résilié tous mes engagements.

— Quel dommage, fit Linda, car je retourne à Londres dès demain matin.

— C'est vrai, je l'avais oublié. Quel dommage ! »

« Allô, allô.

— Hello ?

— Vous dormiez ?

— Bien sûr. Quelle heure est-il ?

— Deux heures environ. Puis-je vous voir ?

— Comment, tout de suite ?

— Oui.

— Je dois dire que ce serait très gentil, mais il y a une chose : que va dire le concierge de nuit ?

— Ma chère, comme c'est anglais ! *Eh bien ! je vais vous le dire : il ne se fera aucune illusion.*

— Je l'imagine.

— Mais je pense que de toute façon il ne s'en fait aucune. Après tout, je viens vous chercher trois fois par jour, vous ne voyez personne d'autre, et les Français sont assez prompts à remarquer ces choses, vous savez !

— Je vois.

— *Alors, c'est entendu, à tout à l'heure.* »

Le lendemain, Fabrice l'installa dans un appartement. Il dit que c'était plus commode.

« Quand j'étais jeune, lui expliqua-t-il, j'étais très romanesque et j'aimais à courir toutes sortes de risques. Je me cachais dans les placards, je pénétrais dans les maisons, dissimulé dans une malle, je me déguisais en valet de pied et escaladais les fenêtres. Comme je grimpais bien ! Je me souviens qu'une fois, au beau milieu d'une vigne vierge, il y avait un nid de guêpes. Quelle souffrance ! Pendant toute une semaine, j'ai dû porter une minerve. Mais à présent, je préfère mes aises. J'aime suivre une certaine routine et avoir une clé. »

« Vraiment, songeait Linda, personne ne peut être moins romanesque et plus pratique que Fabrice. Pas d'histoires avec lui. » Un peu de fantaisie, pourtant, ne lui aurait pas déplu…

L'appartement était très beau, grand, ensoleillé et décoré dans le goût moderne le plus coûteux. Il avait vue sur le bois de Boulogne, était orienté au midi et donnait directement sur la cime des arbres. La vue se composait d'arbres et de ciel. Les énormes baies s'ouvraient comme les vitres d'une automobile et tout le panneau de verre disparaissait dans le mur. C'était une grande joie pour Linda, qui adorait l'air frais et aimait à prendre des bains de soleil toute nue, durant des heures, jusqu'à devenir brûlante et dorée, engourdie et heureuse. Faisant partie de l'appartement, et sans aucun doute du personnel de Fabrice, il y avait une charmante femme de ménage d'un certain âge, prénommée Germaine. Plusieurs autres vieilles femmes vinrent l'aider, se succédant à une cadence vertigineuse. Il était évident que Germaine connaissait bien son service. En un clin d'œil elle sortit, repassa et rangea les affaires de Linda, puis s'en alla à la cuisine pour préparer le dîner. Linda ne pouvait s'empêcher de se demander combien d'autres femmes Fabrice avait entretenues dans cet appartement. Toutefois, comme elle avait peu de chances de le découvrir et, somme toute, n'y tenait pas, elle rejeta de telles pensées. Il n'y avait pas trace de prédécesseur : pas un numéro de téléphone griffonné quelque part, pas une tache de rouge à lèvres. L'appartement était comme installé de la veille.

Dans son bain, avant le dîner, Linda pensa à Tante Sadie avec quelque nostalgie. À présent elle, Linda, était une femme entretenue et adultère et elle savait combien c'était pour déplaire à Tante Sadie. Elle avait été fort mécontente quand Linda avait commis un adultère avec Christian, mais du moins il était anglais, il avait été officiellement présenté à Linda et elle connaissait son nom de famille ! De plus, Christian avait toujours eu l'intention de l'épouser. Mais combien plus fâchée serait Tante Sadie de voir sa fille ramasser un étranger inconnu, anonyme, et cohabiter avec lui dans le luxe. Entre le déjeuner clandestin d'Oxford et cette existence, elle avait franchi un grand pas. Oncle Matthew, eût-il connu la situation, aurait sans doute estimé que c'était un pas de plus sur la même pente. Il l'aurait désavouée à jamais, jetée à la rue, tué Fabrice ou commis quelque autre acte violent qui lui serait venu à l'esprit. Après quoi, il aurait trouvé matière à rire et tout se serait arrangé. Mais il en allait autrement de Tante Sadie. Elle ne dirait pas grand-chose, mais ressasserait tout cela, en aurait un chagrin profond, se demanderait si dans l'éducation de Linda il n'y avait pas eu quelque erreur de méthode qui avait entraîné un tel état de choses. Linda espérait de toutes ses forces que sa mère ne découvrirait jamais la vérité.

Au beau milieu de cette rêverie, la sonnerie du téléphone retentit… Germaine alla répondre, frappa à la porte de la salle de bains et dit :

« *Monsieur le Duc sera légèrement en retard, Madame !*

— Bon, merci », répondit Linda.

Au dîner, elle lui demanda :

« Pourrait-on savoir votre nom ?

— Ça ! dit Fabrice. Vous ne l'avez donc pas encore découvert ? Quel extraordinaire manque de curiosité ! Mon nom est Sauveterre. En bref, Madame, je suis fort aise de vous apprendre que je suis duc et fort riche, ce qui, somme toute, est bien agréable, même de nos jours.

— C'est merveilleux pour vous. Et, pendant que nous en sommes sur le chapitre de votre vie privée, êtes-vous marié ?

— Non.

— Pourquoi pas ?

— Ma fiancée est morte.

— Oh ! comme c'est triste. Comment était-elle ?

— Fort jolie.

— Plus jolie que moi ?

— Bien plus. Très comme-il-faut.

— Plus que moi ?

— *Vous, vous êtes une folle, Madame, sans aucune correction. Et elle, elle était gentille… mais d'une gentillesse, la pauvre…* »

Pour la première depuis qu'elle le connaissait, Fabrice était devenu infiniment sentimental, et Linda fut soudain saisie par les affres d'une terrible jalousie, si terrible qu'elle manqua défaillir. Si elle n'avait déjà reconnu le fait, elle aurait reçu la certitude définitive qu'elle avait rencontré le grand amour de sa vie.

« Cinq ans, dit-elle, c'est un long délai, quand tout est encore à venir. »

Mais Fabrice pensait toujours à sa fiancée.

« Elle est morte depuis plus de cinq ans ! Cela en fera quinze cet automne. Je porte toujours des roses sur sa tombe, de ces petites roses serrées avec des feuilles vert foncé qui ne s'ouvrent jamais complètement. Elles me font penser à elle. *Dieu, que c'est triste*.

— Et comment s'appelait-elle ? demanda Linda.

— Louise. *Enfant unique du dernier Rancé*. Je vais souvent rendre visite à sa mère, qui vit toujours. Une vieille dame remarquable. Elle a grandi en Angleterre à la cour de l'Impératrice Eugénie, et Rancé, malgré cela, l'a épousée par amour. Vous pouvez vous imaginer que tout le monde a trouvé cela bien étrange. »

Une grande mélancolie tomba sur eux. Linda ne voyait que trop clairement qu'elle ne pouvait espérer soutenir la comparaison avec cette fiancée qui non seulement était plus jolie et plus correcte qu'elle, mais qui aussi était morte ! Cela lui parut fort injuste. Eût-elle vécu, sa beauté se fût sans nul doute fanée après quinze années de mariage et sa correction eût pu devenir lassante. Morte, elle restait à jamais embaumée dans sa jeunesse, sa beauté et sa gentillesse.

Toutefois, après dîner, Linda retrouva le bonheur. C'était enivrant d'être aimée par Fabrice. C'était totalement différent de tout ce qu'elle avait jusqu'alors éprouvé.

(« Je fus bien obligée de conclure, me dit-elle à l'époque où elle me raconta son histoire, que ni Tony ni Christian n'avaient la moindre idée de ce que nous appelions jadis les "réalités de la vie". Mais je pense que tous les Anglais sont des amants lamentables. – Ce n'est pas vrai, répliquai-je, mais l'ennui, avec eux, c'est qu'ils ne s'y appliquent pas ; or il faut à la chose beaucoup d'application. Alfred, ajoutai-je, est merveilleux. – Chic », fit-elle, mais je trouvai qu'elle n'avait pas l'air convaincue.)

Ils restèrent longtemps assis devant la fenêtre ouverte. La soirée était chaude et, quand le soleil se fut couché, une lumière verte s'attarda un peu derrière les massifs noirs des arbres. Puis ce fut l'obscurité totale.

« Vous riez toujours quand vous faites l'amour ? demanda Fabrice.

— Je n'y ai pas pensé, mais je crois que oui. Habituellement je ris quand je suis heureuse, et je pleure quand je suis malheureuse. Je suis un être simple, vous savez. Vous trouvez ça drôle ?

— Très déconcertant au premier abord, je dois l'avouer.

— Mais pourquoi ? La plupart des femmes ne rient pas ?

— Certes non. Souvent même elles pleurent.

— Comme c'est extraordinaire ! Ça ne les amuse pas ?

— Ça n'a rien à voir avec l'amusement. Si elles sont jeunes, elles appellent leur mère, si elles sont pieuses, elles prient la Vierge de leur pardonner, mais je n'en ai jamais connu qui rient, avant vous. *Mais qu'est-ce que vous voulez, vous êtes une folle.* »

Linda était fascinée.

« Que font-elles d'autre ?

— Toutes, vous exceptée, disent : "*Comme vous devez me mépriser.*"

— Mais pourquoi les mépriseriez-vous ?

— Eh bien ! ma chère, c'est comme ça qu'on fait.

— Ce n'est vraiment pas juste ! D'abord vous les séduisez, et ensuite vous les méprisez, les pauvres. Vous êtes un vrai monstre.

— Ça leur plaît. Elles aiment à se démener en tous sens en disant : "*Qu'est-ce que j'ai fait ? Mon Dieu ! Hélas ! Fabrice, que pouvez-vous bien penser de moi ? Oh ! que j'ai honte.*" Ça fait partie du tout, à leur sens. Mais vous, vous semblez faire fi de toute honte, vous éclatez de rire. C'est bien étrange. *Pas désagréable, il faut l'avouer.*

— Et la fiancée alors ? demanda Linda. Vous ne la méprisiez pas ?

— *Mais non, voyons, bien sûr que non !* Elle était vertueuse.

— Vous voulez me faire croire que vous n'avez jamais couché avec elle ?

— Jamais ! Une chose pareille ne me serait jamais, au grand jamais, venue à l'esprit.

— Seigneur ! fit Linda. En Angleterre, nous le faisons toujours.

— *Ma chère, le côté animal des Anglais est bien connu !* Une race d'ivrognes et de gens incontinents, tout le monde sait ça.

— Eux ne le savent pas. Ils pensent la même chose des étrangers.

— Les Françaises sont les femmes les plus vertueuses du monde, dit Fabrice sur ce ton de fierté exagérée que prennent les Français pour parler de leurs compagnes.

— Seigneur ! dit Linda avec tristesse. Moi aussi, j'ai été vertueuse jadis. Je me demande ce qui m'est arrivé. J'ai fait fausse route quand j'ai épousé mon premier mari. Mais comment pouvais-je savoir ? Je le prenais pour un dieu et croyais l'aimer toujours. Puis j'ai encore fait fausse route quand je me suis sauvée avec Christian, mais je croyais que je l'aimais, et en fait je l'aimais bien plus que Tony, mais lui ne m'a jamais vraiment aimée, et très vite il s'est lassé de moi. Je n'étais pas assez sérieuse pour lui, sans doute. Enfin, si je n'avais pas fait tout cela, je n'aurais pas fini par échouer sur une valise à la gare du Nord et je ne vous aurais jamais connu, alors je suis bien contente. Et dans une autre vie, peu importe où je naîtrai, je me souviendrai qu'il faut que je me précipite sur les Grands Boulevards dès que j'aurai l'âge nubile et que là je trouverai un mari.

— Comme c'est gentil ! dit Fabrice. Et en effet, les mariages français sont généralement heureux, vous savez. Mon père et ma mère menèrent une vie conjugale sans nuages. Ils s'aimaient tant qu'ils n'allaient presque pas dans le monde. Ma mère vit encore dans une sorte de souvenir rayonnant. Quelle femme merveilleuse !

— Je dois vous dire, poursuivit Linda, que ma mère, l'une de mes tantes, l'une de mes sœurs et ma cousine sont des femmes vertueuses. Ainsi la vertu n'est pas une chose inconnue dans ma famille. Et du reste, Fabrice, que dites-vous de votre grand-mère ?

— Oui, dit Fabrice en soupirant. J'admets qu'elle était une grande pécheresse. Mais elle était aussi *une très grande dame*, et elle est morte munie des sacrements de l'Église. »

XVII

Leur vie nouvelle commença à s'engager dans une certaine routine. Chaque soir, Fabrice dînait avec elle dans l'appartement. Jamais plus il ne l'emmena au restaurant. Il restait près d'elle jusqu'à sept heures du matin. « *J'ai horreur de coucher seul* », disait-il. Il se levait à sept heures, s'habillait et rentrait chez lui à temps pour se mettre au lit et prendre le petit déjeuner qu'on lui apportait à huit heures. Tout en déjeunant il lisait les journaux, puis à neuf heures téléphonait à Linda et bavardait à bâtons rompus pendant une demi-heure, tout comme s'il ne l'avait pas vue depuis bien des jours.

« Continuez, lui disait-il quand il sentait qu'elle flanchait. *Allons, encore des histoires !* »

Pendant la journée elle ne le voyait presque jamais. Il déjeunait toujours avec sa mère, qui logeait à l'entresol de l'immeuble dont il occupait le rez-de-chaussée. Parfois il emmenait Linda visiter Paris dans l'après-midi, mais c'était rare, et en général il ne faisait son apparition que vers sept heures et demie, peu avant le dîner.

Linda passait ses journées à s'acheter des vêtements qu'elle payait avec les grosses liasses de billets que lui donnait Fabrice.

« Perdue pour perdue, se disait-elle, autant en profiter ! Et comme il me méprise de toute façon, cela ne change rien à l'affaire. »

Fabrice était ravi. Il portait le plus vif intérêt à ses toilettes, les examinait par le menu, lui faisait faire le mannequin, tout autour du salon, l'obligeait à les rapporter au magasin pour des rectifications dont elle ne voyait pas l'utilité, mais qui, en fin de compte, faisaient toute la différence. Jusqu'alors Linda n'avait jamais saisi pleinement la supériorité des vêtements français sur les anglais. À Londres, on l'avait considérée comme exceptionnellement bien habillée, à l'époque où elle était mariée à Tony. Elle se rendait compte, à présent, que d'après les critères français elle n'avait jamais pu prétendre à être *chic*. Les vêtements qu'elle avait lui parurent soudain si déplorablement démodés, si mesquins et piteux, si dénués d'allure, qu'elle commença par s'acheter une robe toute faite aux Galeries Lafayette, avant d'oser pénétrer dans une maison de couture. Quand elle en sortit, pourvue de quelques toilettes neuves, Fabrice lui conseilla de s'en commander beaucoup d'autres. Elle avait, disait-il, assez bon goût pour une Anglaise, encore qu'il se demandait si elle deviendrait jamais vraiment *élégante* au sens le plus vrai du mot.

« C'est en tâtonnant et en vous trompant, lui dit-il, que vous découvrirez votre *genre* et saurez ce que vous voulez. *Continuez donc, ma chère, allez-y. Jusqu'à présent ça ne va pas mal du tout !* »

Le temps était devenu chaud et lourd. Un temps de vacances, de bains de mer. Mais c'était l'année 1939, et les hommes pensaient non à la détente, mais à la guerre, non au maillot de bain, mais à l'uniforme, non à la musique de danse, mais à celle des clairons. Quant aux plages, elles allaient, dans les années à venir, servir de champs de bataille et non de lieux de plaisir. Chaque jour, Fabrice disait à Linda son vif désir de l'emmener dans le Midi, à Venise, ou dans son beau château du Dauphiné. Mais, étant réserviste, il s'attendait à être appelé d'un jour à l'autre. Cela n'ennuyait pas du tout Linda de rester à Paris. Elle pouvait à cœur joie prendre des bains de soleil dans son appartement. Elle n'éprouvait pas une appréhension spéciale devant la guerre imminente, étant par essence un être qui vivait dans le présent.

« Nulle part ailleurs, disait-elle, je ne pourrais ainsi me brunir toute nue, or c'est le seul genre de vacances qui me plaise. Je n'aime ni la natation, ni le tennis, ni la danse, ni le jeu, alors, voyez-vous, je suis tout aussi heureuse à me brunir au soleil et à courir les magasins, deux occupations parfaites pour le jour. Et la nuit, je vous ai, mon amour chéri. Je pense que je suis la femme la plus heureuse du monde. »

Par une après-midi torride de juillet, elle rentra chez elle en arborant un chapeau de paille tout neuf et particulièrement ravissant. Il était grand et simple, avec une guirlande de fleurs et deux nœuds bleus. Son bras droit retenait une brassée de roses et d'œillets et sa main gauche tenait un carton rayé, qui enfermait un autre chapeau délicieux. Elle introduisit sa clé dans la serrure et pénétra dans le salon, marchant bruyamment sur les hautes semelles de liège de ses sandales.

Les stores verts étaient baissés et la pièce remplie d'ombres chaudes. Deux d'entre elles se détachèrent soudain et se transformèrent en deux hommes, l'un maigre, l'autre moins : Davey et Lord Merlin.

« Seigneur ! » dit Linda.

Et elle se laissa tomber sur un sofa, éparpillant les roses à ses pieds.

« Ma parole, fit Davey, vous êtes ravissante. »

Linda avait vraiment peur. Elle était comme une enfant prise sur le fait, une enfant qui craint d'être privée de son jouet neuf. Elle les regarda tour à tour. Lord Merlin portait des lunettes noires.

« Vous êtes déguisé ? lui demanda Linda.

— Mais non, que signifie ?… Ah ! mes lunettes ? Je suis obligé de les porter, voyez-vous, quand je vais à l'étranger : j'ai un regard si doux que les mendiants et autres m'environnent et m'ennuient. »

Il les ôta et cligna des paupières.

« Pourquoi êtes-vous venus ?

— Vous ne semblez pas enchantée de nous voir, dit Davey. En fait, nous sommes venus voir si tout allait bien. Comme ce n'est que trop évident, nous pouvons très bien repartir.

— Comment avez-vous découvert ? Maman et P'pa savent ? continua-t-elle d'une voix défaillante.

— Non, ils ne savent absolument rien. Ils vous croient encore avec Christian. Nous ne sommes pas venus, ma chère Linda, avec la mentalité de deux oncles d'époque victorienne, si c'est cela que vous vous imaginez. Il se trouve qu'un homme que je connais est allé à Perpignan. Il m'a dit que Christian vivait avec Lavender Davis.

— Chic alors ! fit Linda.

— Quoi ? Et que vous étiez partie depuis six semaines. Je suis allé à Cheyne Walk et vous n'y étiez pas, évidemment. Alors, Merlin et moi, nous sommes inquiétés à l'idée que vous erriez de par le Continent, vous si incapable de mener votre barque. (C'est ce que nous pensions, mais comme nous avions tort !) En même temps, nous étions follement curieux de découvrir votre gîte et vos conditions d'existence, alors nous avons fait appel à une agence discrète qui nous a révélé votre demeure. Quant aux circonstances de votre vie… elles sont claires comme le jour, et moi, pour ma part, j'en suis infiniment soulagé.

— Vous nous en avez donné, une frayeur ! dit Lord Merlin avec mauvaise humeur. Une autre fois, quand vous jouerez les Cléo de Mérode, vous pourriez nous envoyer une carte postale. Il faut avouer que c'est un grand plaisir de vous voir dans ce rôle. Pour rien au monde je n'aurais voulu manquer cela. Je ne m'étais pas rendu compte, Linda, que vous étiez une si belle femme. »

Davey rit doucement pour lui-même.

« Dieu, que tout cela est drôle ! Si merveilleusement démodé ! Les paquets ! Les fleurs. Si éminemment victorien ! Depuis que nous sommes ici, on a livré des cartons toutes les cinq minutes. Quel piment vous donnez à la vie, chère Linda ! Lui avez-vous déjà dit qu'il devait renoncer à vous et épouser une pure jeune fille ? »

Linda dit, de façon désarmante :

« Ne me taquinez pas, Davey. Vous ne pouvez imaginer à quel point je suis heureuse.

— Oui, vous en avez l'air, il faut bien l'avouer. Oh ! cet appartement ! Il est inénarrable !

— J'étais en train de penser, dit Lord Merlin, que le goût change, mais en suivant un plan stéréotypé. Jadis les Français faisaient vivre leur maîtresse dans des appartements qui étaient tous sur le même modèle et où la note dominante, pourrait-on dire, était la dentelle et le velours. Les murs, le lit, la coiffeuse, la baignoire elle-même étaient drapés de dentelles, et tout le reste était en velours. Aujourd'hui on remplace la dentelle par du verre, et tout le reste est en satin. Je parie que vous avez un lit en verre, Linda ?

— Oui, mais…

— Et une coiffeuse et une salle de bains en verre ? Je ne serais pas surpris que votre baignoire fût en verre avec des poissons rouges nageant dans les parois. À toutes les époques, le poisson rouge a été le motif dominant.

— Vous avez regardé, fit Linda. C'est malin !

— Oh, c'est divin ! s'écria Davey. Alors il a raison ? Il n'a pas regardé, je le jure, mais vous voyez que ce n'est pas assez ingénieux pour qu'on ne puisse deviner.

— Tout de même, dit Lord Merlin, il y a bien quelques objets ici qui relèvent le niveau. Un Gauguin, deux Matisse (un peu bigarrés, mais réussis) et ce tapis de la Savonnerie. Votre protecteur doit être très fortuné ?

— En effet, fit Linda.

— Dans ce cas, Linda chérie, pourrait-on demander une tasse de thé ? »

Elle sonna et bientôt Davey put se jeter sur des éclairs et des millefeuilles avec l'abandon d'un collégien.

« Je vais le payer cher, dit-il avec un sourire de bravade, mais tant pis : on n'est pas à Paris tous les jours. »

Lord Merlin déambulait, sa tasse de thé à la main. Il prit un livre que Fabrice avait donné à Linda la veille, un recueil de poètes romantiques.

« Est-ce cela que vous lisez à présent ? demanda-t-il. "*Dieu ! que le son du cor est triste au fond des bois*." Quand j'habitais Paris, j'avais un ami qui avait pour animal domestique un boa, et ce boa s'introduisit dans un cor anglais. Mon ami me téléphona dans un état terrible en me disant : "*Dieu que le son du boa est triste au fond du cor !*" Jamais je n'ai pu l'oublier.

— À quelle heure votre amant arrive-t-il d'habitude ? demanda Davey en tirant sa montre.

— Guère avant sept heures. Restez donc pour faire sa connaissance. C'est un *Honorable Formidable* !

— Non, merci, pas pour un empire.

— Qui est-ce ? demanda Lord Merlin.

— On l'appelle le duc de Sauveterre. »

Davey et Lord Merlin échangèrent un regard de profonde surprise, mêlée à un amusement scandalisé.

« Fabrice de Sauveterre ?

— Oui. Vous le connaissez ?

— Linda chérie, devant votre regard de femme avertie, on oublie toujours à quel point vous êtes une petite provinciale. Naturellement que nous le connaissons et que nous savons tout de lui, et qui plus est, tout le monde est dans ce cas, vous excepté !

— Alors, vous ne trouvez pas que c'est un *Honorable Formidable* ?

— Fabrice, dit Lord Merlin avec emphase, est sans nul doute l'un des hommes les plus pervers d'Europe, en ce qui concerne les femmes. Mais je dois admettre que c'est le plus agréable des compagnons.

— Vous vous souvenez à Venise ? dit Davey. On le voyait à l'œuvre dans sa fameuse gondole. Il les prenait l'une après l'autre, comme des lapins de garenne, les pauvres petites.

— Veuillez vous souvenir, dit Linda, que c'est lui qui vous offre à goûter en ce moment.

— Oui, certes, et c'est délicieux ! Encore un éclair, Linda, s'il vous plaît. Cet été-là, poursuivit-il, il a enlevé la bonne amie de Ciano. Il y en a eu, un branle-bas ! Jamais je ne l'oublierai. Et puis, une semaine plus tard, il l'a plaquée à Cannes et il est allé à Salzbourg avec Martha Birmingham, et ce pauvre vieux Claude a tiré sur lui quatre fois et l'a raté à chaque coup.

— Fabrice a une vie ensorcelée, dit Lord Merlin. Je ne pense pas qu'on ait tiré aussi souvent sur quelqu'un d'autre, mais à ma connaissance il n'a jamais eu la moindre égratignure. »

Linda restait imperméable à ces révélations dont elle avait eu un avant-goût par Fabrice lui-même. De toute manière, qu'importe à une femme d'entendre raconter les hauts faits passés de son amant ? C'est l'avenir seul qui a le pouvoir de terrifier.

« Allons, Merlin, fit Davey. Il est temps que cette *petite femme* se mette en *négligé*. Dieu ! quelle scène il y aura quand il respirera l'odeur du cigare de Merlin ! Ça ne m'étonnerait pas qu'il y ait un *crime passionnel* ! Adieu, Linda chérie, nous allons dîner avec des amis intellectuels, savez-vous. Viendriez-vous déjeuner demain au Ritz avec nous ? Alors, vers une heure ? Au revoir. Nos amitiés pour Fabrice. »

Quand Fabrice arriva, il renifla un peu, puis demanda à qui était le cigare. Linda lui donna des explications.

« Ils disent vous connaître.

— *Mais bien sûr ! Merlin, tellement gentil et l'autre… Warbeck, toujours si malade, le pauvre. Je les ai connus à Venise*. Qu'ont-ils pensé de tout ceci ?

— Eh bien ! l'appartement les a fait rire aux éclats !

— Je l'imagine. Il ne vous convient pas du tout, cet appartement, mais il est commode et avec la guerre qui approche…

— Oh ! mais je l'adore. Rien ne me plairait moitié autant. Ils ont été très malins de me dénicher, ne trouvez-vous pas ?

— Est-il possible que vous n'ayez jamais dit à personne où vous étiez ?

— En vérité, je n'y ai point songé. Les jours passent, vous savez… on n'y pense pas, tout simplement.

— Et ils ont attendu six semaines avant de penser à vous rechercher ?… Votre famille m'a l'air plutôt décousue ! »

Linda subitement se jeta dans ses bras et lui dit avec beaucoup de passion :

« Jamais. Ne me laissez jamais retourner auprès d'eux !

— Ma chérie, mais vous les aimez ? Maman et P'pa, et Matt, et Robin, et Victoria, et Fanny ? Que voulez-vous dire ?

— Je ne veux plus jamais me séparer de vous tant que je vivrai !

— Ah ? mais cependant, vous y serez forcée, bientôt sans doute. La guerre va éclater, vous savez ?

— Pourquoi ne puis-je rester ici ? Je pourrais travailler, je pourrais être infirmière… enfin, peut-être pas infirmière, mais quelque chose comme ça.

— Si vous promettez de faire ce que je vous dirai, vous pourrez peut-être rester ici pendant quelque temps. Au début, nous ne ferons que regarder les Allemands au-delà de la ligne Maginot. Je serai à ce moment-là souvent à Paris. Je ferai la navette entre Paris et le front, mais resterai surtout ici. J'aurai besoin alors de votre présence. Puis, l'un ou l'autre, nous ou les Allemands (mais je crains bien que ce ne soient les Allemands), traversera la frontière et une guerre de mouvement se déclenchera. Je serai prévenu de cette étape et il faut me promettre qu'à l'instant même où je vous dirai de regagner Londres vous partirez, même si vous n'en voyez pas la raison. Mon travail serait sérieusement compromis si vous restiez ici.

Ainsi voulez-vous me faire une promesse solennelle tout de suite ?

— Entendu, dit Linda. Je promets solennellement. Je ne crois pas qu'il puisse m'arriver quelque chose de bien terrible, mais je promets de faire comme vous dites. À présent, voulez-vous me promettre de venir me retrouver à Londres dès que tout sera terminé ? Promettez !

— Oui ! dit Fabrice. Je promets. »

Le déjeuner avec Davey et Lord Merlin fut un repas sombre sur lequel pesa le souci. Les deux hommes avaient veillé tard avec leurs « amis littéraires » et en portaient tous les signes. Davey commençait à éprouver les affres cruelles de la dyspepsie. Lord Merlin, lui, souffrait tout simplement d'une honnête « gueule de bois » et, quand il ôta ses lunettes, son regard n'avait rien de doux. Mais Linda était de loin la plus malheureuse des trois. Elle était complètement démontée d'avoir entendu deux dames françaises parler de Fabrice dans le hall.

Elle était comme toujours, selon une vieille habitude de ponctualité inculquée par Oncle Matthew, arrivée assez en avance. Comme Fabrice ne l'avait jamais emmenée au Ritz, elle trouvait cela fort agréable. Elle savait qu'elle était aussi jolie et aussi bien habillée que n'importe quelle autre femme présente et, tout heureuse, s'était installée dans le hall, pour attendre les autres. Soudain, avec ce coup au cœur que l'on reçoit dès que le nom de l'être aimé est prononcé par des inconnus, elle entendit :

« Et vous avez vu Fabrice, ces temps-ci ?

— Oui, je le vois assez souvent chez Mme de Sauveterre, mais il ne va nulle part, comme vous le savez.

— Et Jacqueline, alors ?

— Toujours en Angleterre. Il est tout à fait désemparé, sans elle, ce pauvre Fabrice, comme un chien qui n'a pas de maître. Il reste tristement à la maison, ne paraît jamais dans les réceptions, ne va pas à son club, ne voit personne. Sa mère se fait beaucoup de souci pour lui.

— Qui eût cru Fabrice capable d'une telle fidélité ? Ça fait combien de temps ?

— Cinq ans, je crois bien. Un *ménage* merveilleusement heureux.

— Mais Jacqueline ne va-t-elle pas revenir bientôt ?

— Pas avant la mort de sa vieille tante. Il paraît qu'elle change constamment son testament et Jacqueline trouve qu'elle doit rester près d'elle. Après tout, il faut qu'elle pense à son mari et à ses enfants.

— C'est dur pour Fabrice.

— Qu'est-ce que vous voulez ? Sa mère me dit qu'il téléphone à Jacqueline chaque matin et lui parle pendant une heure. »

À ce moment Davey et Lord Merlin, l'air las et furieux, arrivèrent et entraînèrent Linda pour déjeuner. Elle souhaitait ardemment rester là et écouter davantage cette conversation torturante, mais, repoussant les cocktails avec horreur, ils la bousculèrent vers le restaurant où ils furent à peine gentils avec elle, et franchement désagréables l'un avec l'autre.

Elle croyait que ce repas ne prendrait jamais fin. Quand il se termina, elle se jeta dans un taxi et se fit conduire au logis de Fabrice. Elle devait tout connaître sur Jacqueline, elle devait connaître les intentions de Fabrice. Le retour de Jacqueline serait-il le signe qu'elle devrait partir comme elle l'avait promis ? Une guerre de mouvement, en effet !

La servante lui dit que Monsieur le Duc venait de sortir avec madame la Duchesse, mais qu'il serait de retour dans une heure environ. Linda dit qu'elle l'attendrait et on l'introduisit dans le salon de Fabrice. Elle enleva son chapeau et erra de-ci, de-là, inquiète. Elle y était déjà venue plusieurs fois avec Fabrice, et ce logis, après son appartement brillamment ensoleillé, lui avait paru un peu morne. Maintenant qu'elle s'y trouvait seule, elle commença à percevoir l'extrême beauté de cette pièce, une beauté grave, solennelle, qui la pénétrait. Le salon était très haut de plafond, de forme rectangulaire, avec des boiseries gris Trianon et des rideaux de brocart rouge cerise. Il donnait sur une cour et ne recevait jamais un rayon de soleil, ce n'était pas dans le plan. C'était un intérieur civilisé qui n'avait rien à voir avec le plein air. Chaque objet y était parfait. Les meubles avaient les lignes sévères et les belles proportions des années 1780. Il y avait un portrait peint par Nattier, représentant une dame tenant un perroquet sur son poignet, un buste de femme par Le Moyne, un tapis comme celui de l'appartement de Linda, mais plus grand et plus majestueux, avec un énorme écusson au milieu. Une immense bibliothèque en bois sculpté ne contenait que les classiques français, dans des reliures modernes en maroquin, portant les armes des Sauveterre et, sur une table, un exemplaire ouvert des *Roses* de Redouté.

Linda commença à retrouver son calme, mais se sentit en même temps envahie de tristesse. Elle voyait que cette pièce révélait un aspect du caractère de Fabrice qu'elle avait à peine été autorisée à saisir, et qui prenait racine dans l'ancienne noblesse civilisée de la France. C'était le Fabrice essentiel, ce côté de lui qu'elle ne pourrait jamais partager. Elle resterait toujours en dehors, cantonnée dans son appartement moderne et ensoleillé, à l'écart de tout ceci, sévèrement à l'écart, même si leur liaison devait durer toujours. Les origines de la famille Radlett « se perdaient dans les brumes de l'Antiquité », mais les origines de la famille de Fabrice ne se perdaient point du tout. Elles étaient ici, et chaque génération se rattachait à la suivante. « Les Anglais, songea-t-elle, se libèrent de leurs ancêtres, c'est la grande force de notre aristocratie, mais Fabrice porte la sienne sur lui et n'y échappera jamais. »

Elle commença à entrevoir que ses concurrents, ses ennemis étaient ici même et que Jacqueline n'était rien en comparaison. Oui, ici, et dans la sépulture de Louise. Venir là et faire une scène à propos d'une rivale était absolument dénué de sens. Elle n'existait pas et elle allait se plaindre d'une femme qui n'existait pas davantage ! Fabrice en serait agacé, comme les hommes le sont toujours en pareil cas, et elle n'obtiendrait aucune satisfaction. Elle croyait entendre sa voix sèche et sarcastique : « Ah ! vous me grondez, Madame ? »

Mieux valait s'en aller. Mieux valait ne tenir aucun compte de toute cette affaire. Son seul espoir était de préserver la situation actuelle, de garder ce bonheur dont elle jouissait jour après jour, heure après heure, et de ne pas penser à l'avenir. Il ne lui réservait rien de bon. Il fallait le laisser tranquille. De plus, l'avenir de chacun était compromis à présent que la guerre était imminente, cette guerre qu'elle oubliait sans cesse.

Elle dut pourtant se la rappeler le soir même, lorsque Fabrice apparut en uniforme.

« Encore un mois, je pense, dit-il. Dès qu'on aura rentré la moisson.

— Si cela dépendait des Anglais, dit Linda, ils attendraient d'avoir fait leurs emplettes de Noël ! Oh ! Fabrice, cela ne va pas durer longtemps, dites ?

— Ce sera fort désagréable pendant que cela durera, fit Fabrice. Vous êtes venue chez moi, aujourd'hui ?

— Oui. Après avoir déjeuné avec ces deux rabat-joie, j'ai soudain senti que j'avais terriblement envie de vous voir.

— *Comme c'est gentil !* » Il lui jeta un regard ironique comme s'il venait de découvrir quelque chose. « Mais pourquoi n'avez-vous pas attendu ?

— Vos ancêtres m'ont fait fuir.

— Vraiment ? Mais vous avez des ancêtres vous-même, ce me semble ?

— Oui, mais ils n'imposent pas leur présence de la même manière que les vôtres.

— Vous auriez dû attendre, dit Fabrice. C'est toujours un très grand plaisir de vous voir, tant pour moi que pour mes ancêtres. Cela nous égaie tous. »

Germaine entra à ce moment, portant de grandes brassées de fleurs, et un mot de Lord Merlin ainsi libellé : *Ce n'est que de l'eau à la rivière. Nous rentrons chez nous par le Ferry. Croyez-vous que je ramènerai Davey vivant ? Ci-inclus un petit quelque chose qui pourrait un jour vous être utile.* C'était un chèque de vingt mille francs.

« Je dois dire, fit Linda, que, malgré ce regard cruel qu'il a, il est plein de prévenances pour chacun. »

Après les événements du jour, elle se sentait sentimentale.

« Dites-moi, Fabrice, qu'avez-vous pensé au premier instant, lorsque vous m'avez vue pour la première fois ?

— Si vous tenez vraiment à le savoir, je me suis dit : "Tiens, elle ressemble à la petite Bosquet."

— Qui est-ce ?

— Il y a deux sœurs Bosquet : l'aînée, qui est une beauté et la petite, qui vous ressemble.

— Merci beaucoup, dit Linda. J'aimerais autant ressembler à l'autre ! »

Fabrice se mit à rire :

« Ensuite je me suis dit : comme c'est amusant, le côté démodé de tout ça ! »

Quand la guerre, qui menaçait depuis si longtemps, éclata effectivement six semaines plus tard, Linda y fut étrangement peu sensible. Elle était enveloppée dans le présent, dans sa vie personnelle, détachée et dépourvue d'avenir, qui lui semblait de toute manière bien précaire et qu'elle vivait au jour le jour. Les événements externes pénétraient à peine sa conscience. Quand elle pensait à la guerre, elle éprouvait comme un soulagement de la voir commencée, puisque le début est le premier pas vers la fin. Elle ne se rendait pas compte que la guerre avait commencé en nom, mais pas en fait. Certes, si la guerre avait emporté Fabrice, elle eût adopté une tout autre attitude, mais son travail, lié au Deuxième Bureau, le retenait presque constamment à Paris et en réalité elle le voyait plus souvent qu'auparavant, car il s'était installé chez elle après avoir fermé son appartement et envoyé sa mère à la campagne. Il apparaissait et disparaissait à n'importe quel moment du jour ou de la nuit. Sa vue était une joie constante pour Linda, et, comme elle n'imaginait pas plus grand bonheur que de voir sa silhouette occuper la place vacante qu'elle avait devant ses yeux, ces apparitions soudaines la maintenaient dans un état d'espérance joyeuse, et leurs rapports sur des sommets exaltants.

Depuis la visite de Davey, Linda avait reçu des lettres de sa famille. Il avait donné son adresse à Tante Sadie, en lui disant que Linda « travaillait pour la guerre » à Paris, « veillant au bien-être de l'armée française », avait-il ajouté, avec quelque semblant de vérité ! Tante Sadie en fut contente. Elle trouvait que Linda était très bonne de travailler si dur. (Davey avait dit : « Parfois toute la nuit. ») Elle était ravie de savoir qu'elle gagnait sa vie, car le travail volontaire est souvent décevant et coûteux. Oncle Matthew trouvait dommage de travailler pour des étrangers et regrettait que ses enfants aimassent tant traverser les mers, mais il approuvait beaucoup, lui aussi, le travail de guerre. Il était, quant à lui, tout à fait dégoûté par le ministère de la Guerre, qui se montrait incapable de lui fournir l'occasion de répéter son exploit avec la pelle-pioche, ou de l'occuper d'aucune façon. Il se promenait comme un tigre en cage, rempli du désir insatisfait de combattre pour son Roi et sa Patrie.

Moi-même j'écrivis à Linda et lui parlai de Christian, qui était rentré à Londres, avait quitté le parti communiste et s'était engagé. Lavender aussi était revenue. Elle était mobilisée dans les ATS. Christian n'était nullement curieux de savoir ce qu'était devenue Linda. Il n'avait même pas l'air de vouloir divorcer d'elle pour épouser Lavender. Il s'était jeté corps et âme dans la vie militaire et ne pensait qu'à la guerre.

Avant de quitter Perpignan, il avait fait libérer Matt, qui, après maintes tergiversations, avait consenti à quitter ses camarades espagnols pour se joindre, sur un autre front, à la lutte contre le fascisme. Il rejoignit l'ancien régiment d'Oncle Matthew et on racontait qu'au mess il agaçait les autres officiers en leur démontrant qu'ils instruisaient leurs hommes de travers et qu'à la bataille de l'Èbre on avait fait comme ci et comme ça. À la fin, le colonel, qui avait l'esprit plus vif que les autres, tomba sur la réponse évidente : « En tout cas, c'est votre côté qui a perdu ! » Ceci en termina avec les leçons de tactique de Matt, mais le rejeta vers les statistiques : « Trente mille Allemands et Italiens, cinq cents avions allemands », etc., ce qui n'était pas plus drôle…

Linda n'entendit plus parler de Jacqueline et oublia peu à peu le désespoir où l'avaient plongée les quelques paroles recueillies par hasard au Ritz. Elle ne cessait de se dire que nul ne connaît vraiment le cœur d'un homme, même pas (peut-être surtout pas) sa mère, et qu'en amour ce sont les actes qui comptent. À présent Fabrice n'avait pas assez de temps pour deux femmes. Il passait auprès d'elle chacun de ses instants disponibles et cela seul la rassurait. De plus, tout comme ses mariages avec Tony et Christian avaient été nécessaires afin de la conduire à sa rencontre avec Fabrice, ainsi l'autre liaison de Fabrice l'avait conduit à rencontrer Linda. Sans nul doute il venait d'accompagner Jacqueline à la gare du Nord quand il avait découvert Linda pleurant sur sa valise. Se mettant à la place de Jacqueline, elle comprit que sa place à elle était bien plus enviable. En tout cas, la rivale dangereuse n'était pas Jacqueline, mais cette figure estompée et vertueuse surgie du passé : Louise. Chaque fois que Fabrice montrait des velléités d'être un peu moins terre à terre, un peu plus léger et romantique, c'était de sa fiancée qu'il se mettait à parler, s'attardant avec une douce tristesse sur sa beauté, sa noble origine, ses vastes domaines, sa manie religieuse. Un jour, Linda émit l'hypothèse que, si Louise avait vécu assez pour devenir une épouse, elle n'aurait peut-être pas été très heureuse.

« Ces expéditions dans les chambres à coucher, dit-elle, n'en aurait-elle pas été peinée ? »

Fabrice eut l'air profondément choqué et, sur un ton de reproche, déclara que ces aventures n'auraient jamais eu lieu, et qu'il avait, en ce qui concernait le mariage, l'idéal le plus élevé. Il aurait consacré toute sa vie au bonheur de Louise. Linda essuya la réprimande, mais ne fut pas très convaincue.

À cette époque, Linda aimait à observer les sommets des arbres qu'elle voyait de sa fenêtre. Depuis qu'elle vivait dans cet appartement, ils avaient évolué, passant d'un vert cru tranchant sur un ciel très bleu, à un vert foncé sur un ciel de lavande, puis à un jaune contre un ciel d'azur. Et maintenant ils étaient de noirs squelettes devant un ciel sombre, et le jour de Noël était arrivé. On ne pouvait plus garder les fenêtres ouvertes jusqu'à ce que les arbres disparaissent dans la nuit, mais, quand il y avait du soleil, il inondait les pièces et l'appartement était toujours chaud comme une galette. Ce matin de Noël, Fabrice arriva par surprise avant qu'elle soit levée, les bras chargés de paquets, et bientôt le plancher de sa chambre fut couvert de vagues de papier de soie. Parmi elles, tels des épaves ou des monstres à demi submergés par une mer sans profondeur, apparaissaient manteau de fourrure, chapeaux, mimosas, fleurs artificielles, plumes, parfums, gants, bas, lingerie, et un petit bouledogue.

Linda avait dépensé les vingt mille francs de Lord Merlin à acheter pour Fabrice un minuscule Renoir : dix centimètres de paysage marin, une petite tache d'un bleu éclatant. Elle avait trouvé qu'il irait à merveille dans la chambre de Fabrice, rue Bonaparte. Rien n'était plus difficile que d'acheter des cadeaux pour Fabrice. Elle ne connaissait personne qui possédât un plus grand choix de bijoux, bibelots et objets rares de toutes sortes. Il fut enchanté par le Renoir. Il dit que rien n'eût pu lui faire plus plaisir, et Linda sentit que c'était vrai.

« Comme il fait froid aujourd'hui ! dit-il. Je viens d'aller à l'église.

— Fabrice, comment pouvez-vous aller à l'église quand il y a moi ?

— Et pourquoi pas ?

— Vous êtes catholique, n'est-ce pas ?

— Naturellement je suis catholique. Que croyez-vous ? Ai-je l'air d'un calviniste ?

— Mais est-ce que vous ne vivez pas en état de péché mortel ? Alors que se passe-t-il quand vous vous confessez ?

— *On ne précise pas*, fit Fabrice, désinvolte, et, de toute manière, ces petits péchés de la chair sont sans importance. »

Linda eût aimé croire qu'elle était autre chose dans la vie de Fabrice qu'un petit péché de la chair, mais elle s'était habituée, dans ses rapports avec lui, à se heurter à ces portes fermées. Elle avait acquis une saine philosophie et savait reconnaître tout le bonheur qu'elle recevait.

« En Angleterre, dit-elle, il y a toujours des gens qui renoncent les uns aux autres, sous prétexte qu'ils sont catholiques. C'est quelquefois bien triste pour eux. Il y a des tas de livres anglais qui en parlent, vous savez.

— *Les Anglais sont des insensés, je l'ai toujours dit !* À vous entendre, on croirait presque que vous voulez qu'on renonce à vous. Qu'est-il arrivé depuis samedi ? Vous n'êtes pas lasse de votre "travail de guerre", j'espère ?

— Non, non, Fabrice. Je voulais savoir, c'est tout.

— Mais vous avez l'air toute triste, *ma chérie* ? Qu'y a-t-il ?

— Je pensais au jour de Noël à la maison. Je me sens toujours sentimentale à Noël.

— Si ce dont j'ai parlé arrivait, et que je doive vous renvoyer en Angleterre, vous rentreriez chez votre père ?

— Oh non ! dit Linda. De toute façon, ça n'arrivera pas. Tous les journaux anglais assurent que nous tuons les Allemands avec notre blocus.

— *Le blocus ?* dit Fabrice avec impatience. *Quelle blague ! Je vais vous dire, Madame, ils se fichent pas mal de votre blocus !* Donc : où iriez-vous ?

— Dans ma maison à moi, à Chelsea, où j'attendrais votre venue.

— Ça pourrait durer des mois ou des années.

— J'attendrai », dit-elle.

Les sommets squelettiques des arbres commencèrent à s'étoffer, prenant une teinte rosée qui, graduellement, se mua en or vert. Souvent le ciel était bleu et certains jours Linda put de nouveau ouvrir ses fenêtres et s'étendre nue au soleil, dont les rayons, maintenant, avaient une certaine vigueur. Elle avait toujours aimé le printemps. Elle adorait les soudaines sautes de température, les retours vers l'hiver, les avancées vers le printemps. Cette année-là, vivant dans ce beau Paris, ses perceptions avivées par sa forte vie émotive, le printemps la toucha au plus profond d'elle-même. Il y avait maintenant une curieuse tension dans l'air, une atmosphère plus nerveuse, très différente de celle qui régnait avant Noël, et la ville était pleine de rumeurs. Linda pensait souvent à l'expression *fin de siècle*. Il y avait, songeait-elle, une certaine analogie entre l'état d'esprit qu'elle reflétait et celui qui régnait à présent. Seulement c'était plutôt comme une « fin de vie ». C'était comme si tout le monde autour d'elle, et elle-même, vivait les derniers jours de sa vie, mais ce sentiment bizarre ne la troublait pas : elle était la proie d'un fatalisme calme et heureux. Elle occupait les heures qui séparaient les visites de Fabrice à s'étendre au soleil quand il y en avait, et à jouer avec son chiot. Sur les conseils de Fabrice, elle commença même à se commander de nouvelles toilettes pour l'été. Il semblait considérer l'acquisition de vêtements comme l'un des devoirs premiers de la femme. Il fallait s'y tenir à travers guerres et révolutions, à travers la maladie et jusqu'à la mort. Sur ce point, il était semblable à ceux qui se disent : « Quoi qu'il arrive il faut labourer, rentrer le bétail. La vie doit continuer. » Il était si essentiellement citadin que pour lui le déroulement des saisons était marqué par les *tailleurs* de printemps, les *imprimés* d'été, les *ensembles* d'automne et les fourrures d'hiver de sa maîtresse.

Par une magnifique journée bleu et blanc d'avril, balayée de vent, le coup tomba. Fabrice, que Linda n'avait pas vu de toute une semaine, arriva du front, l'air grave et préoccupé, et lui dit qu'elle devait rentrer en Angleterre immédiatement.

« J'ai une place pour vous dans l'avion de cette après-midi, lui dit-il. Il faut faire une petite valise et le reste suivra par le train. Germaine s'en occupera. Je dois aller au ministère de la Guerre. Je reviendrai dès que je pourrai, en tout cas à temps pour vous conduire au Bourget. Allons, ajouta-t-il, nous avons juste le temps de faire un peu de "travail de guerre". »

Il était de son humeur la plus terre à terre et la moins romantique.

À son retour, il avait l'air encore plus préoccupé. Linda l'attendait. La valise était bouclée. Elle avait mis le tailleur bleu qu'elle portait quand il l'avait vue la première fois et tenait son vieux manteau de vison sur le bras.

« *Tiens !* dit Fabrice qui remarquait toujours aussitôt ce qu'elle portait. Qu'est-ce que c'est ? Un déguisement ?

— Fabrice, vous devez comprendre que je ne puis emporter les choses que vous m'avez données. J'ai été heureuse de les avoir tant que j'étais ici et tant que vous aviez du plaisir à les voir sur moi, mais après tout j'ai quelque fierté. *Je n'ai tout de même pas été élevée dans un bordel !*

— Ma chère, tâchez de ne pas être une petite-bourgeoise, cela ne vous sied guère ! Vous n'avez pas le temps de vous changer, mais attendez… »

Il alla dans sa chambre à coucher et en revint portant le long manteau de zibeline qu'il lui avait offert parmi les cadeaux de Noël. Il prit le vison, le roula, le jeta dans la corbeille et posa l'autre sur son bras à la place.

« Germaine vous fera suivre vos affaires, dit-il. Allons. Maintenant, il faut que nous partions. »

Linda fit ses adieux à Germaine, ramassa le petit bouledogue et suivit Fabrice dans l'ascenseur, puis dans la rue.

Elle ne comprenait pas pleinement qu'elle quittait cette vie heureuse à tout jamais.

XVIII

Elle continua à ne pas comprendre au moment où elle se retrouva à Cheyne Walk. Le monde, certes, était gris et froid, et le soleil se cachait derrière les nuages, mais ce n'était que pour un temps. Il se montrerait à nouveau et bientôt elle se trouverait enveloppée par la chaleur et la lumière qui avaient laissé en elle une si douce flamme. Le ciel avait encore des réserves d'azur. Le petit nuage disparaîtrait. Puis, comme il arrive parfois, le nuage, qui avait d'abord semblé si petit, commença à grossir et finit par former un voile épais et gris qui étouffa l'horizon. Les mauvaises nouvelles se mirent à affluer, puis ce furent les jours terribles, les semaines inoubliables. Une abominable vague d'acier déferlait sur la France, roulait vers l'Angleterre, avalant sur son passage les chétifs humains qui tentaient de l'arrêter, avalant Fabrice, Germaine, l'appartement, les mois passés de la vie de Linda, avalant Alfred, Bob, Matt et le petit Robin, arrivant sur nous pour nous engloutir tous. À Londres, les gens pleuraient ouvertement dans les autobus, dans la rue, pleuraient sur l'armée anglaise qui était perdue.

Puis soudain, un beau jour, l'armée anglaise réapparut ! Il y eut un soulagement si immense qu'on eût pu croire la guerre finie et gagnée ! Alfred, Bob et Matt et le petit Robin revinrent, et, comme de nombreux soldats français étaient arrivés avec eux, Linda eut l'espoir que Fabrice se trouvait parmi eux. Des jours entiers elle resta près du téléphone, et, quand il sonnait et que ce n'était pas Fabrice, elle en voulait au malheureux interlocuteur. J'en sais quelque chose, car je fus du nombre... Elle fut si furieuse de mon appel, que je laissai tomber le récepteur et courus à Cheyne Walk.

Je la trouvai occupée à défaire une énorme malle qui venait d'arriver de France. Jamais je n'avais vu Linda si belle. J'en eus la respiration coupée et me rappelai que Davey, en rentrant de Paris, nous avait dit que Linda tenait enfin les promesses de son enfance, et qu'elle était devenue une beauté.

« Comment crois-tu que cette malle me soit parvenue ? me demanda-t-elle entre le rire et les larmes. Quelle drôle de guerre ! Les employés des Chemins de Fer du Sud viennent de me la livrer. Je n'ai eu qu'à donner une signature, tout comme si nous vivions en des temps normaux... Je n'y comprends rien. Qu'est-ce que tu fais à Londres, ma chérie ? »

Elle semblait ne plus se rappeler m'avoir parlé une demi-heure plus tôt et même m'avoir rembarrée au téléphone.

« Je suis venue avec Alfred. Il faut qu'il se procure tout un équipement neuf et il a toutes sortes de gens à voir. Je crois qu'il va repartir bientôt pour l'étranger.

— C'est chic de sa part, dit Linda, puisqu'il n'aurait sans doute pas besoin de s'engager. Que raconte-t-il sur Dunkerque ?

— Il dit que c'était comme dans un magazine pour collégiens. Il a l'air d'y avoir vécu une aventure fascinante.

— Comme tous les autres. Nos garçons sont venus hier et ont raconté des choses invraisemblables. Ils n'ont compris à quel point la situation était désespérée qu'en arrivant à la côte. Oh ! c'est vraiment merveilleux de les avoir retrouvés. Si seulement... si seulement l'on pouvait savoir ce que sont devenus les amis français... »

Elle me jeta un regard en tapinois et je crus qu'elle allait me raconter sa vie. Mais si ç'avait été son intention, elle changea d'avis et se remit à défaire sa malle.

« Il faudra que je remette les vêtements d'hiver dans des cartons. Je n'ai pas assez d'armoires pour les contenir. Mais c'est une occupation et je suis contente de revoir tous ces objets.

— Il faudra les secouer, lui dis-je, et les mettre au soleil. Ils ont peut-être pris de l'humidité.

— Chérie, tu es épatante. Tu sais toujours tout.

— Où t'es-tu procuré ce chiot ? demandai-je avec envie. Je désirais un bouledogue depuis des années, mais Alfred ne m'y avait jamais autorisée parce que ces chiens-là ronflent.

— Je l'ai ramené avec moi. C'est le plus gentil chiot que j'aie jamais possédé, si désireux de me faire plaisir, tu n'as pas idée.

— Et la quarantaine, alors[1] ?

— Sous mon manteau ! fit Linda laconiquement. Si tu l'avais entendu grogner et souffler… J'en étais toute secouée et j'ai eu très peur. Mais il a été très sage. Il n'a pas bougé. Parlant de chiots, ces horribles Krœsig expédient Moïra en Amérique. Ça leur ressemble, tu ne trouves pas ? J'ai fait un grand raffût auprès de Tony pour la revoir avant qu'elle parte. Après tout, je suis sa mère !

— Voilà ce que je n'arrive pas à comprendre, Linda.

— Quoi donc ?

— Comment tu peux être si mauvaise avec Moïra.

— Embêtante, dit Linda. Inintéressante !

— Peut-être, mais les enfants, c'est comme les chiots. Si tu ne t'occupes pas de ton chiot, si tu le confies au palefrenier ou au garde-chasse, il deviendra forcément embêtant et inintéressant. Les enfants, c'est exactement la même chose. Il faut s'y consacrer de tout son cœur si on les veut réussis. Pauvre petite Moïra. Tout ce que tu lui as donné, c'est ce nom affreux !

— Oh ! Fanny, je le sais, va… À te dire vrai, je crois que j'ai toujours su obscurément que je quitterais Tony

1. En Angleterre il est défendu d'importer un chien avant de l'avoir laissé en quarantaine à la douane. (*N.d.T.*)

tôt ou tard, et je n'ai pas voulu trop m'attacher à Moïra ni me l'attacher. Elle aurait pu me servir d'amarre, or je ne voulais pas me laisser amarrer aux Krœsig.

— Pauvre Linda !

— Oh ! ne me plains pas. Je viens de vivre onze mois d'un bonheur parfait et sans tache. Je pense que peu de gens en ont connu autant pendant toute une longue existence… »

Je le pensai aussi. Alfred et moi sommes heureux, aussi heureux que peuvent l'être des époux. Nous nous aimons. Nous sommes parfaitement assortis, tant intellectuellement que physiquement. Nous sommes contents d'être ensemble. Nous n'avons pas de soucis d'argent et possédons trois enfants exquis. Et pourtant, quand je considère ma vie de jour en jour, d'heure en heure, elle me semble composée d'une série de minuscules contrariétés. Les nounous, les cuisinières, l'interminable corvée du ménage, le bruit harassant et les redites des jeunes enfants, si harcelantes pour le cerveau, leur totale incapacité à s'amuser seuls, leurs soudaines et terrifiantes maladies, les fréquentes sautes d'humeur d'Alfred, ses sempiternelles plaintes à cause du *pudding* et sa manie d'emprunter ma pâte dentifrice, en pressant le tube par le milieu ! Voilà toutes les composantes d'une vie conjugale, ce « pain complet » de chaque jour. Il est simple et banal, mais fortifiant. Linda, elle, s'était nourrie de miel de rosée, et c'est un régime incomparable.

La vieille femme qui m'avait ouvert entra et demanda « si c'était tout ? » parce qu'elle voulait rentrer chez elle.

« C'est tout », lui dit Linda, puis, se tournant vers moi après son départ, elle m'expliqua : « Mrs Hunt est une *Honorable Formidable*. Elle vient chaque jour.

— Pourquoi ne vas-tu pas à Alconleigh, lui demandai-je, ou à Shenley ? Tante Emily et Davey seraient ravis de t'avoir, et moi-même j'irai là-bas avec les enfants dès qu'Alfred sera parti.

— Je serai heureuse d'y faire un petit séjour quand j'y verrai plus clair, mais, pour le moment, je dois rester ici. Embrasse-les pour moi. J'ai tant de choses à te raconter, Fanny. Il nous faudrait des heures et des heures dans le placard des *Honorables*… »

Après maintes hésitations, Tony Krœsig et sa femme Pixie autorisèrent Moïra à aller voir sa mère avant de quitter l'Angleterre. Elle arriva à Cheyne Walk dans l'auto de Tony, conduite encore par un chauffeur portant un uniforme qui n'avait rien de militaire. Moïra était une petite fille boulotte, sans beauté, timide. Il n'y avait en elle pas le moindre reflet des Radlett. Pour ne pas être méchante, c'était une vraie petite *Gretchen* !

« Quel amour de chiot ! fit-elle avec gaucherie, après que Linda l'eut embrassée. Comment s'appelle-t-il ?

— Plon-Plon.

— Ah ? C'est un nom français ?

— Oui, car c'est un chien français.

— Papa dit que les Français sont épouvantables.

— Ça ne m'étonne pas de lui.

— Il dit qu'ils nous ont laissés tomber, et qu'on ne peut pas espérer mieux quand on s'allie à des gens pareils.

— C'est bien ce qu'il devait dire…

— Papa croit que nous devrions combattre avec les Allemands et pas contre eux.

— Hem… Ton papa n'a pas l'air de combattre avec ou contre qui que ce soit, pour autant que je sache ! Maintenant Moïra, avant que tu partes, j'ai deux choses pour toi : un petit cadeau et un petit discours. Le discours sera un peu ennuyeux, alors nous allons en finir d'abord, tu veux bien ?

— Oui », dit Moïra avec apathie. Elle tira le chiot sur le sofa près d'elle.

« Je veux que tu saches, dit Linda, et que tu te souviennes, Moïra, je t'en prie… – Cesse une minute de jouer avec ce chiot et écoute bien ce que je te dis… – Je n'approuve pas du tout cette façon de se sauver. Je trouve ça très mal. Quand on a une patrie qui vous a donné autant que l'Angleterre nous a donné à tous, il faut y rester et ne pas l'abandonner dès qu'elle semble avoir des ennuis.

— Mais ce n'est pas ma faute ! dit Moïra en plissant le front. Je ne suis qu'une enfant et Pixie m'emmène. Il faut bien que je fasse ce qu'on me dit, n'est-ce pas ?

— Oui, naturellement, je sais que c'est exact. Mais, poursuivit Linda en reprenant un peu d'espoir, toi tu préférerais rester, non ?

— Oh non ! je ne crois pas ! Il pourrait y avoir des raids aériens ! »

Alors Linda renonça. Les enfants pouvaient ou non se distraire avec les raids actuellement en cours, mais qu'une enfant ne soit pas surexcitée à l'idée d'un bombardement, voilà qui était incompréhensible pour Linda, et elle ne pouvait imaginer comment elle avait enfanté une fillette pareille. Inutile de perdre du temps et du souffle pour cette inconcevable petite fille ! Elle lui dit en souriant :

« Bon, attends un instant, je vais te chercher ton cadeau. »

Elle avait dans sa poche un écrin de velours, contenant une main en corail qui tenait une flèche en or. C'était un cadeau de Fabrice, mais elle ne put supporter l'idée de gaspiller un si joli petit objet pour cette imbécile petite poltronne. Elle alla dans sa chambre et dénicha une montre-bracelet « sport », un cadeau de mariage quand elle avait épousé Tony. Elle ne l'avait jamais portée. Elle l'offrit à Moïra, qui en parut enchantée et quitta la maison avec autant de politesse et aussi peu d'enthousiasme qu'à son arrivée.

Linda me téléphona à Shenley et me narra l'entrevue.

« Je suis si furieuse, dit-elle, que je dois parler à quelqu'un. Dire que j'ai gâché neuf mois de ma vie à produire ça ! Tes enfants, Fanny, que pensent-ils des raids aériens ?

— Je dois avouer qu'ils les attendent avec impatience, et je regrette aussi de dire qu'ils soupirent après l'arrivée des Allemands ! Ils passent leurs journées à fabriquer des pièges à Allemands dans le jardin.

— Quel soulagement ! Je craignais que ce fût le fait de toute une génération. Évidemment, ce n'est pas la faute de Moïra, c'est cette satanée Pixie. C'est clair comme l'eau de roche, non ? Pixie est morte de peur et elle a découvert que l'Amérique, c'est comme un concert pour enfants : on ne peut y aller qu'en accompagnant un enfant. Elle se sert donc de Moïra. Enfin, me voilà bien punie d'avoir mal agi. (Linda semblait vraiment démontée.) Et j'apprends que Tony y va également. Il serait chargé d'une mission parlementaire, ou que sais-je d'autre. Je ne puis dire qu'une chose : quelle clique ! »

Tout au long de ces terribles mois de mai, juin et juillet, Linda espéra un signe de Fabrice, mais aucun signe ne lui fut envoyé. Elle ne doutait pas qu'il fût toujours en vie. Il n'était pas dans la nature de Linda d'imaginer la mort de quelqu'un. Elle savait que des milliers de Français étaient aux mains des Allemands, mais elle était certaine que, si Fabrice avait été prisonnier, il aurait trouvé le moyen de s'échapper. Ses idées étaient d'un autre temps et elle estimait que, sauf dans des circonstances exceptionnelles, c'était se déshonorer que de se rendre. Bientôt il lui donnerait de ses nouvelles, et en attendant, comme il n'y avait rien d'autre à faire, elle n'avait qu'à attendre. Tout de même, comme les journées passaient sans lui apporter de nouvelles de lui, et que celles qui venaient de France étaient mauvaises, elle commença à s'énerver terriblement. Au fond, elle se faisait plus de souci pour son attitude que pour sa sécurité : son attitude envers les événements et envers elle-même. Elle était sûre qu'il n'avait pas été mêlé à l'armistice ; elle était certaine qu'il cherchait à communiquer avec elle, mais elle n'en avait aucune preuve et, dans des moments de grande solitude et de dépression, elle se laissait aller à perdre la foi. Elle se rendait compte à quel point elle connaissait peu Fabrice. Rarement avaient-ils eu des entretiens sérieux, leurs rapports ayant été essentiellement physiques. Quant à leurs conversations, à leurs bavardages, ils avaient été basés sur des frivolités. Ils avaient ri ensemble, fait l'amour et ri de nouveau, et les mois s'étaient enfuis sans qu'il y ait eu le temps pour autre chose que pour les ris et les jeux. Ç'avait été assez pour la satisfaire, mais lui ? Maintenant que la vie était devenue une chose si sérieuse et, pour un Français, si tragique, attachait-il si peu de prix à ce dessert de crème fouettée, qu'il l'avait oublié totalement ? Elle commença à croire de plus en plus, à se répéter sans cesse, à s'obliger de comprendre que tout était sans doute fini et que Fabrice pouvait à présent n'être plus pour elle qu'un souvenir.

Au surplus, les rares personnes qu'elle voyait ne manquaient jamais, en parlant de la France – ce que chacun faisait alors –, de préciser que les Français « qu'on avait connus », les familles « qui avaient été *bien* » se conduisaient abominablement et étaient tous des pétainistes convaincus. « Fabrice n'en est pas », se disait-elle. Elle le sentait mais souhaitait savoir, désirait vivement des preuves.

En somme, elle balançait entre l'espoir et le désespoir, mais, comme les mois passaient sans lui apporter un mot (ce mot qu'il aurait pu envoyer s'il l'avait voulu, elle en était certaine), le désespoir commença à l'emporter.

Puis, par un matin ensoleillé d'août, le téléphone sonna très tôt le matin. Elle s'éveilla en sursaut, percevant que la sonnerie se faisait entendre depuis quelques instants déjà. Elle sut, avec une absolue certitude, que c'était Fabrice.

« Vous êtes *Flaxm* 28-15 ?

— Oui.

— On vous parle. Gardez la ligne.

— Allô, allô…

— Fabrice ?

— Oui.

— Oh ! Fabrice. *On vous attend depuis si longtemps !*

— *Comme c'est gentil ! Alors on peut venir tout de suite chez vous ?*

— Oh ! attendez, vous pouvez venir tout de suite, mais ne raccrochez pas encore. Continuez à parler. Je veux entendre le son de votre voix.

— Non, non. J'ai un taxi qui m'attend. Je serai avec vous dans cinq minutes. Il y a tant de choses que l'on ne peut faire par téléphone, *ma chère, voyons.* »

Clic…

Elle se renversa en arrière et tout n'était plus que lumière et chaleur. « La vie, se dit-elle, est parfois triste et souvent morne, mais il y a aussi les beaux jours et en voici un. » Le soleil matinal effleurait sa fenêtre en tombant sur la rivière et les reflets de l'eau faisaient danser le plafond. Le silence dominical était rompu par un bruit d'ailes : deux cygnes remontaient lentement le courant. Puis il y eut le halètement d'une petite barge et cependant elle guettait un autre bruit, le bruit qui, avec la sonnerie du téléphone, est le plus lié aux amours citadines : celui d'un taxi qui s'arrête sous vos fenêtres. Bientôt elle l'entendit qui remontait la rue. Il ralentit de plus en plus… Il s'arrête. Le petit drapeau remonte en sonnant. Une porte claque. Des voix. Un bruit de monnaie. Des pas. Elle se précipita au rez-de-chaussée.

De longues heures plus tard, Linda fit du café.

« Quelle chance, dit-elle, qu'on soit dimanche. Mrs Hunt n'est pas venue. Qu'aurait-elle pensé ?

— La même chose, ou à peu près, que le veilleur de nuit à l'Hôtel Montalembert, je pense, répliqua Fabrice.

— Pourquoi êtes-vous venu, Fabrice ? Pour rejoindre le général de Gaulle ?

— Non, ce n'était pas nécessaire, parce que je suis déjà avec lui. Je l'avais rejoint à Bordeaux. Mon travail est en France, mais nous avons la possibilité de communiquer quand nous le désirons. Naturellement j'irai le voir : il m'attend à midi, mais je me trouve ici en mission privée. »

Il la regarda longuement.

« Je suis venu te dire que je t'aime », fit-il enfin.

Linda en eut le vertige.

« Tu ne m'as jamais dit ça à Paris.

— Non.

— Tu paraissais toujours si terre à terre.

— Oui, sans doute. J'avais dit ces mots, je les avais redits si souvent au cours de ma vie, j'avais fait le romantique avec tant de femmes, que, quand je sentis que c'était différent, je ne pus me résoudre à sortir encore ces phrases galvaudées. Je ne pouvais les prononcer. Jamais je ne t'ai dit que je t'aimais, jamais je ne t'ai tutoyée exprès. C'est parce que j'ai su dès le premier moment que ceci était vrai et que tout le reste avait été faux. C'était comme si j'avais reconnu quelqu'un… je ne sais m'exprimer…

— Mais c'est exactement ce que j'ai éprouvé aussi, s'écria Linda. N'essaie pas de t'expliquer, tu n'en as pas besoin.

— Puis, quand tu es partie, j'ai senti que je devais te le dire, et c'est devenu une obsession. Toutes ces semaines affreuses furent plus affreuses encore du fait que j'étais empêché de te le dire.

— Comment es-tu venu jusqu'ici ?

— *On circule*, fit Fabrice sans se compromettre. Je dois repartir demain matin de bonne heure et je ne reviendrai que quand la guerre sera finie. Mais tu m'attendras, Linda, et rien ne compte plus vraiment, maintenant que tu sais. J'étais tourmenté, je ne pouvais me concentrer sur rien, je faisais du mauvais travail. Dans l'avenir, j'aurai peut-être beaucoup à supporter, mais je n'aurai plus à endurer de te voir partir sans que tu saches quel immense amour je te porte.

— Oh ! Fabrice, je sens… eh bien ! j'imagine que les personnes croyantes doivent éprouver cela… »

Elle posa la tête sur son épaule et longtemps ils restèrent assis en silence.

Après qu'il eut fait sa visite à Carlton Gardens[1], ils déjeunèrent ensemble au Ritz. C'était rempli de gens que Linda connaissait, tous très élégants, très gais, et parlant avec la plus grande légèreté de l'arrivée imminente des Allemands. Si tous les jeunes gens présents ne s'étaient pas battus vaillamment dans les Flandres, et n'allaient sans doute pas tarder à se couvrir encore de gloire – avec l'expérience en plus – sur d'autres champs de bataille, on eût pu être choqué par le ton général. Même Fabrice dit d'un air grave qu'ils ne semblaient pas se rendre compte…

Davey et Lord Merlin firent leur apparition. Ils écarquillèrent les yeux en apercevant Fabrice.

« Ce pauvre Merlin, dit Davey, s'est trompé de pilules.

— Quelle pilules ?

— Celles qu'il faudra avaler quand les Allemands arriveront. Il a de celles qu'on donne aux chiens. »

Davey sortit une petite boîte incrustée de joyaux, qui contenait deux pilules : l'une blanche, l'autre noire.

« On prend d'abord la blanche, puis la noire. Il faut qu'il aille voir mon médecin.

— À mon avis, dit Linda, il faut laisser les Allemands nous tuer. Cela leur fera un crime de plus et leur gaspillera des balles. Pourquoi voulez-vous leur aplanir la voie ? De plus, je me fais fort d'en descendre au moins deux avant qu'ils m'aient !

— Oh ! vous, Linda, vous êtes une dure à cuire, mais pour ma part j'ai peur qu'ils me torturent. Songez à ce que j'ai écrit sur eux dans *La Gazette* !

— Vous n'en avez pas dit plus sur eux que sur nous tous ! » fit observer Lord Merlin.

Davey était connu pour sa plume acerbe. Il était un véritable bourreau qui n'épargnait même pas ses amis les plus chers. Il écrivait des articles sous plusieurs pseudonymes, qui ne masquaient nullement son style inimitable, et ses pochades les plus fielleuses étaient signées *La Petite Nell* !

1. QG du général de Gaulle à Londres. (*N.d.T.*)

« Vous êtes ici pour longtemps, Sauveterre ?
— Non, pas pour longtemps. »

Linda et Fabrice commencèrent leur déjeuner. Ils parlèrent à bâtons rompus et surtout plaisantèrent beaucoup. Fabrice lui raconta des histoires scandaleuses sur quelques-unes des personnes qui déjeunaient là et qu'il connaissait de longue date, en les émaillant d'une infinité de détails invraisemblables. Il ne parla de la France qu'une seule fois, en disant seulement qu'il fallait poursuivre la lutte et que tout finirait par s'arranger. Linda se disait combien tout eût été différent avec Tony ou Christian. Tony aurait péroré sur ses expériences et aurait échafaudé des projets qui n'intéressaient que lui. Christian se serait embarqué dans un monologue sur les conditions mondiales subséquentes à la chute de la France, les répercussions probables de celle-ci sur l'Arabie ou le lointain Cachemire, l'incapacité de Pétain à faire face au déplacement des populations dû à l'exode et les mesures que lui, Christian, aurait prises s'il s'était trouvé à la place du maréchal… Tous deux auraient parlé à Linda très exactement comme si elle était un camarade de club. Fabrice lui parlait à elle, à son intention, pour elle seule. C'était une conversation strictement personnelle, émaillée de plaisanteries et d'allusions qui leur appartenaient en propre. Elle avait le sentiment qu'il ne voulait pas se laisser aller à être sérieux, car il se serait aussitôt engagé dans le tragique, et il voulait qu'elle emportât un souvenir heureux de sa visite. Mais il donnait aussi une impression d'optimisme infini, et c'était bien réconfortant en ces temps sombres.

Le lendemain matin, de bonne heure – la matinée était de nouveau magnifique, chaude, ensoleillée –, Linda restait allongée à regarder Fabrice s'habiller, comme elle l'avait fait bien souvent à Paris. Il faisait une grimace spéciale pendant qu'il serrait le nœud de sa cravate : elle l'avait complètement oubliée depuis tout ce temps, et soudain cela lui rappela leur vie à Paris, avec une grande netteté.

« Fabrice, dit-elle, crois-tu qu'il nous sera encore donné de vivre ensemble ?

— Mais naturellement, pendant des années et des années, jusqu'à ce que j'aie quatre-vingt-dix ans. J'ai une nature très fidèle.

— Tu n'as pas été très fidèle à Jacqueline !

— Aha ? Alors tu as entendu parler de Jacqueline ? *La pauvre, elle était si gentille. Gentille, élégante, mais assommante, mon Dieu ! Enfin*… Je lui ai été extrêmement fidèle et cela a duré cinq ans. C'est toujours comme ça avec moi : c'est cinq ans ou cinq jours. Mais, comme je t'aime dix fois plus que toutes les autres, cela nous amène à mes quatre-vingt-dix ans et, à ce moment-là, *j'en aurai tellement l'habitude !*…

— Et dans combien de temps vais-je te revoir ?

— *On fera la navette.* – Il alla à la fenêtre. – J'avais bien cru entendre une auto : oui, elle tourne le coin. Voilà, il faut que je parte. *Au revoir*, Linda. »

Il lui baisa la main poliment, presque distraitement. C'était comme s'il fût déjà parti. Puis il quitta la chambre à pas pressés. Linda courut à la fenêtre et se pencha. Il montait dans une grosse voiture avec deux soldats français sur le siège avant, et le drapeau des FFI flottant sur le capot. Comme l'auto démarrait, Fabrice leva la tête.

« *Navette, navette !* » lui cria Linda avec un sourire radieux. Puis elle se remit au lit et pleura beaucoup.

Cette seconde séparation la plongeait dans un désespoir total.

XIX

Les bombardements aériens sur Londres avaient commencé. Au début de septembre, comme je venais d'y emménager avec ma famille, une bombe tomba dans le jardin de la maison de Tante Emily, dans le Kent. C'était une petite bombe, comparée à celles que nous devions voir par la suite, mais la maison fut plus ou moins détruite. Tante Emily, Davey, mes enfants et moi, nous nous réfugiâmes à Alconleigh, où Tante Sadie nous reçut à bras ouverts en nous suppliant de nous y installer comme chez nous tant que durerait la guerre. Louisa y était déjà arrivée avec ses enfants, car John Fort-William était retourné à son régiment, et leur demeure d'Écosse avait été réquisitionnée pour la marine.

« Plus on est de fous, plus on rit, déclara Tante Sadie. J'aimerais remplir la maison, et du reste c'est préférable à cause des rations. C'est agréable, aussi, pour de jeunes enfants, d'être élevés tous ensemble. Ce sera tout comme au temps jadis. Maintenant que les garçons sont partis et que Victoria est mobilisée dans les WREN, Matthew et moi ferions un vieux couple bien mélancolique si nous restions ici tout seuls. »

Les grandes pièces d'Alconleigh servaient d'abri aux possessions d'un musée d'histoire naturelle et n'avaient pas été réquisitionnées pour des civils évacués. Je crois bien qu'on avait estimé impossible d'endurer le froid de cette maison, si l'on n'avait pas été élevé dans sa rigoureuse température.

Bientôt notre groupe s'augmenta de façon imprévue.

J'étais en haut, dans la salle de bains des enfants, en train de faire quelques lavages pour Nounou. Je mesurais les paillettes de savon avec une parcimonie de temps de guerre et déplorais la dureté de l'eau d'Alconleigh, lorsque Louisa fit irruption.

« Il te faudrait mille ans pour deviner qui vient d'arriver ! me dit-elle.

— Hitler ? dis-je stupidement.

— Ta mère ! *La Trotteuse*. Ma chère tante ! Elle est arrivée par la grande allée et puis elle est entrée…

— Seule ?

— Non, avec un homme.

— Le commandant ?

— Il n'a vraiment pas l'air d'un commandant. Il transporte un instrument de musique et il est très sale. Viens vite, Fanny. Laisse tes affaires tremper… »

C'était vrai. Ma mère était assise dans le hall. Elle sirotait un whisky et soda et racontait, de sa voix flûtée, les incroyables aventures qui avaient accompagné son départ de la Côte d'Azur. Le commandant avec qui elle vivait depuis pas mal d'années, ayant toujours préféré de beaucoup les Allemands aux Français, était resté là-bas pour collaborer. L'homme qui, à présent, accompagnait ma mère était un Espagnol qui avait l'air d'un ruffian et s'appelait Juan. Elle l'avait ramassé au cours de ses pérégrinations et, sans lui, disait-elle, elle n'aurait jamais pu s'échapper d'un abominable camp d'internement en Espagne. Elle parlait de lui exactement comme s'il n'était pas là, ce qui nous fit le plus curieux effet et nous sembla fort gênant, jusqu'au moment où nous nous rendîmes compte qu'il ne comprenait aucune langue, hormis l'espagnol. Il restait assis, le regard fixe, serrait sa guitare et buvait le whisky à grandes lampées. Ses rapports avec ma mère n'étaient que trop évidents : Juan était sans contredit – et personne, même pas Tante Sadie, n'en doutait – l'amant de la Trotteuse, mais ils étaient incapables d'échanges verbaux, ma mère n'étant guère polyglotte !

Bientôt Oncle Matthew fit son apparition et la Trotteuse recommença le récit de ses aventures. Il lui dit qu'il était ravi de la voir et espérait qu'elle resterait aussi longtemps qu'elle en aurait envie, puis il dirigea son regard bleu sur Juan et le fixa de la façon la plus terrifiante et la moins équivoque. Tante Sadie l'entraîna vers le cabinet de travail en lui parlant à voix basse, et nous entendîmes mon oncle lui répondre :

« C'est entendu, mais pour quelques jours seulement. »

Quelqu'un qui était fou de joie de revoir ma mère, c'était ce cher vieux Josh.

« Il faut qu'on fasse monter madame la Comtesse », dit-il, sifflant de plaisir.

Ma mère n'était plus « Madame la Comtesse » depuis trois maris – quatre si l'on comptait le commandant –, mais Josh ne s'occupait pas de ça. Pour lui, elle serait toujours « Madame la Comtesse ». Il trouva un cheval qui n'était pas digne d'elle d'après lui, mais ce n'était quand même pas une vieille rosse et, une semaine après qu'elle fut arrivée, il l'entraîna à la chasse aux renardeaux.

Pour ma part, c'était la première fois de ma vie que je me trouvais vraiment face à face avec ma mère. Dans ma petite enfance, j'étais obsédée par son image et les quelques rares apparitions qu'elle avait faites m'avaient complètement éblouie, encore que, comme je l'ai déjà dit, je n'eusse jamais eu envie d'entrer dans sa carrière. Davey et Tante Emily avaient pris à son égard une attitude très astucieuse. Tous deux, et surtout Davey, avaient graduellement et doucement, sans blesser aucunement mes sentiments, tourné la Trotteuse en plaisanterie. Depuis que j'étais adulte, je l'avais vue quelques fois et lui avais conduit Alfred pour le lui présenter pendant notre voyage de noces. Mais comme, malgré les liens du sang, nous n'avions pas de passé commun, nous éprouvions une grande gêne, et nos rencontres n'étaient guère réussies. À Alconleigh, comme je me trouvais en contact avec elle du matin au soir, je l'étudiai avec la plus vive curiosité car, tout le reste mis à part, elle était après tout la grand-mère de mes enfants ! Je ne pus m'empêcher de lui porter de l'affection. Bien qu'elle fût la sottise personnifiée, il y avait quelque chose d'attirant dans sa franchise, sa bonne humeur, son infinie bonne volonté. Les enfants l'adoraient, tant ceux de Louisa que les miens, et bientôt elle devint une bonne d'enfants supplémentaire et officieuse et nous rendit de grands services dans cette fonction.

Son comportement datait de façon curieuse, et elle semblait vivre encore vers 1920. C'était comme si, à l'âge de trente-six ans, ayant refusé de vieillir davantage, elle s'était mise en conserve moralement et physiquement, sans tenir compte du fait que le monde changeait et qu'elle se fanait rapidement. Ses cheveux jaune serin étaient coupés très court et coiffés « en coup de vent », et elle portait un pantalon, de l'air de quelqu'un qui défie les conventions, ignorant que toutes les petites vendeuses de banlieue en faisaient autant ! Sa conversation, ses idées, l'argot même qu'elle employait, tout cela remontait aux années 1920 à 1930, époque qui était à présent totalement périmée. Elle n'avait aucun sens pratique ; elle était puérile et frêle d'apparence, mais devait pourtant être une petite personne solide pour avoir traversé les Pyrénées et s'être échappée d'un camp espagnol, et pour arriver à Alconleigh comme si elle sortait d'une opérette !

Il y eut un peu d'embarras, au début, du fait qu'aucun de nous ne pouvait se rappeler si elle avait ou non épousé son commandant – homme marié et père de six enfants. Par conséquent, personne ne savait si elle s'appelait Mrs Rawl ou Mrs Plugge. Rawl avait été un chasseur de gros gibier. C'était le seul mari qu'elle ait perdu de façon respectable, lui ayant accidentellement troué la tête d'un coup de fusil pendant un safari. La question du nom fut vite résolue grâce à sa carte d'alimentation, qui nous apprit qu'elle s'appelait Mrs Plugge.

« Ce "Djouan", dit Oncle Matthew quand ils étaient déjà à Alconleigh depuis une semaine, qu'allons-nous en faire ?

— Mais Matthew, mon chou – elle lardait toutes ses phrases du mot "chou" –, "Joû-âne" m'a sauvé la vie, tu sais, et plus d'une fois ! Je ne peux tout de même pas le déchirer et le mettre au panier, n'est-ce pas, mon chou ?

— Je ne puis entretenir ici des tas de métèques, tu sais ! » Oncle Matthew lui déclara cela de la voix qu'il prenait pour dire à Linda qu'elle ne devait plus garder d'animaux, ou qu'elle devait les mettre à l'écurie. « Il faut que tu trouves une autre organisation pour lui, ma chère Trotteuse.

— Oh ! mon chou, garde-le encore un peu de temps, s'il te plaît. Encore quelques jours, Matthew chéri ! (On aurait cru entendre Linda intercéder pour quelque vieux cabot malodorant.) Je te promets de dénicher un endroit où nous puissions aller, lui et pauvre de moi. Tu ne peux t'imaginer les sales moments que nous avons vécus ensemble. Je dois rester près de lui maintenant, je t'assure.

— Allons, encore une semaine si tu veux, mais je ne vais pas mettre le doigt dans l'engrenage, ma Trotteuse, et après ça il faut qu'il s'en aille. Toi, tu peux rester autant que tu veux, naturellement, mais pour Djouan, pas question. »

Louisa me dit, ses yeux ronds comme des soucoupes : « Il se précipite dans sa chambre à coucher avant le thé et vit avec elle ! (Louisa parle toujours de l'acte d'amour en disant "vivre avec".)

— Avant le thé, Fanny ! A-t-on idée ?... »

« Ma chère Sadie, annonça Davey, je vais faire une chose impardonnable. C'est pour le bien général, pour ton bien aussi, mais c'est quand même impardonnable. Si, quand j'aurai dit mon mot, tu sens que tu ne peux me le pardonner, Emily et moi devrons nous en aller, voilà tout.

— Davey, fit Tante Sadie stupéfaite, que vas-tu nous dire ?

— C'est à cause de la nourriture, Sadie. La nourriture ! Je sais combien c'est difficile pour toi en temps de guerre, mais nous sommes tous empoisonnés à tour de rôle. J'ai vomi pendant des heures la nuit dernière. Avant-hier, Emily a eu de la diarrhée. Fanny a un énorme bouton sur le nez et je suis sûr que les enfants ne grossissent pas comme ils devraient. Le fait est, ma chérie, que si Mrs Beecher était une Borgia, elle ne réussirait pas mieux. Toute cette chair à saucisse, c'est du poison, Sadie. Je ne me plaindrais pas si c'était simplement insipide ou insuffisant, ou trop riche en fécule. On peut s'y attendre en temps de guerre. Mais quand il s'agit d'un véritable poison, je sens qu'il faut protester. Regarde les menus de cette semaine : lundi, pâté empoisonné ; mardi, hachis empoisonné ; mercredi, croquettes empoisonnées… »

Tante Sadie eut l'air très frappée.

« Mon Dieu oui, elle est une cuisinière abominable, je le sais, mais, Davey, que peut-on y faire ? La ration de viande ne fait que deux repas et rappelle-toi qu'il y a quatorze repas par semaine ! Si elle hache la viande et y ajoute un peu de chair à saucisse – chair à poison, si tu veux –, cela fait durer, tu comprends ?

— Mais il me semble qu'à la campagne on peut compléter la ration avec du gibier et des produits de la ferme ? Oui, je sais, on a loué la ferme du domaine, mais ne pourriez-vous pas avoir un cochon et quelques poulets ? Et le gibier ? Il y en avait toujours des quantités par ici.

— L'ennui, c'est que Matthew pense qu'on aura besoin de toutes les cartouches contre les Allemands, et il refuse d'en gaspiller une seule à tirer des lièvres ou des perdreaux. Et puis vois-tu, Mrs Beecher – l'horrible femme, mais c'est encore une chance de l'avoir – est le genre de cuisinière qui sait très bien préparer un gigot et deux plats de légumes, mais elle n'a pas idée de la manière dont on fait de ces petits trucs étrangers délicieux avec rien du tout. Mais tu as raison, mille fois raison, Davey, c'est malsain. Je vais faire un effort pour essayer d'arranger ça.

— Tu as toujours été une magnifique maîtresse de maison, Sadie chérie. On se faisait tant de bien quand on venait ici ! Je me souviens qu'une fois, à Noël, j'ai grossi de deux kilos. Mais maintenant je ne cesse de maigrir ; ma misérable carcasse n'est guère plus qu'un squelette et j'ai bien peur, si j'attrape n'importe quoi, de m'éteindre tout simplement. Je prends toutes les précautions pour l'éviter : je trempe tout dans du désinfectant, je me gargarise au moins six fois par jour, mais je ne puis te celer que ma résistance baisse de jour en jour ! »

Tante Sadie lui dit : « C'est bien facile d'être une magnifique maîtresse de maison quand on a un cordon-bleu, deux filles de cuisine, une plongeuse, et quand on a toutes les provisions que l'on désire... J'ai peur d'être bien sotte pour l'organisation des rations, mais je vais vraiment faire un effort sérieux. Je suis très heureuse que tu en aies parlé, Davey : tu as eu parfaitement raison. Et, bien entendu, je ne suis pas fâchée du tout. »

Mais il n'y eut pas d'amélioration sensible. Mrs Beecher disait « oui, oui » à toutes les suggestions, mais continuait à nous donner des hachis, des croquettes et du pâté farci de « saucisse empoisonnée ». C'était fort mauvais et malsain et nous sentîmes tous que, pour cette fois, Davey n'avait nullement exagéré. Les repas n'étaient un plaisir pour personne et une véritable épreuve pour Davey. Il restait assis avec un air pincé, repoussait toute nourriture et recourait de plus en plus aux pilules vitaminées dont son couvert à table était entouré. Toute sa collection de boîtes incrustées ne pouvait les contenir. Il y avait une véritable petite forêt de flacons : vitamine A, vitamine B, vitamines A et B, vitamines B, et D. « Un comprimé = deux livres de beurre fermier, dix fois l'efficacité d'un litre d'huile de foie de morue, pour la circulation, pour le cerveau, pour les muscles, pour l'énergie. Anticeci et contre cela. » Tous les flacons portaient de gracieuses légendes, sauf un.

« Et ça, Davey ? Qu'est-ce que cela contient ?

— Oh ! c'est ce qu'on donne aux divisions blindées avant d'entrer en action ! »

Davey se mit à renifler à plusieurs reprises. C'était signe, en général, qu'il allait saigner du nez, perdre des grammes de précieux globules rouges et blancs, assidûment bourrés de vitamines, et voir sa force de résistance baisser encore un peu.

Tante Emily et moi, légèrement inquiètes, levâmes le nez de dessus les « rissoles » que nous tripotions tristement dans nos assiettes.

« Trotteuse, dit Davey avec sévérité : vous vous êtes encore attaquée à mon rhum !

— Oh ! Davey, mon chou, juste une toute petite goutte !

— Une toute petite goutte n'embaumerait pas toute une pièce. Vous avez dû en verser partout. C'est une honte. Cette bouteille, c'est ma ration d'un mois. C'est trop méchant de votre part, Trotteuse !

— Mon chou, je vous jure de vous en procurer. Il faut que j'aille à Londres la semaine prochaine pour me faire laver ma tignasse et je vous rapporterai une bouteille. Je le jure.

— Et j'espère vivement que tu emmèneras Djouan avec toi et l'y laisseras, gronda Oncle Matthew, parce que je ne veux plus le garder dans cette maison, tu sais. Je t'ai avertie, Trotteuse. »

Oncle Matthew était occupé du matin au soir avec sa *Home Guard*. Il était heureux, absorbé, et d'une humeur particulièrement amène, car il semblait que sa chère marotte d'assommer les Allemands pourrait être utile un jour prochain. Aussi ne s'apercevait-il de la présence de Juan que de temps à autre, et alors que naguère il l'eût jeté à la porte en un tournemain, Juan était maintenant à Alconleigh depuis près d'un mois. Toutefois, il devenait visible que mon oncle n'avait pas l'intention de supporter sa présence éternellement, et les choses allaient atteindre leur point névralgique en ce qui concernait Juan. Quant à l'Espagnol lui-même, jamais je n'avais vu un homme aussi pitoyable. Il traînait misérablement, n'ayant rien à faire de tout le jour, incapable de parler à quiconque, et aux repas son visage reflétait autant de dégoût que celui de Davey. Il n'avait même plus le courage de jouer de sa guitare.

« Davey, il faut que tu lui parles ! » dit Tante Sadie.

Ma mère était allée à Londres se faire teindre les cheveux et, en son absence, on avait réuni un conseil de famille pour décider du sort de Juan.

« Nous ne pouvons évidemment pas l'envoyer crever de faim dans la rue, puisque la Trotteuse dit qu'il lui a sauvé la vie, et de toute manière on a des sentiments humains !

— Pas envers des métèques ! dit Oncle Matthew en grinçant des dentiers.

— Mais nous pourrions lui trouver du travail, seulement nous devons auparavant découvrir quelle est sa profession. Allons, Davey, toi qui connais les langues étrangères et qui es si intelligent, je suis sûre qu'en consultant le dictionnaire espagnol de la bibliothèque, tu arriveras bien à lui demander ce qu'il faisait avant la guerre. Essaye, Davey.

— Oui, chéri, je t'en prie, dit Tante Emily. Le pauvre homme a l'air trop déjeté en ce moment. Je suis sûre qu'il serait ravi de faire quelque travail. »

Oncle Matthew renifla bruyamment.

« Passez-moi donc le dictionnaire espagnol, marmonna-t-il. J'aurai tôt fait de trouver le mot : “fous le camp !”.

— Je vais essayer, dit Davey, mais j'ai peur de deviner la réponse : *G*, pour gigolo !

— Ou autre chose d'aussi inutile, comme *M*, pour matador ou *H*, pour hidalgo.

— Oui, et alors ?

— Ce sera *F*, pour fous le camp ! dit Oncle Matthew. Alors il faudra que la Trotteuse l'entretienne, mais pas dans ces parages, de grâce. Il faut leur expliquer très clairement à tous deux que je ne puis plus supporter la vue de cette ordure. »

Quand Davey accepte une tâche, il l'accomplit à fond. Il s'enferma pendant plusieurs heures avec le dictionnaire espagnol et nota une quantité de mots et de phrases sur un bout de papier. Puis il fit signe à Juan de venir dans le cabinet de travail d'Oncle Matthew et ferma la porte.

Ils y restèrent peu de temps et, quand ils en ressortirent, ils arboraient tous deux un sourire radieux.

« Tu l'as saqué, j'espère ? demanda Oncle Matthew d'un air soupçonneux.

— Certes non, je ne l'ai pas saqué, dit Davey, bien au contraire : je l'ai engagé ! Mes amis, jamais vous ne devinerez, c'est trop merveilleux : Juan est cuisinier ! Si j'ai bien compris, il a servi chez un cardinal avant la guerre civile. Cela ne t'ennuie pas, j'espère, Sadie ? J'ai vu là une véritable planche de salut. La nourriture espagnole... délicieuse... pas constipante... digeste... pleine d'ail merveilleux. Oh ! quelle joie : plus de hachis empoisonné ! Quand pourras-tu te débarrasser de Mrs Beecher ? »

L'enthousiasme de Davey fut pleinement justifié et Juan remporta dans la cuisine un succès incroyable. Il était plus qu'un cordon-bleu. Il avait un étonnant talent d'organisateur et je crois bien qu'il devint très vite le roi du marché noir local. Il n'était nullement question de « plats étrangers faits avec rien » ! À chaque repas apparaissaient des volailles, des viandes et des crustacés succulents. Les légumes nageaient dans des sauces appétissantes et sensationnelles, et les puddings étaient faits avec de la vraie crème glacée !

« Juan est merveilleux, disait Tante Sadie de son air absent, pour faire durer les rations. Quand je pense à Mrs Beecher... Vraiment, Davey, ce que tu as pu être malin ! »

Un jour, elle dit : « J'espère qu'à présent la nourriture n'est pas trop riche pour toi, Davey ?

— Oh non ! dit Davey. La nourriture riche ne me fait jamais de mal. C'est celle qui est pauvre qui me nuit terriblement. »

Juan s'occupait aussi, du matin au soir, à faire des confits, des salaisons et des conserves, jusqu'à ce que l'armoire aux provisions qu'il avait trouvée vide, sauf pour quelques boîtes de soupe, commençât à ressembler à une épicerie d'avant guerre. Davey la surnomma « la Caverne d'Aladin » ou « Aladin » tout court, et passa une partie de son temps à exulter en la contemplant. D'appétissantes vitamines étaient là, dressées en rangées bien ordonnées, et constituaient pour de longs mois une barrière entre lui et la dénutrition qui le guettait sous le régime de Mrs Beecher.

Juan lui-même était maintenant un homme tout différent du réfugié crasseux et mal luné qui avait traîné misérablement la savate. Il était propre, portait une veste et un bonnet blancs, semblait avoir crû en stature et bientôt il prit un grand air d'autorité dans sa cuisine. Même Oncle Matthew reconnut le changement.

« Si j'étais la Trotteuse, dit-il, je l'épouserais.

— Connaissant la Trotteuse, dit Davey, je ne doute pas qu'elle le fasse. »

Au début de novembre, je dus aller à Londres pour m'occuper des affaires d'Alfred qui était maintenant au Moyen-Orient, et pour voir mon médecin. Je pris le train de huit heures du matin, et, comme je n'avais pas eu de nouvelles de Linda depuis quelques semaines, je hélai un taxi et me fis conduire directement à Cheyne Walk. Il y avait eu un bombardement sévère la nuit précédente, et je passai dans des rues qui luisaient de débris de verre. Beaucoup de feux couvaient encore et les voitures de pompiers, les ambulances et les équipes de secours circulaient à toute allure. Les rues étaient bloquées et plusieurs fois nous dûmes faire tout un détour. L'air semblait chargé d'énervement. De petits groupes se formaient devant les boutiques et les maisons, comme pour comparer leurs dégâts. Mon chauffeur de taxi ne cessait de me parler par-dessus son épaule. Il avait, me dit-il, veillé toute la nuit pour aider les secouristes. Il me décrivit une découverte qu'il avait faite : « Une masse spongieuse, toute rouge, dit-il d'un air sinistre, et couverte de plumes.

— De plumes ? fis-je horrifiée.

— Oui, un lit de plumes, vous comprenez. Ça respirait encore, alors je l'ai porté à l'hôpital. "Ce n'est pas pour nous, qu'ils m'ont dit, emmenez ça à la morgue." Alors je l'ai cousu dans un sac et l'ai porté à la morgue.

— Seigneur ! fis-je.

— Oh ! c'est encore rien à côté de ce que j'ai encore vu. »

La gentille femme de ménage de Linda m'ouvrit la porte.

« Elle est guère brillante, Madame. Vous pourriez pas l'emmener avec vous à la campagne ? Elle devrait point rester ici dans son état. Ç'a m'fait gros cœur de la voir comme elle est ! »

Linda était dans sa salle de bains en train de vomir. Quand elle en sortit, elle me dit :

« Ne crois pas que ce soit le bombardement qui m'ait bouleversée. Ils ne m'ennuient pas. J'ai des "espérances", voilà ce que j'ai.

— Chérie, je croyais que tu ne devais jamais plus avoir d'enfants ?

— Oh ! les docteurs… Ils n'y connaissent rien. Ils sont complètement idiots. Bien sûr que je peux en avoir, et j'en ai une envie folle. Ce bébé-là ne ressemblera pas le moins du monde à Moïra, tu verras.

— Moi aussi, j'en attends un.

— Non ? C'est merveilleux. Pour quand ?

— Vers la fin mai.

— Tout comme moi !

— Et Louisa en mars.

— Ce que nous avons bien travaillé. C'est rudement sympathique : ce sera un tas de petits *Honorables*.

— Linda, pourquoi ne viendrais-tu pas à Alconleigh avec moi ? Quel sens y a-t-il à rester ici dans tout ça ? Ce ne peut être bon ni pour toi ni pour le bébé.

— Je m'y plais, dit Linda. C'est mon chez-moi et j'aime à y rester. Et puis… quelqu'un pourrait venir me voir, juste pour quelques heures, tu comprends… et il sait où me trouver.

— Tu te feras tuer, lui dis-je, et alors il ne saurait plus où te trouver.

— Fanny chérie, ne sois pas idiote. Il y a sept millions de personnes à Londres : tu ne t'imagines pas qu'elles sont tuées chaque soir ? Personne n'est tué dans les bombardements. Il y a beaucoup de bruit, et beaucoup de dégâts, mais les gens n'ont pas l'air de se faire tuer énormément.

— Tais-toi, tais-toi… fis-je. Touchons du bois. Mais à part le risque d'être tuée, Londres n'est pas bon pour toi. Tu as une mine épouvantable.

— Ce n'est pas si mal quand je suis fardée. L'ennui, c'est que j'ai horriblement mal au cœur, mais ça n'a rien à voir avec les raids et ça va bientôt passer ; après j'irai tout à fait bien.

— Enfin, penses-y, insistai-je. On est très bien à Alconleigh. Une nourriture merveilleuse…

— C'est ce qu'on m'a dit. Merlin est venu me voir et m'a mis l'eau à la bouche en me parlant de carottes caramélisées nageant dans la crème. Il m'a dit qu'il avait été sur le point de soudoyer Juan pour qu'il aille à Merlinford, mais qu'il avait découvert qu'il faudrait aussi prendre la Trotteuse… et il n'en a pas eu le courage.

— Je dois partir, dis-je avec hésitation. Je n'aime pas te laisser, ma chérie. J'aimerais tant que tu viennes avec moi.

— Un peu plus tard, peut-être. On verra. »

Je descendis à la cuisine, où je trouvai Mrs Hunt. Je lui donnai un peu d'argent en cas de nécessité, et le numéro de téléphone d'Alconleigh, et la suppliai de me téléphoner si je pouvais être utile à quelque chose.

« Elle ne bougera pas d'ici, lui dis-je. J'ai fait tout ce que j'ai pu pour la décider, mais cela n'a servi de rien, me semble-t-il. Elle est têtue comme une bourrique.

— Je l'sais bien, Madame. Elle veut même pas aller respirer l'air ! Elle reste près de son téléphone tout le jour et joue aux cartes toute seule. C'est pas bien, m'est avis, qu'elle dorme toute seule ici, mais comment lui faire entendre raison ? La nuit dernière, Madame, houou ! C'était horrible ! Ça vous dégringolait sans arrêt ! Et ces maudits canons qui n'en ont pas descendu un seul, malgré tout ce qu'ils vous racontent su'l'journal. M'est avis qu'ils ont des femmes à leur DCA. Alors, c'est pas étonnant. Des femmes ! »

Une semaine plus tard, Mrs Hunt m'appela à Alconleigh. La maison de Linda avait reçu un coup direct et on ne l'avait pas encore déterrée. Tante Sadie avait pris un autobus matinal pour faire des achats à Cheltenham. Oncle Matthew était introuvable. Alors Davey et moi prîmes tout simplement sa voiture remplie d'essence appartenant à la *Home Guard*, et roulâmes vers Londres à tombeau ouvert. La petite maison n'était plus qu'une ruine, mais Linda et son bouledogue étaient intacts. On venait de les sortir et elle avait été mise au lit dans une maison voisine. Linda était cramoisie et surexcitée et ne pouvait s'arrêter de parler :

« Tu vois, dit-elle, je t'ai bien dit, Fanny, que les bombardements ne tuaient pas. Nous voici, nous portant à merveille. Mon lit a simplement traversé le plancher et Plon-Plon et moi nous sommes descendus fort confortablement ! »

Bientôt un médecin arriva, qui lui administra un calmant. Il nous dit qu'elle allait sans doute s'endormir et qu'à son réveil nous pourrions la mener à Alconleigh en voiture. Je téléphonai à Tante Sadie et lui dis de préparer une chambre.

Le reste de la journée fut passé par Davey à récupérer ce qu'on pouvait sauver des affaires de Linda. Sa maison, son mobilier, son beau Renoir et tout ce qu'avait contenu sa chambre à coucher étaient complètement détruits, mais il put sauver quelques objets variés, coincés dans les restes brisés et tordus de ses armoires. Et, dans le sous-sol, il découvrit, absolument intactes, les deux malles pleines de vêtements que Fabrice lui avait fait suivre de Paris. Davey en ressortit ayant l'air d'un meunier, couvert de la tête aux pieds de poussière blanche, et Mrs Hunt nous mena chez elle, dans sa petite maison, et nous donna quelque nourriture.

« Linda va sans doute faire une fausse couche, dis-je à Davey, et je crois que c'est à souhaiter. C'est très dangereux pour elle d'avoir un enfant. Mon docteur est atterré. »

Pourtant cela n'arriva point. Elle assura même que son aventure lui avait fait beaucoup de bien et avait complètement arrêté les nausées. Elle se cabra encore à l'idée de quitter Londres, mais sans grande conviction. Je lui fis remarquer que, si « quelqu'un » venait la voir et trouvait Cheyne Walk complètement démoli, « on » se mettrait certainement en rapport avec Alconleigh. Elle vit que c'était vrai et accepta de venir avec nous.

XX

L'hiver rigoureux des hauts plateaux du Costwold s'était à présent installé. L'air était vif et stimulant, comme de l'eau glacée. C'est agréable quand on se contente de faire une courte promenade à vive allure pour rentrer ensuite dans une maison bien chaude. Or le chauffage central d'Alconleigh n'avait jamais bien fonctionné et je suppose qu'avec l'âge les tuyaux s'étaient complètement encrassés. Quoi qu'il en soit, les radiateurs étaient à peine tièdes. Quand on entrait dans le hall, après avoir été à l'air glacé du dehors, on éprouvait une sensation de chaleur momentanée ; elle s'atténuait petit à petit et bientôt, comme la circulation se ralentissait, le corps était envahi par une torpeur douloureuse. Les hommes du domaine – du moins les vieux qui n'étaient pas mobilisés – n'avaient pas le temps de scier du bois pour les feux : ils étaient occupés du matin au soir, sous la conduite d'Oncle Matthew, à faire l'exercice, à construire des barricades et des blockhaus et à se préparer de maintes autres façons à bien ennuyer les Allemands avant de finir comme chair à canon.

« J'ai calculé, disait Oncle Matthew avec orgueil, que nous pourrons les arrêter pendant deux heures… trois peut-être… avant qu'ils nous tuent tous. Pas mal pour un tout petit patelin ! »

Nous envoyions nos enfants ramasser du bois. Davey devint un bûcheron assidu et étonnamment habile. (Il avait refusé de se joindre à la *Home Guard*, prétendant qu'il se battait toujours mieux sans uniforme.) Toutefois ils n'arrivaient à ramasser assez de bois que pour la chambre d'enfants et le petit salon brun. Si l'on allumait du feu dans ce dernier aussitôt après le thé, il ne réchauffait la pièce – le bois étant humide – qu'au moment où il fallait se résoudre à regagner son lit en gravissant l'escalier glacial. Après dîner, les deux fauteuils placés de chaque côté de la cheminée étaient toujours occupés par Davey et par ma mère. Davey avait démontré qu'en fin de compte ce serait ennuyeux pour tout le monde s'il attrapait froid. Quant à la Trotteuse, elle se plantait là, tout simplement. Nous autres, nous installions en demi-cercle, bien au-delà des limites de toute chaleur réelle, et contemplions avec nostalgie les petites flammes jaunes et vacillantes qui se muaient souvent en fumée chagrine. Linda avait un manteau du soir, une sorte de tunique qui lui tombait aux pieds, en renard blanc doublé d'hermine. Elle s'y drapait pour le dîner et souffrait moins que nous. Pendant le jour, elle portait son manteau de zibeline et une paire de bottillons doublés de la même fourrure, ou bien, enroulée dans un énorme couvre-pieds en vison capitonné de velours blanc, elle restait allongée sur le sofa.

« Comme je riais quand Fabrice m'achetait tout cela, sous prétexte que ça pourrait être utile en temps de guerre ! Il disait toujours qu'on aurait très froid pendant la guerre, et je vois maintenant à quel point il avait raison. »

Les possessions de Linda remplissaient les autres femmes de la maison d'une sorte d'admiration envieuse.

« Ce n'est vraiment pas juste », me dit Louisa une certaine après-midi, tandis que nous promenions nos deux benjamines dans leur voiture d'enfant. Nous étions vêtues toutes deux de rêche tweed écossais, si différent des lainages français, souples et flatteurs. Nous portions des bas de laine, de grosses chaussures et des chandails tricotés par nous, dont les teintes, soigneusement choisies, ne juraient pas avec nos costumes mais ne leur étaient guère assorties. « Voilà cette Linda qui se sauve et va s'amuser à Paris, et puis revient couverte de riches fourrures, tandis que, toi et moi, que glanons-nous pour rester rivées toute notre vie au même vieux mari assommant ? Un trois-quarts en agneau rasé !

— Alfred n'est pas un vieux mari assommant », fis-je avec loyauté.

Mais je savais, bien sûr, ce qu'elle entendait par là.

Tante Sadie trouvait les toilettes de Linda adorables. « Quel goût merveilleux, chérie », avait-elle l'habitude de dire quand Linda arborait un nouveau vêtement ravissant. « Ça vient de Paris aussi ? C'est étonnant ce qu'on peut y acheter pour peu d'argent, quand on sait se débrouiller ! »

Sur ce, ma mère faisait des clins d'œil à l'intention de quiconque voulait bien la regarder, y compris Linda. Le visage de celle-ci prenait alors une expression figée. Elle ne pouvait sentir ma mère. Elle comprenait qu'avant d'avoir rencontré Fabrice, elle-même était en train de glisser sur une semblable pente, et elle était atterrée de constater à quoi cela menait. Ma mère avait commencé par aborder Linda d'un air de dire : « Voyons les choses en face : nous ne sommes, toi et moi, que deux femmes déclassées. » Mais elle n'eut aucun succès. Non seulement Linda devint distante et froide, mais carrément grossière avec la pauvre Trotteuse qui, incapable de voir en quoi elle l'avait offensée, fut d'abord très peinée. Puis elle prit un air digne et déclara qu'il était absurde que Linda continue sur ce ton, étant donné qu'elle n'était rien d'autre qu'une femme distinguée de mauvaise vie, et qu'elle était prétentieuse et hypocrite. J'essayai de lui expliquer les sentiments intensément romantiques que Linda portait à Fabrice, et sa vie passée avec lui, mais avec le temps les sentiments de la Trotteuse s'étaient émoussés et elle ne voulait pas ou ne pouvait pas comprendre.

« C'est avec Sauveterre qu'elle vivait, n'est-ce pas ? me dit ma mère peu après l'arrivée de Linda à Alconleigh.

— Comment le sais-tu ?

— Sur la Côte d'Azur, tout le monde le savait ! D'une façon ou d'une autre, tout se savait toujours sur Sauveterre. Et c'était même un événement, parce qu'il avait l'air de vouloir rester pour la vie avec cette assommante petite Lamballe. Mais elle est partie pour l'Angleterre en voyage d'affaires et la maligne petite Linda a mis le grappin dessus. Excellent filon pour elle, chérie, mais je ne vois pas pourquoi elle doit s'en croire comme ça… Je me rends compte que Sadie ne sait rien et, naturellement, on m'écartèlerait avant que je le lui dise ; ce n'est pas mon genre. Mais je trouve que, quand nous sommes toutes réunies, Linda pourrait être un peu plus agréable. »

Les Alconleigh croyaient toujours que Linda était l'épouse fidèle de Christian, qui était à ce moment-là au Caire. Évidemment ils n'imaginèrent pas un instant que l'enfant pût ne pas être de lui. Ils lui avaient complètement pardonné d'avoir quitté Tony, tout en considérant que, ce faisant, ils donnaient la preuve d'idées très larges ! De temps à autre ils demandaient des nouvelles de Christian, non qu'ils lui portassent de l'intérêt, mais afin que Linda ne se sente pas isolée quand Louisa et moi parlions de nos maris. Linda se trouvait forcée d'inventer des nouvelles glanées dans des lettres imaginaires. « Il n'aime pas beaucoup son général », « Il dit qu'on s'amuse bien au Caire, mais qu'on s'en lasse vite. »

En réalité, Linda ne recevait jamais de lettres. Il y avait si longtemps, maintenant, qu'elle n'avait revu ses amis anglais et ils se trouvaient dispersés, du fait de la guerre, aux quatre coins du monde. Ils n'avaient peut-être pas oublié Linda, mais elle ne faisait plus partie de leur vie. Du reste elle ne souhaitait qu'une seule chose : une lettre, ou même un mot de Fabrice. Elle la reçut tout de suite après Noël. On l'avait fait suivre sous enveloppe dactylographiée de Carlton Gardens, et elle portait le cachet du général de Gaulle. Quand Linda l'aperçut sur la table du hall, elle devint livide. Elle la saisit et se précipita dans sa chambre. Une heure plus tard, elle vint me trouver :

« Ma chérie, me dit-elle, les yeux remplis de larmes, j'ai passé tout ce temps à essayer de la lire et je n'ai pu en déchiffrer un mot. Quelle torture ! Veux-tu y jeter un coup d'œil ? »

Elle me tendit une feuille du papier le plus mince qu'il m'ait été donné de voir, sur lequel étaient griffonnés – apparemment avec une épingle rouillée – une série d'hiéroglyphes totalement incompréhensibles. Je ne pus en déchiffrer le premier mot. Cela ne ressemblait pas à de l'écriture et les signes n'avaient aucun rapport avec des lettres.

« Que faire ? dit la pauvre Linda. Oh ! Fanny !...

— Demandons à Davey », proposai-je.

Elle eut un instant d'hésitation, mais, sentant que, même si le message était très intime, mieux valait le partager avec Davey que ne pas le connaître, elle finit par accepter.

Davey l'assura qu'elle avait eu bien raison de lui en parler.

« Je m'y connais très bien en écriture française.

— Seulement vous n'allez pas en rire ? demanda Linda d'une voix haletante et enfantine.

— Non, Linda, je ne considère plus qu'il y ait matière à rire », répondit Davey. Il regarda le visage de Linda avec amour et anxiété. Ces temps derniers, elle avait les traits bien tirés. Cependant, après avoir étudié le papier pendant un certain temps, il fut obligé de confesser que lui aussi déclarait forfait.

« J'ai vu bien des écritures françaises difficiles à lire, dans ma vie, dit-il, mais celle-ci les gratte toutes ! »

Finalement Linda dut y renoncer. Elle se promena partout, portant la feuille de papier dans sa poche, comme un talisman, mais jamais elle ne put savoir ce que Fabrice lui avait écrit. Elle lui écrivit à Carlton Gardens, mais la lettre lui fut retournée, avec un mot qui lui faisait savoir que malheureusement on ne pouvait la faire suivre.

« Ça ne fait rien, dit-elle. Un jour le téléphone sonnera de nouveau et il sera au bout du fil. »

Louisa et moi étions occupées du matin au soir. Nous n'avions plus qu'une nounou (la mienne) pour huit enfants. Heureusement ceux-ci n'étaient pas tous à la maison tout le temps. Les deux aînés de Louisa étaient dans une école privée et deux des miens allaient dans un couvent que Lord Merlin nous avait trouvé providentiellement à Merlinford. Louisa avait obtenu un peu d'essence à cet effet et tantôt moi, tantôt Davey les conduisions là-bas chaque jour dans l'auto de Tante Sadie. Je laisse à imaginer ce qu'Oncle Matthew pensait de cet arrangement ! Il grinçait des dents, ses yeux lançaient des éclairs et il ne parlait jamais autrement des bonnes sœurs qu'en les appelant « ces damnés parachutistes ». Il était absolument convaincu que, lorsqu'elles ne s'occupaient pas à préparer des cachettes à mitrailleuses à l'usage d'autres nonnes qui allaient bientôt tomber du ciel, elles se consacraient à accaparer les âmes de ses petits-enfants et petits-neveux !

« Elles reçoivent une récompense, vous savez, pour chacune de leurs prises… et naturellement vous voyez bien que ce sont des hommes : vous n'avez qu'à regarder leurs souliers ! »

Chaque dimanche, il épiait les enfants tel un lynx, guettant les génuflexions, les signes de croix ou autres mômeries « papistes », ou même un relâchement dans leur attention durant le service. Il fut à peine rassuré quand il ne put déceler aucun de ces symptômes.

« Ces Romains sont si rusés », disait-il.

Il considérait que Lord Merlin commettait un acte subversif en abritant un tel établissement sur ses terres, mais, en somme, à quoi pouvait-on s'attendre de la part d'un homme qui amenait des Allemands au bal et qui était connu pour admirer la musique étrangère ? Oncle Matthew avait fort à propos oublié *Una voce poco fa*, et jouait à présent, du matin au soir, un disque appelé *La Patrouille turque* qui commençait *piano*, devenait *forte* et se terminait *pianissimo*.

« Vous comprenez, expliquait-il, ils sortent d'un bois et ensuite vous les entendez y rentrer. Je me demande pourquoi on l'appelle "turque". Imagine-t-on des Turcs jouant un air pareil ? Et, du reste, il n'y a pas de bois en Turquie. C'est un titre, voilà tout. »

Je crois que cela lui faisait penser à sa *Home Guard* qui entrait tout le temps dans les bois, puis en ressortait. Ses pauvres hommes étaient souvent couverts de branchages, comme lorsque la forêt de Birnam descendit vers Dunsinane.

Donc, nous travaillions dur. Nous raccommodions, et taillions, et lavions, et faisions du ménage à la place de Nounou, plutôt que de nous occuper de nos enfants. J'ai vu trop d'enfants élevés sans leur Nounou pour trouver que c'est une bonne chose. À Oxford, les femmes des professeurs à idées modernes le faisaient souvent, par principe : elles devenaient graduellement des souillons, tandis que leurs enfants avaient l'air de sortir d'un taudis et se conduisaient comme des sauvages.

En plus des vêtements que nous devions fabriquer pour les enfants présents, il fallait aussi prévoir pour les bébés à venir. Linda, qui naturellement n'avait pas de layette en réserve, ne faisait rien pourtant. Elle avait transformé l'un des rayons du placard des *Honorables* en une sorte de couchette, empruntant des oreillers et des couettes aux chambres vacantes, et là, enveloppée de son couvre-pieds en vison, elle restait étendue tout le jour, Plon-Plon à ses côtés, lisant des contes de fées. Comme jadis, le placard des *Honorables* était le lieu le plus chaud, le seul lieu chaud, somme toute, de la maison. Quand cela m'était possible, j'apportais là mon ouvrage et m'asseyais près d'elle. Elle posait alors son livre de contes de fées bleu ou vert, Andersen ou Grimm, et me parlait longuement de Fabrice et des jours heureux passés avec lui à Paris. Parfois Louisa se joignait à nous. Alors Linda s'interrompait et nous parlions de John Fort-William et des enfants. Mais Louisa était une personne agitée, active, guère bavarde, et de plus, cela l'agaçait de constater que Linda ne faisait absolument rien jour après jour.

« Que va porter ce malheureux bébé ? me disait-elle avec colère. Et qui va s'en occuper, Fanny ? Il est tout à fait clair que ce sera toi et moi. Il le faudra bien et pourtant nous avons déjà bien assez d'ouvrage. Et puis Linda se vautre là, couverte de zibeline ou de je ne sais quoi, mais elle n'a pas le sou ; c'est une pauvresse ! Je crois qu'elle ne s'en rend absolument pas compte. Et que va dire Christian quand il saura pour le bébé ? Après tout, il est légalement à lui. Il faudra qu'il entame une procédure en désaveu de paternité et il y aura un scandale formidable ! Linda semble ne penser à aucune de ces choses. Elle devrait être folle d'inquiétude et, au lieu de cela, elle se conduit comme l'épouse d'un millionnaire en temps de paix… Elle m'énerve. »

Tout de même, Louisa était une bonne fille. À la fin, ce fut elle qui alla à Londres pour acheter une layette au bébé. Linda vendit la bague de fiançailles de Tony à un prix horriblement bas, afin de la payer.

« Tu ne penses jamais à tes maris ? » lui demandai-je un jour, après qu'elle m'eut parlé de Fabrice durant des heures.

« Eh bien ! si drôle que cela puisse sembler, je pense assez souvent à Tony. Christian, vois-tu, n'était qu'un interlude. Il a à peine compté dans ma vie, d'abord parce que notre mariage a duré si peu, et puis parce qu'il a été éclipsé par ce qui a suivi. Je ne sais… ces choses sont difficiles à se rappeler, je trouve… mais je crois que mes sentiments pour lui ne furent intenses que durant peu de semaines : juste au début. C'est un caractère noble, un homme que l'on peut respecter. Je ne m'en veux pas de l'avoir épousé, mais il n'avait pas de talent pour l'amour. Tony, lui, a été mon mari pendant si longtemps. Plus du quart de ma vie, quand on y songe… Il a certainement laissé une impression. Et je vois à présent que, si cela a mal tourné, c'était à peine sa faute, pauvre Tony. Je ne crois pas que cela eût pu marcher avec qui que ce soit – à moins d'avoir rencontré Fabrice – parce qu'en ce temps-là j'étais extrêmement désagréable. La chose vraiment importante pour faire réussir un mariage où il n'y a pas beaucoup d'amour, c'est d'avoir énormément de *gentillesse* et de très bonnes manières. Jamais je n'ai été *gentille* avec Tony, et souvent j'ai été à peine polie. Peu de temps après notre lune de miel, je devins fort désagréable. Aujourd'hui, j'ai honte de penser à ce que j'étais. Et ce pauvre vieux Tony avait si bon caractère : il ne m'envoyait jamais promener. Il supporta tout ça pendant des années, puis il s'en alla trouver Pixie. Je ne puis l'en blâmer. Tout a été de ma faute du début jusqu'à la fin.

— Ma foi, il n'était pas très gentil, au fond, chérie. À ta place, je ne me ferais pas trop de souci à ce sujet. Et regarde la façon dont il se conduit à présent !

— Oh ! c'est le garçon le plus faible de la terre. Ce sont Pixie et ses parents qui l'y ont contraint. S'il était encore marié avec moi, je te parie qu'il serait déjà officier aux Gardes. »

Je suis bien sûre que, s'il y avait une chose à laquelle Linda ne pensait jamais, c'était l'avenir. Un beau jour, la sonnerie du téléphone retentirait et ce serait Fabrice. Elle n'allait pas au-delà. L'épouserait-il ? Qu'arriverait-il à l'enfant ? Voilà des questions qui non seulement ne la préoccupaient pas, mais n'entraient même pas dans sa tête. Son esprit était entièrement tourné vers le passé.

« C'est assez triste, dit-elle un jour, d'appartenir comme nous à une génération sacrifiée. Je suis sûre que pour l'Histoire les deux guerres compteront pour une et que nous en serons expulsés complètement. On oubliera même que nous avons jamais existé. Nous pourrions aussi bien n'avoir jamais vécu. Je trouve que c'est pitoyable !

— Nous deviendrons peut-être une sorte de curiosité littéraire, dit Davey. (Parfois il se glissait en grelottant dans le placard des *Honorables,* pour faire circuler son sang avant de se remettre à écrire.) Les gens s'y intéresseront pour de fausses raisons et collectionneront des tables en Lalique et des boîtes en peau de requin et des caves à liqueurs doublées de miroirs, et les trouveront très amusantes. Quelle chance, ajouta-t-il en regardant par la fenêtre, ce merveilleux Juan rapporte un faisan ! »

(Juan avait un talent inappréciable : il était expert à manier la fronde. Il passait tous ses moments perdus – comment il en avait était un mystère, mais il en avait – à ramper dans les bois ou près de la rivière, son arme à la main. Il était un tireur infaillible. De plus, il n'était retenu par aucune inhibition de sportif : peu lui importait qu'une poule faisane couvât ou qu'un cygne fût la propriété du roi. Aussi le résultat de ses sorties était excellent du point de vue du garde-manger et de la marmite. Quand Davey désirait savourer pleinement ses aliments, il se récitait à mi-voix une sorte de petit bénédicité qui commençait ainsi : « Rappelle-toi la soupe aux tomates conservées de Mrs Beecher. »

L'infortuné Craven était naturellement mis à la torture par ces procédés, qu'il considérait à peine supérieurs au braconnage. Mais le pauvre homme n'avait guère le temps de souffler, par les soins d'Oncle Matthew, et quand il ne montait pas la garde, il faisait des barrages antichars, en mettant en travers des routes des troncs d'arbre attachés à des roues de bicyclette, ou bien il faisait l'exercice. Les parades des hommes d'Oncle Matthew avaient, dans toute la région, une grosse réputation. (Juan, en tant qu'étranger, était heureusement exclu de ces activités et pouvait consacrer tout son temps à nous apporter confort et contentement, ce en quoi il réussissait excellemment.)

« Je n'ai pas envie d'être une curiosité littéraire, dit Linda. J'aurais aimé être une partie vivante d'une génération vraiment remarquable. Je trouve que c'est trop mélancolique d'être née en 1911.

— Ça ne fait rien, Linda, vous serez une vieille dame merveilleuse.

— Et vous un merveilleux vieux monsieur, Davey, dit Linda.

— Oh ! moi, je ne ferai pas de vieux os », répliqua Davey avec un accent de profonde satisfaction.

Et, au fond, il était en quelque sorte sans âge. Bien qu'il ait eu au moins vingt ans de plus que nous et quelque cinq ans seulement de moins que Tante Emily, il nous avait toujours semblé plus proche de notre génération que de la sienne. Et son aspect n'avait guère changé depuis le jour où, debout devant la cheminée du hall, il n'avait l'air ni d'un capitaine ni d'un mari.

« Allons, mes chéries, c'est l'heure du thé. Et il se trouve que je sais que Juan a fait un gâteau, alors allons-y avant que la Trotteuse se serve. »

Davey entretenait une vendetta avec la Trotteuse au sujet des repas. Elle avait toujours eu à table des façons désinvoltes, mais certaines de ses habitudes, comme de remettre dans le confiturier la cuillère dont elle s'était servie, ou d'écraser sa cigarette dans le sucrier, rendaient fou d'irritation le pauvre Davey, qui avait grand souci des rations. Il lui parlait alors avec brusquerie, comme une gouvernante à un enfant insupportable. Il aurait pu s'épargner cette peine. La Trotteuse ne s'en souciait point et continuait à gâcher les aliments avec insouciance. « Mon chou, disait-elle, qu'est-ce que cela peut bien faire ? Mon divin petit Jou-âne a plus d'un tour dans son sac, je te promets. »

À cette époque, il y eut une menace d'invasion particulièrement alarmante. On attendait d'un jour à l'autre l'arrivée des Allemands, avec tout un arroi de troupes aéroportées, déguisées en curés, en ballerines, ou que sais-je encore. Quelques méchantes langues firent courir le bruit que les Allemands ressembleraient à la mère de Lavender Davis en uniforme de WVS. Elle avait le don d'être partout à la fois, et on eut l'impression de voir une douzaine de Mrs Davis parachutées sur la région ! Oncle Matthew prit la menace avec le plus grand sérieux, et nous réunit tous un jour dans son cabinet de travail, pour nous dire en détail ce qu'il attendait de chacun.

« Vous, les femmes et les enfants, devrez aller à la cave pendant que dure la bataille, dit-il. Il s'y trouve un bon robinet et j'ai prévu du *corned beef* pour une semaine. Oui, je vous avertis que vous pourrez y rester plusieurs jours.

— Nounou n'aimera pas ça, commença Louisa, mais un regard furieux la fit taire.

— Pendant que nous parlons de Nounou, poursuivit Oncle Matthew, je vous avertis qu'il ne peut être question de s'en aller sur les routes avec les voitures d'enfant. Compris ? Pas d'évacuation en aucune circonstance. Maintenant il y a une tâche très importante à accomplir, et c'est à toi que je la confie, Davey. Tu ne seras pas vexé, mon vieux, si je dis que tu es un tireur détestable. Or, tu le sais, nous sommes à court de munitions et nous ne pouvons gâcher le peu qu'il y a. Chaque balle doit porter. Alors je n'ai pas l'intention de te donner un fusil, du moins au début. Mais j'ai une mèche et une charge de dynamite – je vais te montrer ça dans un instant – et je te demanderai de faire sauter l'armoire aux provisions.

— Faire sauter Aladin ? fit Davey. » Il devint tout pâle. « Matthew, tu n'es pas fou ?

— J'en chargerais bien Djouan, mais, bien que j'aime assez ce vieux Djouan maintenant, je ne lui fais pas entièrement confiance. Un étranger reste toujours un étranger, voilà mon avis. Mais je dois expliquer que je considère cet acte comme la partie la plus importante des opérations. Après que Josh et Craven et moi et tous les autres auront été tués, il n'y aura plus qu'une façon pour vous autres, civils, d'apporter de l'aide : c'est en étant à charge à l'armée allemande ! Il faudra les réduire à vous nourrir. N'ayez crainte : ils s'en chargeront. Ils ne laisseront pas s'installer une épidémie de typhus le long de leurs lignes de communication. Mais il faut rendre leur tâche aussi malaisée que possible. Or cette armoire à provisions vous durerait pendant des semaines. Je viens d'y jeter un coup d'œil. Il y a de quoi nourrir tout le village. C'est impossible. Obligez-les à faire venir du ravitaillement en embouteillant leurs communications. Les ennuyer jusqu'au bout, voilà ce qu'il faut. Vous ne pourrez pas faire autre chose que de les embêter, aussi l'armoire doit sauter, et Davey s'en chargera. »

Davey ouvrit la bouche pour faire une nouvelle observation, mais Oncle Matthew était d'une humeur terrifiante et il changea d'avis.

« Fort bien, mon cher Matthew, dit-il avec tristesse. Il faudra que tu me montres ce que j'aurai à faire. »

Mais, dès qu'Oncle Matthew eut le dos tourné, il se laissa aller à de bruyantes jérémiades :

« Non, vraiment, c'est trop malheureux que Matthew insiste pour faire sauter Aladin ! dit-il. C'est bel et bon pour lui, qui sera mort, mais il devrait penser un peu à nous.

— Je croyais que vous alliez avaler ces pilules noires et blanches, dit Linda.

— Cela déplaît à Emily et j'avais décidé de ne les avaler que si on m'arrêtait, mais à présent je ne sais plus. Matthew dit que l'armée allemande devra nous nourrir, mais il doit savoir aussi bien que moi que, s'ils nous donnent à manger – ce qui est fort problématique –, ce ne sera que des féculents. Comme du temps de Mrs Beecher, mais pire encore. Et, moi, je ne puis digérer les féculents, spécialement durant les mois d'hiver. Je trouve que c'est une honte. Ce méchant vieux Matthew est un égoïste !

— Mais, Davey, et nous alors ? Nous sommes tous dans le même bain et nous ne rouspétons pas.

— Nounou s'en chargera, dit Louisa, en reniflant d'un air de dire : "Et je serai derrière elle."

— Nounou ? Elle vit dans un monde à part, dit Linda. Mais nous sommes tous censés savoir pourquoi nous combattons, et pour ma part, j'estime que P'pa a parfaitement raison. Et si je pense ainsi dans mon état…

— Oh ! vous, on s'occupera de vous, fit Davey avec amertume. On s'occupe toujours de femmes enceintes ! On vous enverra d'Amérique des vitamines et des tas de trucs, vous verrez. Mais personne ne se souciera de moi, moi si fragile, et cela ne m'ira pas du tout d'être nourri par l'armée allemande. Jamais je ne pourrai leur faire comprendre mes maladies internes. Je connais les Allemands.

— Vous avez toujours dit que personne ne comprenait vos maladies internes aussi bien que le Dr Meyerstein !

— Un peu de sens commun, Linda ! Comme s'ils allaient parachuter le Dr Meyerstein sur Alconleigh ! Vous savez parfaitement bien qu'il est depuis longtemps dans un camp de concentration. Non, il faudra bien me résoudre à une mort lente. Je dois dire que ce n'est pas une perspective bien agréable ! »

Après ça, Linda prit Oncle Matthew à part et le pria de lui montrer comment faire sauter Aladin.

« L'esprit de Davey n'est pas terriblement bien disposé, dit-elle, et sa chair est incontestablement faible. »

Il y eut un certain froid entre Linda et Davey pendant quelque temps, à la suite de cet incident. Chacun trouvait que l'autre était bien peu raisonnable. Cependant ce fut de courte durée. Ils étaient trop attachés l'un à l'autre, et je suis sûre que Davey aimait Linda plus que n'importe qui au monde. Du reste, comme le fit remarquer Tante Sadie, on n'aurait peut-être pas besoin de prendre d'aussi terribles décisions.

Ainsi l'hiver s'écoula avec lenteur. Le printemps fut plein d'extraordinaire beauté, comme c'était son habitude à Alconleigh. Il apportait un éclat de tons, une richesse de vie qu'on avait oubliés durant les mois d'hiver froids et gris. Tous les animaux mettaient au monde leurs petits. Il y avait de jeunes créatures partout et nous attendions avec nostalgie et impatience la naissance de nos bébés. Les jours, les heures mêmes se tiraient avec lenteur et Linda recommença à dire « mieux que ça » quand nous lui demandions l'heure.

« Quelle heure est-il, chérie ?

– Devine.

— Midi et demi ?

— Mieux que ça : une heure moins le quart. »

Nous, les trois femmes enceintes, étions devenues énormes. Nous nous traînions dans la maison comme d'imposantes statues de la fécondité. Nous poussions de gros soupirs et la température des premières journées chaudes nous apportait un malaise exagéré.

Les belles robes de Paris ne pouvaient plus servir à Linda. Elle était descendue à notre niveau, à Louisa et moi, et portait une robe de grossesse en cotonnade à fronces et des sandales. Elle abandonna le placard des *Honorables* et, quand il faisait beau, elle passait ses journées assise à l'orée du bois, tandis que Plon-Plon, devenu un chasseur de lapins enthousiaste, plongeait en haletant dans le brouillard vert des fourrés. « Si quelque chose m'arrive, chérie, tu prendras soin de Plon-Plon, me disait-elle. Il m'a été d'un tel réconfort tout ce temps. »

Mais elle parlait en l'air, comme quelqu'un qui est assuré de vivre éternellement, et elle ne parla ni de Fabrice ni de l'enfant, comme elle n'eût pas manqué de le faire si elle avait eu des prémonitions.

Le fils de Louisa, Angus, naquit au début d'avril. C'était son sixième enfant et son troisième fils, et du fond du cœur Linda et moi l'enviions d'en avoir terminé.

Les nôtres vinrent au monde tous deux le 28 mai : deux garçons.

Les médecins, qui avaient dit que Linda ne devait plus jamais avoir d'enfant, n'étaient pas si bêtes après tout. Cela la tua. Je crois qu'elle mourut parfaitement heureuse et sans avoir beaucoup souffert, mais pour nous d'Alconleigh, pour son père et sa mère, ses frères et sœurs, pour Davey et pour Lord Merlin, une lumière s'était éteinte. Beaucoup de bonheur s'en était allé, qui ne pourrait jamais être remplacé…

À l'époque où mourut Linda, Fabrice fut pris par la Gestapo, et par la suite, fusillé. Il fut un héros de la Résistance et son nom devint légendaire en France.

J'ai adopté le petit Fabrice, avec le consentement de Christian, son père légal. Il a des yeux noirs de la même forme que les yeux bleus de Linda, et c'est un enfant ravissant et charmant. Je l'aime autant, et peut-être plus, que mes propres enfants.

La Trotteuse vint me voir pendant que j'étais encore à la clinique d'Oxford, où était né mon bébé et où était morte Linda.

« Pauvre Linda ! dit-elle avec sentiment. Pauvre petite ! Mais Fanny, tu ne crois pas que cela vaut peut-être mieux ? La vie de femmes telles que Linda et moi n'est plus très drôle quand on commence à vieillir. »

Je ne voulais pas blesser les sentiments de ma mère en protestant que Linda n'était pas ce genre de femme.

« Mais je crois qu'elle aurait été heureuse avec Fabrice, lui dis-je. Il a été le grand amour de sa vie, tu sais.

— Oh ! mon chou, fit ma mère avec tristesse. On le croit toujours ! Chaque fois qu'on aime, on croit que c'est le grand amour ! »

Impression réalisée sur Presse Offset par

CPI
Brodard & Taupin

La Flèche (Sarthe), 40841
N° d'édition : 1373
Dépôt légal : septembre 1982
Nouvelle édition : décembre 2006
Nouveau tirage : mars 2007

Imprimé en France